猫君

畠中　恵

集英社文庫

目次

登場猫又紹介

新米猫又

みかん
祭陣出身。本名・明楽《あきら》。茶虎

ぽん太
祭陣出身。本名・楽太《らくた》。茶毛

白花《しろか》
花陣出身。白毛

鞠姫《まりひめ》
姫陣出身。灰色

猫宿の師

猫宿の長《おさ》　六陣を御する力の持ち主。
　かつては魔王と呼ばれていた

和楽《わらく》　祭陣出身。猫術担当。
　長とは積年の因縁がある

夢花《ゆめか》　花陣出身。
　化け学の師であり長刀の名手

吉也《きちや》　黄金陣出身。猫又史の師

猫宿の長

猫又

加久楽《かぐら》　祭陣出身。みかんの兄者

由利姫《ゆりひめ》　姫陣出身。気が強く美しい、
　将軍のお気に入り。鞠姫の姉者

我治楽《がじら》　祭陣の占い師

猫君《ねこぎみ》　猫又が今のように栄える元を
　作った英雄。謎の存在

江戸猫又陣図

吉原
不忍池
花陣
〈はなじん〉
浅草
蔵前
御茶ノ水
神田
祭陣
〈まつりじん〉
盛り場
両国
市ヶ谷
田安門
町人地
浜町
武家地
武陣
〈たけじん〉
江戸城
猫宿
大名地
日本橋
黄金陣
〈こがねじん〉
深川
八丁堀
姫陣
〈ひめじん〉
学陣
〈まなびじん〉
永田町
銀座
築地
赤坂
溜池
虎ノ門
濱御殿
北
東
南
西

猫宿・学業時間割 [十日分]

	壱	弐	参	肆	伍	陸	漆	捌	玖	拾
朝行	化け学	算術	猫又史	人間史	つづり方	猫術	忍者体術	薬学	生き延び術	芸事
食事										
昼行	猫又史	人間史	猫術	芸事	算術	生き延び術	忍者体術	つづり方	化け学	薬学
食事										
夜行			猫術				忍者体術		化け学	

猫君

NEKO GIMI

猫君

一

明るい茶虎《ちゃとら》の雄猫、みかんは、蒲団《ふとん》の傍らで、ひょいと首を傾《かし》げた。生まれて間もない頃から、みかんを育ててくれたお香《こう》は、最近寝込むことが多くなっている。だが今日は久方ぶりに、蒲団の上へ身を起こしたからだ。

「みゃん、香さん、大丈夫？」

蒲団の上に乗り、人から聞かれないよう、声を落として問うと、お香はさっと辺りへ目を配った。それから優しく頷《うなず》き、近寄ったみかんの喉《のど》を撫《な》でてくれる。そしてみかんへ、そろそろ言っておかなければならないことがあると、告げてきたのだ。

「あたしは、もう、余り保《も》たないみたいだ。だからみかん、よく聞いておくんだよ」

先ほど、世話をしてくれている小女《こおんな》を、使いに出した。だからしばらくの間、二人きりで話せると、お香は笑ったのだ。

「み、みゃあっ。香さん、怖いこと言わないでっ」

思わず声が大きくなったみかんに向け、お香は口の前に指を立てる。しかしみかんは、とてものこと黙れなかった。

「香さんは、みかんのおっかさんだ。どこにも行かないで。みかんを一人にしないで」

「みかん、あたしだって、みかんを置いていきたくはないんだ。だけどね」

お香には、時が残っていないという。そして時は、みかんにも足りないのだと、言葉が続いた。

「みかん、お前はまだ二十年生きていない。あと一月《ひとつき》ほど足りないんだよ」

「みゃん？」

だから今、話すのだとお香は言う。みかんが首を傾げると、お香はみかんを撫でつつ、先を語り出した。

「みかん、お前さんは猫として、それは長生きな方だ。分かってるね？」

「うん……」

みかんは頷いた。自分がこんなに長く生きてこられたのは、もちろんお香が可愛がってくれたからだ。猫まんまも鰹節《かつおぶし》も、いつも、たんとくれた。寒い冬は、火鉢の側《そば》に籐《とう》で編んだ籠《かご》を置き、そこに小さな座蒲団を押し込んで、みかんの寝床にしてくれたのだ。

おかげでみかんは飢えも凍えもせず、長く生きてこられた。長寿のせいか、ここ一年は、お香が何を話しているのかが分かった。

いや、四月ほど前からは、こうしてお香と、話すようにすらなっているのだ。お香は両の手のひらで、みかんの顔をすっぽり包んだ。

「みかんはね、猫又《ねこまた》になりかかっているんだと思う。猫は、二十年以上生きると、猫又という妖《あやかし》の者になるそうだよ」

だからみかんは、人と話が出来るのだ。その上、ここのところ、段々、若々しくなってきてもいる。

「まるで、一歳になったばかりの猫みたいだ。だから、間違いなく猫又になるんだと思う」

その話に、みかんが魂消《たまげ》、手の中で瞳を細くすると、お香がまた笑った。

「この話は、あたしがこしらえたものじゃない。みかんを貰《もら》った時、お前を連れてきた若いお人が、あたしに話してくれたことなんだ」

「みゃん、若いお人？」

「あたしはその時から、元気に還暦を迎えて、猫又になったみかんを、そっと仲間達の所へ送り出そうと決めてた。あたしさえ元気なら、出来るはずだったんだ」

たとえ世の中で、猫又が飼い主を祟《たた》ると言われていても、どこに祟りがあるんだと、笑い飛ばせばいいと思っていたのだ。

ところがお香は、病を得てしまった。みかんはまだ、猫又になっていないのだから、もちろん病は、猫又の祟りではない。だが最近、みかんを見る近所からの眼差しが、怖いものに変わってきたのを、お香は感じていた。

「だからね、みかん。ちょいと早いけど、お前、この家を出なさい」

「みぎゃっ？　いやだ。われは、香さんから離れないから」

「早く逃げてくれないと、みかんのことが心配で、成仏出来なくなりそうだよ。お願いだから、あたしが死ぬより先に、この家を出ておくれ」

あと一月、鼠《ねずみ》を捕るなり、町の残り物をあさるなりして、何とか別の場所で生き延びるのだ。

「そうすれば、みかんは猫又になれる。その内、仲間とも出会えるだろうから、きっと道は開けてくる。あたしがいなくなっても、みかんは大丈夫だから」

「香さんから、離れたくないっ！」

もしお香がこの世から、どこかへ行ってしまうのなら、一日、一時《いっとき》でもいいから、長く一緒にいたかった。お香の懐《ふところ》へ潜り込んで、みかんが、みゃあみゃあ泣き出すと、お香は、少し目を細めた。そして、子猫みたいに甘えてると言い、蜜柑《みかん》色の毛を、それは優しく撫でてくれたのだ。

「みかんがいてくれたから、あたしはずっと、寂しくなかった。こうして、あの世へ行く日が近くなっても、気になるのはみかんのことばかり。うん、死ぬのは大して怖くないんだ」

みかんのおかげだと言う、お香の言葉が優しくて、必死にその手にしがみついた。お香は、もう二十年近くも経《た》ったんだねと言い、みかんを引き取った日のことを語り出した。

二

今、お香とみかんが暮らしているのは、浅草寺《せんそうじ》の北、日本堤《にほんづつみ》近くにある、吉原《よしわら》という町の中であった。お香はそこで若い頃から、髪結いをしているのだ。

吉原は江戸で唯一、幕府から公に認められた遊女町で、二万七百坪ほどの広さがある。そしてそこに、花魁《おいらん》などの遊女や、女達を置く遊女屋の楼主達、それに町そのものを支える商人《あきんど》や職人達など、一万人ほどが暮らしていた。

奉公の契約期限が来ていない者、つまり年季の明けていない遊女を外に出さない目的で、吉原という町は、周りをぐるりと黒板塀に取り囲まれている。そして更に、その外を堀が囲んでいた。吉原は他の町とは違う、遊女屋が集まる場所、廓《くるわ》なのだ。

しかし吉原に七つある町には、ちゃんと町名主もいるし、同心、岡っ引きも来ている。町の入り口、大門《おおもん》から見て右側にある町、揚屋町《あげやまち》には、遊女屋ではなく、ごく普通の長屋や、店が並んでいた。魚屋、八百屋、菓子屋に左官など、他の町と変わらないものが、吉原にも揃《そろ》っているのだ。

そんな町で暮らすお香の亭主新助《しんすけ》は、易者だったが、四十になる前に死んでしまった。夫婦には子供もおらず、先々が心配になったが、この吉原で髪結いをしていたことが、お香を助けた。

髪結いは毎日、妓楼《ぎろう》へ向かい、遊女達の髪を結うから、仕事が途切れることがなかったのだ。お香は一人になっても、食べていくことが出来た。

そして、一人の暮らしにも慣れた頃、お香は新たに同居の者を迎えることになった。揚屋町の長屋へ、ふらりと顔を見せたのは、亭主と縁のあった同業の占い師、和楽《わらく》だった。

まだ若く、大層見目《みめ》好《よ》い男は、繁盛している易者だと聞いていたが、どこで暮らしているのかも知らなかった。しかし亭主が亡くなった後、線香を上げに来てくれたのは情のある話で、ありがたいと思ったのだ。

和楽は長屋できちんと手を合わせ、供え物までしてくれた後、不意に、思わぬことを語り出した。

「お香さん、そろそろ暮らしが落ち着いたようで、良かったよ。だが新助さんが逝《い》っちまって、一人でいるのも寂しいだろ」

だから良き縁を持ってきたと、和楽が笑う。

「いえ……あたしは」

つまり、縁談でも持ち込んできたかと思い、お香はいい歳《とし》だからと、さっさと断ろうとした。ところが、占い師が懐から出してきたのは、まだ本当に小さい子猫であった。

「あら、まあ。蜜柑みたいな色の子だわ」

お香は思わず、笑みを浮かべた。小さい猫の毛色は、明るめなことがよくある。しかしそれにしても鮮やかな色味で、和楽の手の中で、もそもそ動いている子猫は、ふわふわの蜜柑のように見えた。

「蜜柑か。はは、こいつはいいや」

子猫は目の色も、少しばかり変わっているというので見てみると、右目が青で、左目が黄色をしていた。

「いわゆる金目銀目《きんめぎんめ》だ。縁起の良い猫だよ」

だから、相棒として飼ってみないかと言われ、お香は思わず、頷いてしまった。確かに、少々寂しくなってきた時だったし、縁談を持ち込まれるより、遥《はる》かに気楽な頼まれ事だと思ったからだ。

すると和楽は子猫を差し出す前に、突然、顔つきを真面目《まじめ》なものにした。そして、目の前の子猫を引き取るのは、いささか大変なのだと言ってきたのだ。

「どうしてなんです？」

「お香さん、猫又という者が、この世にいることを、ご承知かい？」

「猫又？　猫のお化けでしたっけ？」

お香が首を傾げると、和楽は明るい笑い声を立てた。

「猫又とは、二十年以上生きた猫が、妖と化した者のことだよ。こいつが人の世で、評判が悪くてね。飼い主を祟るなどと言われてる」

何しろ猫又は妖だから、人の言葉が分かる。話したり、人に化けたりもする。尻尾《しっぽ》が二叉《ふたまた》に分かれ、踊ったりするとも言われている。とにかく並の猫とは大いに違い、気味が悪いのだろうと和楽は語った。もっとも和楽によると、日《ひ》の本《もと》には猫又の他にも、河童《かっぱ》や天狗《てんぐ》など色々な妖がいるのだそうだ。

「猫又は、そこいらにいる猫の間から、生まれてくるものなんだ。猫として生まれ、長生きの後、猫又となる」

だから人に化けた猫又達は、江戸の町で長生きしそうな子猫を見つけると、大事に育ててもらえるよう手を打つのだそうだ。上手く生き延び、猫又の仲間となって欲しいから、良き飼い主を探したりする。

「もちろん、猫を大事に飼ってくれる猫好きで、優しい人でなきゃならない。そしてね、猫まんまや鰹節を買える、稼ぎのある人じゃなきゃね」

そして、猫又には、決まりというものがあると、和楽は続けた。猫達は、生まれた里で育つものと、決まっているというのだ。

「その決まりを知らない人が、猫を遠くへやってしまうのは、仕方がない。だけど我らは養い親を、子猫が生まれた里で探すんだよ」

お香は、御伽草子《おとぎぞうし》のような話が楽しくなって、乗った。

「あら、じゃあこの蜜柑色の猫ちゃんも、猫又になりそうな、筋の良い猫なんですね。それで和楽さんはあたしに、二十年以上大事に飼うよう、頼んできてるんだ」

「おおっ、お香さん、話が早くて嬉《うれ》しいよ」

お香は優しそうだから、何も言わず、子猫を託すという手もあったと、和楽は言ってきた。しかし、だ。

「猫又になる猫は、二十年生きると、人の話が分かるようになる。中には二十年経つ前に、話し出す猫もいるんだ」

二十年というのは、猫又になれるかどうかを分ける、大事な時であった。猫が話し出したことに驚いたら、お香は猫を恐れ、家から放り出してしまうかもしれない。それが元で妖となれなかったら、老いた猫は遠からず、ただ死ぬしかなかった。

「そんなことには、なって欲しくないんだ。だから、今から伝えておく」

和楽は至って真面目に、そう語ったのだ。

「そして出来たら、猫又を気味悪がる周りの者達から、こいつを護《まも》ってやって欲しい」

猫又になってしまえば、その猫は、猫又仲間の所へ行ける。その時は、快く送り出しておくれ。和楽はそうも告げたのだ。

「あらまあ、色々忘れちゃいけないことが、あるのね。大変、大変」

お香は子猫へ、笑みを向ける。だが、その話が本当だとすると。

「目の前にいる和楽さんは、人ではないってことになるわね。だって、子猫の先々を案じるのは、猫又なんでしょう?」

つまり和楽は妖、猫又なのだ。お香が楽しげに言うと、和楽が困ったような顔をしている。だが和楽をからかいつつも、お香の気持ちは、既に固まっていた。

「それでもいいわ。あたしがこの子を、ちゃんと二十年間護っていくことにする。還暦を目指して元気にやっていければ、一緒に暮らすこの子も、無事猫又になるってものよ」

すると和楽は、温かくて、ふわふわの子猫を、お香の膝へ置いてきた。

「みゅーっ」

頼りなげな子猫の声を聞くと、愛おしいという気持ちが、湧き上がってくる。

「名は、みかん。これしかないわね」

笑いながら和楽を見た、その時だ。お香の顔から、笑みがすっとんだ。

和楽の羽織の下から、長い尻尾が出てきて、それが膝の上にいるみかんを、優しく撫でていたのだ。和楽は両手を懐手にしていたし、誰かが太い尻尾を、どこかから動かしているようには、全く見えない。和楽の直《す》ぐ後ろには壁があるきりだ。部屋には二人の他に、誰もいなかった。

「あ、あれ？　あの、その、和楽さんは」

もしかすると、もしかして、本当に。

お香の目の前から、家内の風景が消えた気がした。鏡や行李《こうり》、風呂敷に入った髪結い道具や、枕屏風《まくらびょうぶ》が見えるはずなのに、それが目に入らない。目の前にあるのは、和楽の若々しくて、大層綺麗《きれい》な顔ばかりであった。

「ね、こ、ま、た、なの？」

「我らはね、今、大変な時を迎えているんだ」

和楽は確かな返事をせず、代わりに淡々と、猫又の話をし始めた。何でも猫又には、今まで何度かの〝危機〟があったらしい。

「第一次猫又危機とか、第五次猫又危機の時は、そりゃあ大変だったんだ。猫又が滅びかねないほどの、揉《も》め事があった」

　そしてだ。新たな〝猫又危機〟の時を、江戸の猫又達はじき、迎えるという。

「何故なら、〝猫君《ねこぎみ》〟が、その内現れるという話だからね」

「あの、猫君って、何？」

「ああ、つい話しすぎた。こういうことは、人に告げてはいけないんだよ」

とにかくその内、大騒ぎの時が到来するとの噂《うわさ》に、猫又達の目が今、子猫達に行き届かなくなっている。おかげで猫達は、二十年生き延びることが、余計大変になっているのだ。だからお香のように優しい者が、子猫を護ってくれなくてはならない。

「みかんを、猫又になる歳まで、大事にしてやってくれ。この通り、お願いする」

和楽は深く深く、頭を下げた。

「こういうことを人に頼むと、なぜ己達で子猫を育てないのか、問われることもある。だがな、猫は猫又となって、妖の力を持たなくては、我らの里へは入れないのだ」

だから猫又達は、ただの猫である時、人の世で育つ。古《いにしえ》からそう決まっていると、和楽は言った。

「そうなの」

話している間に、いつの間にか和楽の長い尻尾は消え、お香は夢でも見ていたのかと、己を疑ってしまう。

ただこれだけは、はっきり言い切った。

「約束する。このみかんは、ちゃんとあたしが育てていくから」

そして今日の出来事が、真昼の夢でないのなら。

「いつかみかんと、話が出来たら嬉しいわ」

お香の言葉を聞いた和楽が、綺麗な顔へ、鮮やかな笑みを浮かべた。


お香の話が終わり、みかんは蒲団の脇で首を傾げた。

「みゃあ、和楽？　知らない」

「みかんを連れてきた人よ。そういえばあの後、二度と吉原で見かけなかったわね」

それでお香は猫又について、あれ以上の話を、聞きそびれてしまったのだ。河童など他の妖達を見ることもなかった。

「でもとにかく、みかんを大事に育てれば良かったの。あたし達、気があったわよね？一緒に暮らせて、楽しかったわ」

みかんを貰って十九年が過ぎると、お香の言葉を分かっているのではと、思われるような素振りをした。そして四月前、お香が倒れた日、夜、傍らで、いきなり話し始めた。おかげでお香は、人を呼んできてもらえて、助かった。その後、病の身になってから、何かとみかんを頼り、何とか長屋で暮らしてこられたのだ。

ただ。最近吉原では、猫の動きが変で、気味が悪いとの噂が立っていた。

「みかんに何度も頼ったのが、いけなかったのかも。長く生きてることは、長屋の皆も知ってるし。みかんが猫又になったんじゃないかって、噂を聞いたわ」

　このままではきっと、お香が死んだ途端、みかんの身は危うくなる。隣のお竹《たけ》も、長屋の差配も、最近みかんの二叉に分かれかけている尻尾を、気にしているのだ。だから。

「みかん、逃げてちょうだい。そうしてくれたら、あたしはほっとすると思う」

　最後まで一緒にいたいが、危うすぎる。お香は何度もそう言ってきたが……みかんは長屋から動かなかった。

「言われてみれば、小女さん、われの尻尾をよく見てますね」

　一応笑いながら言ってはみたが、みかんにも、自分が危ういことくらい分かっていた。しかしどうしても、弱っているお香と離れ、どこか知らない場所へ行く気には、なれなかった。今離れたら、お香とは二度と会えないに違いない。

　みかんは猫だが、お香の子のつもりなのだ。弱っていくお香から、離れてはいけない。

(われが、猫又ってものになるまで、あと一月なんだって)

お香は、それまで無事でいてくれるだろうか。みかんは猫又になったら、どう変わるというのか。

　一人になったら、化け猫だと言われて、殺されてしまうのか。

「みゃあ、怖いよう」

思わずそうつぶやき、慌てて両の前肢《あし》で、口元を押さえる。そんな言葉を具合の悪いお香へ、聞かせてはいけないのだ。

「われは大丈夫。きっと大丈夫。それより、香さんが大事だ」

みかんは歯を食いしばって、お香に寄り添い続けた。

三

一月経たないある日、暮らしが突然ひっくり返った。

ある朝お香が、起きてこなかったのだ。亡くなってしまったのだと、みかんは蒲団の傍らで知った。

「香さん、われの香さんっ」

枕元で、必死に名を呼んでいる時、後ろで悲鳴が上がった。いつも来ている小女が、今日は目を吊《つ》り上げて、みかんを睨《にら》んでいた。

「この猫、今、喋《しゃべ》ったよね？　やっぱりみかんは、猫又になってたんだ」

二十年近く生きた猫にしては、妙に若々しい様子なのも、気になっていたらしい。

「お香さんが、猫又に取り殺されたっ」

小女は踵《きびす》を返すと、悲鳴を上げつつ部屋から飛び出していく。

「ち、違う。われが殺したんじゃないっ」

　言いかけて、みかんは慌てて口をつぐんだ。そしてお香から、何度も繰り返し言われたことを、思い浮かべることになった。

「われは……そうだ、逃げなきゃ」

　外へ出なくては。このまま人に捕まってしまったら、最後まで側にいたことを、お香が嘆くに違いなかった。

「でも、どこへ行けばいいんだ？」

　とにかく前肢で、障子戸をちょいと動かし、狭い縁から路地へ出る。右手の道の先に、大店《おおだな》の奥に建つ、大きな蔵が見えた。

　左手には長屋の井戸や、小さな稲荷《いなり》神社があったが、そこにはいつも人がいる。小女が駆けていったのも、多分井戸端だから、そちらへは行けなかった。

「だけど、鍵の掛かった蔵へも入れないよ。あんな大きな建物の、屋根まで登るのも無理だ」

　足がすくんで動けずにいると、怖い声が迫ってきた。

「いたっ、みかんだ。あの猫が、お香さんを取り殺したんだよっ」

「違うっ」

　怖さに押し出されて、必死に長屋から飛び出た。途端、井戸端から、悲鳴が聞こえてくる。長屋のおなご達が、見慣れているはずのみかんを見て、大声を上げたのだ。

(何で?)

土蔵の方へ走った。脇の路地へ突っ込むと、みかんはべそをかきつつ、置いてあった紙くず買いの籠を足場にして、塀へ飛び乗った。そしてそのまま塀の上を駆け、長年暮らした長屋から離れることになったのだ。

それでも、お香と最後まで一緒にいたことに、後悔はなかった。そして嘆いている余裕があったら、考えねばならないことがあると、分かっていた。

そうしなければ、この身が危ういのだ。

(もう、香さんの部屋へは帰れないんだ。どこへ行けばいい?)

涙をこぼしたまま、必死に走り続けていると、その内塀が途切れたので、長屋の屋根へ飛び移った。そしてじき、木戸が見えてきて、屋根も端が近くなる。みかんは大きな道へ、行き当たってしまったのだ。

(あ、仲《なか》の町《ちょう》だ)

町と名が付いているが、吉原にある仲の町は、入り口の大門から吉原の反対側の端、水道尻《すいどうじり》まで続く、大きな通りであった。

お香と暮らしていた揚屋町の端も、この道に面していたから、みかんもここへ来たことはある。ただ大層広い上、両側に赤い提灯《ちょうちん》を下げた、派手な二階建ての店が並んでおり、何か気圧《けお》されるような通りだった。

おまけに仲の町では、花魁道中という、派手な練り歩きも、しょっちゅう行われている。つまり、道には多くの人が行き来しており、横切ると蹴飛ばされそうで怖い。猫にとって仲の町は、縁遠い場所なのだ。

ところが、道へ踏み出すのを躊躇《ためら》っている間に、恐ろしい声が追いついてくる。

「おい、みかんは、まだ見つかんねえのか。派手な色の猫だ。目立つだろうに」

「逃がすな。お香さんの敵《かたき》討ちだ」

「あっ……ああ」

このまま揚屋町の端で止まっていたら、怖い人達に捕まってしまう。

(道を渡らずに左へ曲がって、大門へ行くのはどうかな。そうすれば、吉原の外へ出られるのかもしれない)

けれど、吉原唯一の出入り口である大門の脇には、四郎兵衛会所《しろべえかいしょ》というものがあって、人がいつも、たくさん詰めているとお香が言っていた。もしそこに、みかんを捕まえるため誰かが行っていたら、捕まえられてしまう。

(でも、道を渡らずに済むし)

地面へ降りると、左へ曲がって、大門を目指してみた。大きな帯を前に締めた遊女達や、客を案内する幇間《ほうかん》達が、横を通ってゆく。猫になど、誰も目を向けてはこない。みかんは、沢山の足を避《よ》け、せっせと歩み続けた。

その内大門が見え、側に、大勢の人がいるのも分かってくる。

（あれ、あの門、あんなに沢山、人が集まっている場所だったっけ？）

首を傾げた、その時だ。

「みぎゃっ」

痛いと思った時、みかんは宙を飛んでいた。幇間の後ろから来ていた客が、邪魔だとばかりに、足下のみかんを蹴り上げてきたのだ。

思わず悲鳴を上げたら、皆がみかんを見てくるのが分かった。みかんを見つめてきた若い男を、何故だか怖く感じて、地に降りて直ぐ行き先を変え、道を斜めに突っ切ることにした。必死に駆け出すと、後ろからも向かいからも、誰かが見ている気がした。

怖さがみかんの背を押し、道を横切らせる。総毛を立てつつ、江戸町二丁目の木戸内へ飛び込むと、やはりというか、足音が追ってきているように思う。

（ああ、怖いっ）

怯《おび》えて足がもつれ、みかんは道でよろけると、頭から何かへぶつかった。直ぐに人の足下あたりで、着物の裾に搦《から》め捕られたと分かった。

（ひえぇっ）

焦っている間に首元を摑《つか》まれ、ふわりと浮き上がる。そして……いきなり誰かの懐へ突っ込まれると、羽織がみかんを隠した。そしてその時、みかんを捜す声が近寄ってきた。

「おい兄さん。茶虎の猫が、こっちへ走ってきただろ。見なかったか」

声に聞き覚えがあった。お香と親しかったお竹の亭主、貞吉《さだきち》だ。みかんに時々、目刺しの尻尾をくれたりする、いい人だったのに、今日みかんを捜す声は、酷《ひど》く冷たい。

「揚屋町で、猫又になった猫がいてな。飼い主を取り殺して逃げやがった。許せねえ」

捕まえて、猫取りに売り払ってやるというから、怖い話だ。みかんが、誰だか分からない者の懐で、必死に身を縮こまらせていると、笑い声が聞こえてくる。

「この吉原で、誰かが猫又に殺されたとは、とんでもねえ話だ。いや、お江戸の中だって、本当に猫又に殺された人にゃあ、おれは会ったことがねえ。こりゃ凄《すご》いな」

よっぽど丈夫だったお人が、病でもないのに、急に身罷《みまか》ったんだろうと、声が続く。

「死んだのは、若いお人だったんですかい？」

「い、いや」

すると貞吉が戸惑うような声で、言ってきた。

「お香さんは、もうすぐ還暦、つまり六十近かったな。最近は寝付いていることも、多かったが」

途端、周りから男達の、笑うような言葉が伝わってくる。

「それ本当に、猫又に取り殺されたのかい？　ただ、病で死んだように聞こえるが」

貞吉が、言い返した。

「あのみかんてぇ猫は、二十年近く生きてたんだよ。尻尾も、二叉になりかかってたって、小女が言ってたんだ」

みかんを懐に入れている誰かが、その話を聞き、溜息《ためいき》を漏らした。

「おやおや、お前さんときたら、尻尾が怖くて、猫を追いかけ回しているんですかい？」

吉原では、猫を飼っている花魁もいると聞く。なのに猫を可愛がるどころか、猫取りに売るというのだ。怖い話だと声が続いた。

「お前さん、おれをその話に、巻き込まないでおくんなさいよ。猫嫌いと噂が立ったら、花魁どころか、羅生門河岸《らしようもんがし》の姐《ねえ》さんにさえ、もてなくなっちまう」

「てめえ、猫又を庇《かば》うのか。どういう了見なんだ」

貞吉の凄むような声が、近寄ってくる。周りから聞こえていた他の声が一寸途《ちよつと》切れ、みかんは総身を硬くした。

すると、その時だ。近くから、優しげな言葉が聞こえてきたのだ。

「あら、猫の話でありんすか。わちきの猫は白毛で、可愛い子ですわいな」

男達の声が、ぱっと明るく、嬉しげなものに変わった。

「これは花菊《はなぎく》花魁。今日もお綺麗で」

「花魁、わっちを覚えているかい？　もう何度も店へ、通ってるんだぜ」

「花魁、花魁の白猫は確か、白花《しろか》と言ったよね」

「あら主《ぬし》さん、覚えていてくれなんしたか。主さんは確か、加久楽《かぐら》というお人でしたわな」

花魁が、猫の名を口にした加久楽へだけ、言葉を向けたものだから、あっという間に場の風向きが決まった。吉原に来ている男達は、もちろん綺麗な遊女達から、優しい言葉を貰いたいと思っているのだ。つまり。

「花魁が猫好きとなれば、おれ達はもちろん、猫が好きさ」

花菊が明るく笑い、寸の間の後、周りの男らがおおっと、羨ましげな声を上げたのが分かる。

(何があったのかしら)

すると、みかんを懐に入れている加久楽が、ひょいと動いた。待てという貞吉の声は、直ぐに遠ざかる。花魁が吸い付け煙草《たばこ》を渡して、誘ったのは加久楽だ。妬《や》くなと、貞吉へ言う声が聞こえた。

「妬いてんじゃねえ。おれは、猫又を捜してるんだ」

「だから兄さん、妙な猫なんか、近くにゃいねえんだよ。ここは吉原、いるのは遊女と野郎ばかりさ」

笑うような男達の声も、やがて耳に届かなくなってゆく。みかんは加久楽と一緒に、どこかの階段を上っていった。

四

加久楽が、懐からそっとみかんを取り出し、襖《ふすま》を閉めた部屋の、真ん中に置いた。みかんは、助けてくれた加久楽と、その横にいた二人のおなごを、この時初めて目にすることになった。

(みゃあ、綺麗な人、ばっかり)

部屋も立派で、お香の部屋にあったものより、ずっと綺麗で立派なものが置いてある。顔を上げると、花菊花魁が笑みを浮かべ、みかんを見ているのが分かった。艶《あで》やかで、みかんは寸の間見とれる。すると。

「この子、目の色が左右で違うわ。可愛い」

もう一人いた芸者姿のおなごが、自分は紅花《べにか》だと言い、みかんを腕に抱いてくる。こちらも華やかなお人で、みかんが思わず身を硬くすると、花魁も同じ部屋にいるというのに、己は猫又だとあっさり言ってきた。

「みゃん、あの、その……」

「まあ、ちゃんと喋れるのね。加久楽は、みかんが猫又と化す日は、二日後だって言ってた。だから、まだ話すのは無理かなって思ってたの」

だが、既に話せるなら都合がいいと、紅花は言い、みかんにあれこれ聞いてくる。必死に答えると、笑みが返ってきた。

「じゃあ、みかんは自分が猫又になるってこと、飼い主から聞いてるのね？　江戸じゃ、猫又になった者が出ると、同じ猫又仲間が、迎えに行くことになっているの。そのことは……ああ、知らなかったんだ」

江戸には六つ、猫又の陣があって、その内に猫又達が暮らす里がある。四つが、男猫又の陣、この吉原も含め、二つが女猫又の陣と決まっている。

おなごの里で生まれた、みかんのような男の子には、四つの男里から順番に迎えが来る。男陣で生まれた女の子は、吉原のある花陣《はなじん》と、もう一つの女里の姫陣《ひめじん》へ、交互に引き取られるのだ。

すると横から、加久楽が言葉を挟んでくる。

「迎えに来た者は、新しく猫又となった者の、兄貴分となるんだ。つまりみかんを導く兄者《あにじゃ》は、この加久楽ってわけだ」

だから加久楽は、自分を助けてくれたのかと、みかんはびっくりして、背の高い男を見つめる。つまり、だから。

「加久楽も、猫又なの？」

するとと、偉そうに頷いた加久楽の背を、紅花が引っぱたいた。

「兄者なのに、加久楽の迎えが遅いから、みかんに、怖い思いをさせちゃったじゃない。今日みかんは猫又だからって、追いかけられてたのよ」

ごめんねぇ、頼りない兄者に決まっちゃってと言い、紅花が謝ってくる。新米猫又の担当は、どこの里でも猫又達が、順番に引き受けることになっているのだ。

「運が悪かったわねえ、みかん」

紅花に言われ、加久楽が口を尖《とが》らせた。

「おい、おれが遅れたんじゃない。吉原の猫又が揉めてるんで、おれは廓の内へ、直ぐに入れなかったんだ。そっちのせいだろ」

みかんは首を傾げる。

すると紅花は、花菊花魁と顔を見合わせてから、廓が閉じられた訳を語り出した。

「この吉原にある猫又の里、花里《はなさと》で、大事《おおごと》が起きてしまったの。実はね、みかん。花魁の飼っていた猫、白花が、三日前から行方知れずになってるのよ」

その白花は猫又になった女の子で、生まれたこの里で、白花という新しい名前を貰ったばかりだという。みかんは目を見開いた。

「吉原には、猫又が沢山いるんだね。猫又の里になるくらい、多いんだ」

花菊花魁が頷いた。花菊は並の人だが、先代の花魁から白花を託され、猫又のことも伝え聞いているという。白花もみかんのように、子猫のときから猫又になるのではと、言われてきた猫だという。

「だから花魁は、白花のおっかさんで、あたし達の味方よ」

紅花が、白花の姉者《あねじゃ》なのだ。そして白花は、新入りの猫又が入る学び舎《や》、猫宿《ねこやど》へ行く用意をしていたところだったという。

「猫宿は一つしかなくて、いつも春から始まるの。六つの里から新米達が集うわけ。本当は猫宿へ行くまで、わりとすんなり事が運ぶはずなんだけど」

なのに白花は三日前、急に消えてしまった。猫宿へ行くのを、楽しみにしていたのにだ。

「きっと白花の身に、何かとんでもないことが起きたのよ。人にさらわれたのか、他の妖に襲われたのか。とにかくあの子を助けなきゃ。あたしが白花の姉者なんだから」

「わちきも、何でも手を貸しいす。白花を、助けて下さんし」

花魁と猫又は、白花を取り戻すまで、この吉原の猫の出入りを、許さないと決めた。白花はまだ新米猫又だから、人に化けることが出来ない。だから、もし吉原から連れ出されるとしたら、猫として大門をくぐるはずだからだ。

「ええ、もちろん猫又だけが承知の話で、花魁以外の人は、知らないんだけど」

ところがそのために、困ったことが起きてしまった。ここで加久楽が口を挟む。

「みかんの兄者であるこのおれが、なかなか吉原へ入れなかったんだ。みかんの所へ行くのが遅くなったのは、そのためなんだよ」

「廓のお客達はいつものように、大門から入れたのよ。要するに、加久楽の化け方が下手だったのが、いけないの。花里の仲間に猫又だって見破られたから、入れてもらえなかっただけじゃない」

「はあ？　おれが悪いのかよ」

しかし紅花は、みかんへは、ごめんなさいねと謝ってくる。みかんは、大丈夫だと口にした。今、心配しなければならないのは、消えた白花のことに違いない。

「みゃん、早く見つかるといいね」

「みかんは良い子ねえ。この先、兄者みたいになっちゃ駄目よ」

紅花がみかんを、きゅっと抱きしめる。横で頬を膨らませていた加久楽は、畳の上で居住まいを正すと、思わぬことを言い出した。

「それでな、みかん。これからの話だが。おれとお前も、白花が見つかるまでは、この吉原を出ないことにする」

「みゃん？　出してもらえないから？」

「あら、二人は出ても、大丈夫でありんすよ」

ちゃんと大門にいる仲間へ、話を通しておくと花魁が言う。だが、加久楽は首を横に振った。

「だってな、花菊さん。おれ達だけが、吉原を出て里へ戻った、猫又や猫だったとする。そしてこの後、万が一、白花が見つからなかったりしたら、大事になるだろ？」

白花を連れ出したのは、実は加久楽達ではないかと、他の陣から疑われかねない。そんな立場になるのはご免だと、加久楽は口にしたのだ。

「だからおれ達は吉原に残る。でもって、白花捜しに力を貸してやるよ。花里の猫又は、おなごばかりだ。野郎が山と来る吉原だから、男がいた方が良いことも、あるだろう」

「あら、そうね。加久楽、猫宿にいた頃に比べて、少しは気が利くようになったじゃない」

昔の加久楽は、結構猫宿の師匠から叱られていたと、紅花が笑いながら、みかんへ話してくれる。

「あたし達、同じ年に、猫宿にいたのよ」

しばらく吉原にいるのなら、後で加久楽の昔話などしてあげると、紅花が言った。加久楽は、要らぬことを言う代わりに、白花を捜しに行くぞと言い、さっさと紅花の腕を摑み表へ出て行った。

みかんは花魁と部屋に残されたが、花魁はこの後、花魁道中をしなければならないと言い、部屋の鏡に向かった。みかんは少し心配して、閉まった障子戸へ目を向ける。

「二人、喧嘩《けんか》してたみたいだけど、大丈夫かな？」

するとと花魁は、少し笑った。

「仲は良さそうゆえ、大丈夫でありんすよ。力を合わせ、白花を見つけてもらえますと、わちきは嬉しい」

「仲、いいの？　あれで？」

みかんは首を傾げ、また障子戸を見る。今日まで、揚屋町の中で暮らすことがほとんどだったが、その外には、不思議なことが満ちていた。みかんは今、真剣にそう思っていた。

花魁が用で部屋から出てしまうと、一人ぼっちになったみかんは、落ち着かなくなった。部屋は華やかすぎたし、周りから大勢の声が聞こえ、今にも障子戸が開きそうで怖い。

「みゃん、加久楽が帰ってくるまで、屋根裏にでもいよう」

高い場所で、狭くて、およそ人では入れないような所なら、みかんが勝手に入っても大丈夫だと思う。ただ落ち着いたせいか、朝から何も食べていないのを思い出し、ちょいとお腹を鳴らしてしまった。

加久楽がいる内に、煮干しの一匹でも、ねだっておけば良かったと、みかんは少しだけ耳を寝かせた。お香のことが恋しい。

「大丈夫、紅花さんが帰ってきたら、きっと猫まんまを貰えるから」

とにかく屋根裏へ登ろうと、花魁の部屋の天井を見てみたが、やはりというか、猫が潜り込めるような穴など空いていない。仕方なく、そろりと部屋から出てみたところ、それこそあっという間に、見つかってしまった。

「あれま、猫っ」

「驚《おでれ》えた。どっから入《へえ》ったんだ」

捕まって、どこかへ繋《つな》がれてしまうのは剣呑《けんのん》だ。みかんは必死に走って逃れようとしたが、前を客の男に塞がれ、慌てて反対側へ駆けだした。しかしそこには、何人かのおなご達がいて、捕まりそうで怖い。みかんは仕方なしに、妓楼の階段を駆け下りた。

追っ手には捕まらなかったが、一階へ降りた途端、奥の板間や土間から、それは多くの者らが、みかんを見てきて怖い。咄嗟《とっさ》に、人が少ない左手の方へ逃げた。怖い声が、背中の方から聞こえてくる。

二つ、だだっ広い部屋を抜けた。蒲団がたくさんあり、天井の隅に穴も見かけたが、上へ登れるような家具はない。更に奥へと抜けると、やたらと行灯《あんどん》ばかりが並んでいる部屋があり、積まれていた行李の上から、潜り込めそうな天井の穴も見つけられた。

「みゃん、良かった」

みかんは一気に行李を駆け上がると、暗い穴の中へ飛び込む。

途端、とんでもないことが起きた。みかんは突然、正面からの一撃を食らってしまったのだ。何を考える間もなかった。

体がはね飛ばされ、天井に空いた穴から、行灯部屋へ落ちていく。穴から白い猫の顔が、こちらを見下ろしているのが分かった。

五

「みかん、白花を見つけたんだって？　まだ猫又にもなってないのに、お手柄だ。お前の兄者は、誇らしいぞ」

使いに呼ばれた加久楽が、花菊花魁の部屋へ急ぎ帰ってくる。すると鼻の頭を赤くし、手ぬぐいで冷やしているみかんと、横に並んだ白猫を見て、一回首を傾げた。

加久楽が、先に戻っていた紅花へ目を移すと、芸者姿の猫又は我慢出来ない様子で笑い出してしまった。

「加久楽、ごめんね。みかんは白花を、一階奥、行灯部屋の屋根裏で見つけたんだって。その時、初めて会った白花が怖がって、一発食らわせちゃったみたいなの」

猫が鼠を倒す時に使う、必殺の一撃、猫拳《ねこけん》をお見舞いしたのだ。みかんは屋根裏の穴から落っこち、何とか畳へ足から着いたものの、もう、落ち着いてなどいられなかった。鳴き声を上げ、一目散に花菊花魁の部屋まで、店の内を突っ切って戻った。

ちょうど他の遊女達と共に、花魁道中へ出ようとしていた花魁が、それを見て、急ぎ部屋へ帰ってきてくれた。そして、屋根裏で白い猫に拳を食らった話を聞くと、外へ出る前に、紅花と加久楽へ使いをやってくれたのだ。

「いっ、痛いよぅ。加久楽、紅花。でもそれより、お腹空いたよう」

花魁の部屋で落ち着いたみかんは、思わず泣き言を漏らしたが、男がみっともないことを言うなと、反対に兄者から叱られてしまう。

だが白花は、ごめんなさいと言って、部屋にあった茶筒から、大きな煮干しを取り出し、三匹みかんへくれた。

「隠れてたら、いきなり誰かが現れたんで、頭の中が白くなったの。だから紅花姐さんから習った拳を、また使っちゃった」

「また？」

相手がまさか、まだ猫又になりきっていない子だとは、思ってもいなかったと、白花は耳と尻尾、それに頭を下げてくる。加久楽が勝手に、気にするなと言い、紅花は白花のことを案じた。

「心配したのよ。何で三日も、屋根裏に籠《こ》もっていたの？」

すると、白花の返事を聞き、紅花と加久楽が尻尾を出し、ひゅんと動かした。

「は？　花菊花魁の部屋に、知らない男の人が入ってきたんで、怖くなって逃げたというの？」

妓楼では、若《わか》い衆《し》という男の人達が働いている。初めて見る者が、仕事に来ただけだろうと花魁が言ったが、白花は首を横に振った。そして、恐ろしかった日のことを、皆へ語り始める。

「三日前、誰かが部屋の障子戸へ手を掛けたの。あたし、直ぐに花魁の蒲団の中へ隠れた」

白花は普段そうやって、店内の者達をやり過ごしているのだ。花菊花魁が猫を飼っていることは、皆、知っている。しかし白花の尾が二叉に分かれていることは、秘密であった。

ところが静かに障子戸が開くと、蒲団の隙間から見えた者の顔は、見たことのないものだった。若くて、綺麗で、まるで役者のような男だったのだ。

そして男は、店の人が油を注ぎに来る行灯には目もくれず、花魁の部屋にある、立派な品も無視して、真っ直ぐに蒲団の所へ来た。

（ひえっ、何？）

白花が吃驚《びっくり》している間に、蒲団に男の手が突っ込まれる。白花はあっという間に、探し当てられ、摑み出された。若い男がはっきり見えたが、やはり知らない相手だと思う。

そしてここで男は白花に、妙なことをしたのだ。

まず、白花の首玉の紐《ひも》を外した。そして白花が付けていた玉を外すと、紐に他の玉を通したのだ。その玉は明るい色合いで、日の光を丸めたような品に思えた。

ただ信じられないことに、白花は玉の表に、目玉を見たような気がしたのだ。その目は、きょろりと動いていた……。

「目玉？」

部屋内のみかん達は、首を傾げる。

新米猫又達は、学び舎の猫宿へ行くと、〝鍵の玉〟と呼ばれる、首玉へ通す正式な玉を貰うのがしきたりだ。まだ人に化けられない新米猫又達にとって、首玉は身につけられる唯一の華やかな品だ。だから猫宿へ向かう前に、里で姉者、兄者から一つ玉を貰って、大事にしている者は多かった。

白花も大事にしていたから、他の品を押しつけられるのが嫌で、身をよじった。しかし男は、構わずその玉を、白花へくくりつけてくる。

ところが。

しっかり結ばれたはずの首玉の紐は、何故だか解《ほど》け、玉は畳に落ちてしまった。途端、若い男は酷く残念そうな顔をし、白花を見てきた。

「み、みぎゃ？」

落ちた玉を見ると、やはり表に目があって、白花を見ている気がする。途端、白花はその目が、もの凄く怖くなった。それで、必死に前肢の一発を繰り出し、男の手から逃れ、花魁の部屋から逃げ出したのだ。

「その後、屋根裏の、隅の隅へ逃げ込んで、今日までそこにいたの」

並の猫であれば、三日も飲まず食わずではいられない。だが白花は既に、猫又になっている。だから無事でいられたのだ。

「みにゃ、おしまい」

そこで白花の話は終わり、花菊花魁の部屋にいたみかん達は、顔を見合わせる。

「みゃん、その男の人、白花を追ってこなかったの？」

みかんは首を傾げた。首玉を白花へ付けられなかっただけで、どうしてその男は、そんなに落胆したのだろうか。すると白花は首を横に振った後、奇妙なことを皆へ伝えた。

「玉が落ちたのを見た時、男の人の目は、針のように細くなってた」

間違いない。あれは猫の目であった。

「あの男の人、猫又だったわ」

紅花と加久楽が顔を見合わせ、怖い顔になっていく。その様子を、話が見えないみかんは、呆然《ぼうぜん》とした目で見つめることになった。

みかんのお腹が、場違いにぐうと鳴った。


花魁は、引き手茶屋で宴に出ているとかで、なかなか帰ってこない。

だが紅花と加久楽は、みかん達と猫まんまを食べた後、用があると言い、二人で部屋から出て行ってしまった。

「一度騒ぎがあった部屋には、店の皆の目が注がれている。みかん達だけが部屋に残っても、大丈夫だろう」

加久楽はそう言ったが、しかし二人だけになると、みかんと白花は顔を見合わせ、一緒に枕屛風の後ろへ隠れた。そして少しほっとしたところで、先に猫又になった白花が、色々教えてくれた。

「みかんは、猫又の話、まだ余り知らないわね、きっと。ああ最近まで、この江戸に、他の妖がいることも知らなかったのね」

しかも兄者に決まったのが、吉原へ入るのに失敗した加久楽では、ちゃんと必要なことを教えてもらえるのか心許《こころもと》ない。

「仕方ないわね。今の内にあたしが、あれこれ教えておいてあげる」

白花が、ちょっと得意げに話し出した。

「みゅー、猫又は江戸を、六つの陣に分けているの。知ってる？　ああ、それは聞いているのね」

この吉原も含め、二つが女猫又の陣。花陣と姫陣だ。

後の四つが男猫又の陣で、加久楽達のいる祭陣《まつりじん》、武陣《たけじん》、黄金陣《こがねじん》、学陣《まなびじん》だ。白花は爪を引っ込めた手で、江戸城と隅田川《すみだ》、神田川《かんだ》を畳に示し、各陣の位置を教えてくれた。

「もちろん、江戸で暮らしている人達は、猫又の縄張りのことなど知らないわ」

だが確かに、その区切りはこの世にあるのだ。みかんが頷き、白花は話を続けた。

「その六つの、猫又の里だけど。最初は男とおなごに、分かれてはいなかったんだって」

しかし猫又達が人に化けるようになり、長く経つと、思わぬ悩みが生まれてきた。猫である時は、恋の季節は決まっていた。なのに人と付き合ったからか、一年中色恋の話をする、猫又の野郎達が増えてきたのだ。

「おなごの猫又には、そういう者が余りいなかったから、男とおなごで大喧嘩になったみたい。第四次猫又危機だと言われたとか」

ここでみかんが、一次から三次は何かと問うた。だが白花も、それは後々猫宿で学ぶようにと、紅花に言われたという。

「とにかくその時の諍《いさか》いが元で、男とおなごの里が、分けられることになったわけ」

そして最初おなごの里は、吉原にあるこの花里、一つだけだった。

「男の猫又は、おなごの里へ来ることは出来るけど、里の住人にはなれない決まりだった。で、おなごへ陣地を明け渡すのだから、一つで我慢しろって言ったわけ」

ところが、だ。全てのおなご猫又が暮らすには、里一つではとても足りない。それで怒って、強引に二つ目の里をぶんどった、剛のおなごが出たのだ。

「それが姫里のおなご猫又達よ。何とみゃあ、人を味方に付け、合戦の覚悟を見せ、里を取ったんだって」

姫里が勝利した訳の一番は、加勢に人を引き入れた点だろうと言われている。人は猫又より、遥かに数が多いから、正面からぶつかるのを選ぶ男猫又はいなかったのだ。

「気の強い姐さん達よね、姫里の方々は」

白花の言葉に、みかんも頷く。白花は続けた。

「それで江戸の真ん中は、おなごの陣になったの。今の、御城を中心とした辺りに、姫里があるんだって。もっとも江戸城の中には、中立の学び舎、猫宿があるそうだけど」

そして、実は陣を奪った時、姫里が味方に引き入れたのは、何と後に将軍になったお武家だという。みかんはぴょこんと、尻尾を立てた。

「将軍様が、猫又の味方だったの！　みぎゃ、猫又と将軍が、どうやって会ったんだろ？」

すると白花は、にゃにゃっと、不思議な笑い方をしたのだ。

「みかん、姫里の猫又達は、人に化けるのが、そりゃあ上手《うま》かったらしいの。つまり、絶世の美女に化けて、偉い侍達の心を次々ものにしていき、一番上まで行き着いたわけ」

おかげで今、猫又達の化け姿は、男もおなごも、美男美女だらけなのだそうだ。

「そりゃ、そうよね。綺麗に化ける事自体が、大きな力になるって知ったんだもの」

あたしも、凄く綺麗な人に化けたいと、白花は言う。そのために猫宿で頑張って、化け術を学ばねばならないのだ。

「とにかく一度、力で、猫里で暮らす猫又達が入れ替わったの。だからそれ以来、六つの里は、互いのことを認めつつも、実は、陣取り合戦をしているんだって」

男かおなごかという条件はあるが、陣内で生まれた猫又は、その陣の者となる。つまり、人の暮らす江戸での陣地が広ければ、陣内の猫の数も多くなるから、より多くの猫又が生まれるわけだ。猫又が多くいると、その陣は強くなる。だからどこも、数を増やしたがっていた。

「猫又の数が多い陣の方が、威張ってるみたいよ。最近はないけど、いざ本当の合戦となったら、数が多い方が強いもの」

陣地が他の里へ割譲され、猫又騒動になったことも、以前はあったようだ。だから猫又が、他の里へ出入りする時、決まり事が出来ていた。

「余所《よそ》の里を訪れる時は、必ず事前に文《ふみ》を出して、出入りを知らせておかなきゃならないの」

そうすれば陣地も守りやすいし、猫又になったばかりの新米を、他の陣に連れて行かれることもない。実は前々から、陣の境近くに生まれた野良猫又が、余所へ連れて行かれてしまうという話があるらしい。

「えっ、新米達を、取り合ってるの？」

学び舎が怖いとみかんが言うと、白花は前足を横に振った。

「江戸に一つしかない猫又の学び舎、猫宿では、六つの陣から若い猫又達を、ちゃんと護ってるの。だからあそこは大丈夫」

でもそれ以外、ことに陣地の端は、結構剣呑らしい。

みかんは、溜息を漏らした。

「野良の猫だと、歳を摑みきれないこともあるだろうね」

だから今はどの里も、きちんと出入りする猫又の数を摑んでいた。つまり。

「今、われを迎えに来た加久楽以外、男の猫又が、花里にいてはいけないんだね」

ならば、白花を狙った若い猫又は、誰なのか。少なくとも猫又の掟《おきて》を破った、無法者なのは間違いなかった。

「ふにゃー、怖いことが一杯あるね」

白花が頷き、三日前を思い出したのか、毛を逆立てる。それから右に左に、首を傾げた。

「あのね、みかん。花菊花魁の部屋へ来た男猫又は、変だったと思わない？　どうしてあたしに興味があったのかしら。女の子を掠《さら》っても、男猫又の里には住めないわ」

おまけに、白花を捕まえたのに、直ぐには連れ出さなかった。それでは、捕まえる意味がないではないか。

「そうか、そうだよね」

ならば、どうして白花へ手を出したのか。目のある玉は何なのか。

「加久楽達は、何か承知しているのかな」

みかんは、兄者達が消えた障子戸へ目を向けた。

すると、その時。のんびり話をしていたみかんと白花の目が見開かれた。

障子に、影が映っていたのだ。そしてその影は、辺りをうかがうような素振りを見せていた。

六

気が付いた時、みかんと白花は、花菊花魁の部屋で、男に押さえつけられていた。障子の影を気にしていたら、いきなり後ろの襖が開き、別の男に捕まってしまったのだ。

「みにゃあっ」

二人目の男は、泣きそうな声を上げ暴れている白花の首を持ち、みかんの前にぶら下げる。そして、しばし静かにしてろと、みかんに言った。

「しばしって……どういうこと?」

「おお、こっちの子も喋るぞ。やっと猫又になったんだな」

一度に済めば楽だったのにと言いながら、男はみかんの首に手を伸ばすと、お香が付けてくれた、大事な藍の首玉を外してしまう。

「にぎゃっ」

もの凄く嫌で、みかんは思わず、爪を目一杯伸ばして引っ掻《か》いた。途端、手で頭を摑まれ、畳へべしゃりと押っつけられる。その間にもう一人の男が首玉に、綺麗な玉を通していった。

前に、白花が話していたのとそっくりの成り行きで、みかんは思わず玉に見入った。

すると、明るい色の玉には本当に目玉があって、それはくるりと回ると、みかんを見つめてきたのだ。じっと、ずっと、見ている気がした。

「みぎゃぎゃぎゃ？」

その眼差しが強くて怖くて、みかんはまた暴れた。だが男の手は力が強く、あっという間に、玉を通した首玉が、みかんに結ばれてしまう。

だが。

「みゃん？」

驚いたことに目玉の付いた玉は、紐ごとするりと外れ、畳へ落ちてしまう。

男が、きちんと紐を結んだように思えたので、みかんは驚いて玉に見入った。側で白花も、玉を見つめているのが分かった。

途端、みかんを摑んでいた男が、相棒を見てから溜息を漏らすと、落ちた玉を己の膝へ載せた。

「あー、茶虎の方も駄目か。金目銀目だから、少しは期待したんだが」

「〝猫君〟は、簡単には見つからんさ」

「だが、そろそろ生まれるという話だぞ。他の陣に取られては、かなわん」

何としても、己達の里が迎えねばならないと言うのを、みかんは顔を顰《しか》めて聞いていた。要するに男達は猫又で、〝猫君〟という者を見つける為、無茶と勝手を友に、花陣へ入ってきたようなのだ。

そして白花とみかんを試し、どちらも期待外れとなったらしい。

「みゃん、〝猫君〟って何？　その玉を結ぶと、誰が〝猫君〟なのか分かるの？」

みかんが思わず聞くと、猫又の男達が、顔を見合わせた。それからみかん達を、この後どうするか話し始めたが、どう考えても、ありがたい中身ではなかった。

「春《はる》、このちび達、どうする？　いや、猫の姿に油断したというか、うっかりというか、話を聞かれたようだしなぁ」

「夜《よる》、困ったね。いや、茶虎はまだ猫宿へも行ってない新米だし、我らの里へ連れて行ったらいいだろうけど。その女の子の方は、どうしようかねえ」

男の里へ連れて行ったら、きっと後で揉め事の元になると、男二人の考えは揃った。だが、残して行くことも出来ないという。

すると夜と呼ばれた方が、にこりと笑った。本当に猫又は顔の良い者ばかりだと、みかんはこんな時に、感心していた。

「そうだ、姫里へやったらどうかな。あの里ならば、取引が出来そうだ。新米猫又一匹と交換に、この先、色々口をつぐんでもらおう」

そうすれば白花も処分出来て、秘密も守れる。猫又二人は綺麗な顔で、怖いことを言い出した。みかんと白花は顔を引きつらせ、互いを見る。

「みゃん、花菊花魁と離れるのは嫌。おっかさんと離れるのは嫌っ」

白花の叫びを聞いて、みかんは自分の母、お香を思い浮かべた。

自分はお香が亡くなって直ぐ、長屋を離れてしまった。ろくに悼《いた》む間さえなかったのが、悲しい。無理だとは分かっていたが、本当はお香の野辺送りにも、みかんは付いて行きたかったのだ。なのに、出来なかった。

そして今、目の前で白花が、無理矢理、花魁と引き離されようとしている。みかんはそれが、もの凄く嫌であった。何としても、我慢出来なかった。

（絶対に、そんなこと駄目だ）

男達を睨み付けると、にやりと笑われた。

「おい、お前さん達は猫又なんだ。つまり、ここで人がそのことに気が付いたら、大騒ぎになるぞ。猫取りに売り払われて、三味線の皮にされちまう」

今度逃げ出そうとしたら、尻尾のことをこの場で話す。大人しくしていろと言われて、白花が泣きそうになっている。

（そう、われは猫又なんだ！）

そして逃げ出す機会は、ほとんどない。手を握りしめ、覚悟を決めた。

みかんは、ここで、畳に落ちていた自分の首玉へ手を伸ばした。しかし、そうと見せて、手を、春と呼ばれた男の膝へ伸ばすと、さっと不思議な玉を摑んだ。目玉がぐるりと回り、みかんを見てきて怖い。手が熱く思えて、頭の芯《しん》が白くなる。そして。

みかんは目玉の玉を、思い切り障子戸の方へ放ったのだ。玉が障子の紙を破いて、妓楼の廊下に飛び出る。みかんは同時に言い放った。

「早く取りに行きなよ。さもないと、妓楼のお客や遊女が、玉を拾っちまうよ」

「わあああっ、何しやがるんだっ」

春と夜は、みかん達を放り出して玉を追った。その間に白花の手を取ると、みかんは隣の間へ二人で逃げ込む。ただ。

(二人はきっと、直ぐに戻ってくる。部屋から走り出たって、猫又だって言われたら、大勢がいるこの二階から、逃げ切れはしない)

何しろ猫又は、尻尾が二叉になっているのだ。そこを見られたら、言い抜け出来ない。人を祟りにきた、妖だと言われてしまう。

(だから……だから)

やらなくてはいけないことは、分かっていた。やれるとも思えなかったけれど、やらなければ助からない。

(だから！)

その時、隣の間の障子戸が、大きな音を立てて、開けられた。

「どこに行った？」

「隣だっ」

声が迫ってくる。みかんは両の肢を踏ん張った。

だから！

「ここかっ」

ばんと音がして襖が開けられ、二人の男猫又が迫ってきた。

ところが二人の足は、襖の敷居をまたいだところで、不意に止まった。そして、大きく首を傾げた。

「あれ、男の子がいるぞ。猫じゃない。人だ」

「そして猫は……男の子が懐に押し込んでる、一匹しかいない」

そしてその一匹は白い猫だから、白花に違いなかった。つまり、ということは。

「この、がきみたいに若い兄さんは、あの茶虎か。驚いた、猫宿へも行ってないのに、もう人に化けられるのか」

くいと口の端を引き上げてから、はははと春が笑う。

「いいね、気に入った。茶虎のお前さん、名は何というんだっけ？」

自分達の里へ連れて行ったら、自分が兄者になってやろうと、春は勝手なことを言ってくる。みかんは腹を決めていたので、ここで総身に力を入れ、更に思い切った。辺りに響き渡るよう、思い切り叫んだのだ。

「助けてっ。怖いよう、助けてっ」

妓楼の二階には、既に客達が上がってきていたから、一気に騒がしくなった。

「ここです、この部屋っ」

みかんの声が続くと、廊下にいた若い衆が飛んできて、障子戸を開けた。みかんと二人の男へ目を向けると、眉を引き上げたので、みかんは必死に話を作り、先に語り出した。

「われは揚屋町のもんです。飼ってる猫が、この妓楼へ入ったんで、こっそり連れ帰ろうと、二階へ忍び込みました」

済みませんと謝るみかんの懐には、総身を着物の懐に隠し、頭を少し胸元から出した白花がいる。若い衆が頷くと、みかんは猫又達を睨んだ。

「そうしたら、この男の人達に見つかっちまって。この人達、酔っ払ってるのか、うちの猫を捕まえて、猫取りに売っぱらうって言うんです」

それで自分は大声を上げ、助けを求めたのだ。みかんはそう言うと、妓楼にいた者達に縋《すが》った。

「皆さん、助けて下さい。このままじゃ、うちの猫が殺されちまいます」

「みゃあっ」

「いや、違うんだ。おれ達の話も、聞いてもらおう」

男猫又達も語り出したが、直ぐに言葉を切り、顔を引きつらせる。妓楼の二階に並んだ男達が、二人へ、厳しい眼差しを向けたからだ。

そしてそれは、猫をいじめようとしたからだけではない様子だった。二人の前に、まず立ったのは、怖い顔の若い衆であった。

「妓楼にきて、遊女じゃなく猫をかまうたぁ、暇な兄さん達だね。ところでさ、店の二階に上がってるんだ。お二人さんは、敵娼《あいかた》の遊女を選んでるはずだよな。相手はどの部屋にいるんだ?」

今、二人がいる部屋は、花菊花魁の部屋だが、花魁は今、仲の町にある引き手茶屋へ行っている。だから、男達の敵娼ではない。

「客がこっそり妓楼へ上がって、遊女と遊ぶのを許したんじゃ、店が潰れちまわぁ。兄さん、選んだ相手、敵娼がいないなんて言わないでおくれよ。大騒ぎになるじゃないか」

春と夜は顔色を変え、尻をつくと、後ずさった。するとその時、酸いも甘いも心得たような、大年増が素早く寄ってきて、みかんに囁《ささや》いた。

「若い兄さん、あっちの二人は、今、忙しいみたいだ。この間に猫を抱いて、表へ逃げちまいな」

あんたじゃまだ、登楼は早かろうと言われ、みかんは顔を赤くする。

「あ、ありがとう、姐さん」

近くにいた遊女から、遣手《やりて》と呼ばれていた大年増へ、みかんは頭を下げる。そして、二階にいた他の者達にも頭を深く下げてから、みかんは白花を連れ、必死に下へと駆けだした。

すると一階に降りたところで、三味線を抱えた芸者が一人、さっと寄ってきた。その黒目が、細い猫の目になったので、猫又だと分かる。

「私は吉花《よしか》。紅花さんへは、私から知らせを入れておくわ」

芸者姿に導かれ、みかんと白花は、妓楼から駆け出た。

七

猫又の里、花里は、同じ吉原の町の内にあった。だがみかんが驚いたことに、人のいる家の隙間に、猫が潜り込んでいるわけではなかった。

花里は吉原に建つ、ある妓楼の先にあったのだ。奥にあると言わないのは、その言い方では正しくないからだ。

芸者と一緒に町を走り、余所の妓楼を訪れたみかん達は、まず建物の蔵へ入った。そしてその奥で、大きな壁と向き合うことになった。その壁には、立派な門が描いてあったが、もちろん絵だから開く訳もない。

ところが吉花という先ほどの芸者が、帯から根付けを抜いて絵にかざすと、驚いたことに、その絵に描かれていた門が開いた。そしてみかん達は、そこから奥へ、進むことが出来たのだ。

「根付けが、絵の門を開ける鍵になってるんですね。凄い、初めて見た」

「これ、私の首玉、鍵の玉なの。芸者姿じゃ、首に玉を付けているわけにはいかないわ。だから、根付けにしてるの」

共に奥へと進むと、驚くみかんの背の方で門が閉まる。眼前に現れた猫又の里は、並の町のように広かった。そこには人の姿も多くいたが、多分、猫又が化けた人に違いない。

そしてとにかく花里は女猫又の里、猫又も人に化けた者も、見事におなごばかりで、そこはきっぱりしたものであった。みかん達が大きな建物へ通され、部屋で一服していると、じきに廊下の向こうから、加久楽の声が近寄ってくる。

「みかん、誰かに襲われたんだって？　逃げられたとは、大したもんだ。おれは誇らしい……って、お前、みかんか？」

部屋へ入ってきた加久楽が、みかん達のいる十畳間の手前で、一寸足を止めた。白花と一緒にいたみかんは、まだ人の姿のままでいたからだ。

「魂消た。もう、化けることが出来たのか」

お前はまだ猫又ですらないよなと、加久楽が呆然とした顔で言う。

「確か猫又になるのは、二日後だったと思うが」

「みゃん、あの時、猫のままでいたら、どこかへ連れて行かれてた」

だからみかんは、必死になったのだ。

「あたしは、おっかさんから引き離されて姫里へやるって、怖い男達に言われたの」

みかんが助けてくれたのだと、白花が言う。その話し方はまだ震えていて、いつもと違った。そして白花は、妓楼での一幕を語り出した。

「まあっ、怖い思いをしたのね」

加久楽の後から来た紅花が、眉を吊り上げる。するとそこへ、芸者姿の猫又達が駆け込んできて、更に紅花を怒らせる話を伝えてきた。

「白花達を襲った、あの二人組の猫又だけど。何と逃げちまったのよ。妓楼の若い衆に、花魁を呼ぶ額の、倍の金を払って、事を収めてしまったの」

そしてわざわざ、若い衆に送ってもらい、吉原から出て行ったのだ。逃げ足は速かった。

「なんですって？」

紅花が、頭から湯気を出しそうに怒って、大声を出した。だがじきにそれは、溜息に変わる。

「全く。同じ場所に、人と猫又が重なって暮らすと、時々不便なことが起きるわ。人の世で起きたことは、人の決まり事に縛られちまう」

それでも白花が無事で、みかんも活躍し、こうして猫又の里内へ入れたのだから、良しとしなくてはいけない。周りの猫又達から言われ、紅花も渋々頷いた。

そして。

ぐううっ。

こんな時なのに、みかんのお腹が鳴ると、猫又の姐さん達は明るく笑い、木鉢に煮干しや、なまり節を盛って、部屋に並べてくれた。

「みゃん、美味《おい》しい」

「それにしても、二度も白花を怖がらせた奴《やつ》らは、どこのどいつなのよ」

紅花はまだ怒っていたが、加久楽さえ顔を見ていないのだ。芸者猫又達も、知らない者だと言っている。もちろん新米二人は、他の里の者を知らなかった。

だが白花が、二人は春、夜と呼び合っていたと、皆へ告げた。

「春？」

「夜？」

途端、心当たりがあったようで、何人かが二人の本当の名を挙げる。紅花と加久楽も頷き、みかん達に正体を告げてきた。

「きっと腕自慢が揃う番町《ばんちょう》の猫又ね。武陣の二人だと思うわ」

春という男は、春若《はるわか》だろうと紅花が言う。各陣の猫又達の名には、共通の字があるのだ。それでわざわざ、名の半分を隠して言わなかったのだろう。

「この花陣は、名に〝花〟が付く猫が多いわ。加久楽達、祭陣の猫には、名に〝楽〟の一字が入る。武陣の者が貰うのは、〝若〟の字ね」

春若は、紅花や加久楽より一年年上で、武陣の者らしく、猫宿の内で戦いを起こしたことも、あったという。夜若《よるわか》は、春若の兄者だ。二人はどこかの金持ちの子か、というような見てくれをしているのに、猫宿にいる頃から、武を誇る里の子らしく、欠片《かけら》も大人しくはなかったらしい。

加久楽も、紅花の考えに頷いた。

「白花を、姫陣に渡そうとしてたって言うし、間違いなかろう。あの二つの陣は、同じ武家系だ。しかも陣が隣同士だから、付き合いがあると聞いてる」

だが、その武陣の者達が、花陣に潜り込んで、何をするつもりだったのか。

「武陣から来るって知らせがあれば、どうぞおいで下さいと、花陣は返事をしたと思うの。なのになぜ、こそこそと、うちへ潜り込んできたのかしら」

最初から一騒動起こす気でいたから、知らせを入れられなかったのではないか。紅花がしかめ面《つら》で言うと、その問いに答えたのは、何とまた白花であった。

「姉者、あたし、あれを試す為じゃないかって、思ったんです。しかも、こっそり試したかったんじゃないかな」

「白花、〝あれ〟って、なぁに？」

「初めて襲われた時、あたし、首玉に目が付いた玉を、くくりつけられたって、言いましたよね。そしてね、さっきみかんが捕まった時も、おんなじことされたの」

春若はみかんの首玉を外し、そこに目玉がある玉を、通したのだ。そしてみかんにくくりつけた。

ここでみかんが、でもと続ける。

「玉は、直ぐに首玉ごと落ちちゃったんだ。白花と同じだね」

金目銀目だから、期待していたのにと言われた。みかんがそう話すと、他にも何か言っていなかったか、加久楽が聞いてくる。みかんは白花と、顔を見合わせた。

「そういえば、なんか言ってたね。そう、少しは期待した、とか言ってた」

「期待した？　何をかしら」

紅花が困った様子で問う。白花が、煮干しを片手に言った。

「姉者、そろそろ生まれるって言ってました。だから、新米猫又ばかり狙ったんだわ」

「生まれるって、誰が？」

部屋内の者達から聞かれ、みかんと白花は顔を見合わせる。そして、揃って言った。

「〝猫君〟です。簡単には見つからないんだって」

「〝猫君〟？」

「他の陣に取られては、かなわんて言ってた」

みかんが言うと、後ろにいた花里の皆も含め、一様に呆然とした顔になっている。白花が、〝猫君〟とは誰なのかと紅花へ問うと、不思議な答えが返ってきた。

「〝猫君〟は、猫又が今のように栄える元を作った、英雄なの。猫又の王とも、仙人とも噂されているわ。昔々にいた猫又君ね」

百万の術を使い、全ての猫又に尊敬されていたそうだ。〝猫君〟がいた時は、猫又の世は、今のように分かれてはいなかったらしい。

「江戸だけでなく、戸塚《とつか》や上方《かみがた》や……いや、全ての地の猫又が、〝猫君〟に従っていたと聞いてる」

加久楽も口にした。今となっては、伝説や神話に近い昔話だ。本当にそんな〝猫君〟が、この世にいたのかさえ、確かなことではない。記録すら残っていなかった。

「武陣の二人は、〝猫君〟を、本気で捜していたのか」

直ぐに、新たな疑問が湧き出た。

「あいつら、どうして新たな〝猫君〟が、そろそろ生まれると思ったんだ？」

訳はさっぱり分からないが、武陣の者が、ふざけているとも思えない。武陣は花陣を怒らせることも承知で、猫宿へ向かう前の若い猫又達に、無法をしたのだ。

「もしかして、本当にその〝猫君〟が、生まれるの?」

みかんが問う。そして〝猫君〟を見分ける方法が、あの目玉が付いた玉なのだろうか。

「分からん」

加久楽が不機嫌な顔で、短く言う。だが。

「猫君がこの世に現れるのなら、どの陣も、何としても、己の陣に迎えたいだろうな」

間違いなく猫君のいる陣が、一番注目され、猫又の決まり事も、好きに出来るに違いない。もしかしたらその陣を中心に、猫又達は再び、一つにまとめられていくかもしれなかった。

「猫又の大戦が始まるかな」

加久楽が口元を歪《ゆが》めて言った。

「ならば、事を放っておくのは拙《まず》かろうな。下手をしたらこの先、猫又になったばかりの者達が、狙われ続けるかもしれん」

頷いた紅花が、とりあえず全ての陣へ、注意を促す文を送っておくと言う。加久楽は息を吐《つ》いてから、みかんを見た。

「多分おれは、この先も、この件に関わることになると思う」

既に巻き込まれており、祭陣で一番、今回の件に詳しくなっているからだ。そして。

「明後日、無事猫又になったら、いずれみかんにも、手を貸してもらうことになる。おれの弟分だからな」

何しろみかんは、奇妙な目玉の玉を、己の目で見ているのだ。白花も横で、頷く。花里での騒動は、これで一件落着というより、これからの始まりを、告げているかのように思えた。

きっと大騒動になる予感がした。何回目かは分からないが、耳にしている猫又危機が、始まろうとしているのだ。

「みゃあ」

みかんは一所懸命頷いた後、猫又達に囲まれた中で、お香の顔を思い出した。

(香さん、われは無事です。猫又としての暮らしは、騒動で始まっちゃったけど
でも兄者には会えたし、仲間の里も、猫宿という学び舎も、これからみかんを待ってくれている。みかんは無事、明日を見つけられたのだ。

(だから香さん、安心してね)

ふと、いつかお香の墓参りに、行けたらいいなと思いついた。猫又は妖で、長命に違いない。だから、きっと夢が叶うと、心の内でつぶやいた。

(香さん、待っててね)

猫里の空には、不思議な程明るい光が広がり、気持ちが柔らかにほぐれていく。

するとここでみかんは、何もしていないのに、ぽんと猫の姿に戻った。周りが魂消、もう一度、人に化けてみろと言われたが、どうしても出来ない。

「ふみゃあ」

みかんが情けない声で鳴くと、仲間達の笑い声が、部屋に満ちていった。

猫宿の長《おさ》

一

茶虎で金目《きんめ》銀目《ぎんめ》、江戸生まれの猫みかんは、いよいよ齢《よわい》二十を超し、猫又《ねこまた》になった。妖《あやかし》と化し、長き時を生きることになったのだ。

百万の人が暮らす江戸は、皆が考えもしない秘密を抱えつつ、時を刻んでいる。人が暮らし、治める地ではあるが、同時に、猫又、河童《かっぱ》、妖狐《ようこ》など、多くの妖達も住み、誰も知らぬ内に、様々に人と関わってきた土地でもあるのだ。

その中でも猫又は人に化け、人の言葉を操り、歴史に絡んできてもいる。猫又の陣地である陣、いわゆる猫陣は江戸に六つあり、人の治める地と重なっていた。猫里は、各陣の内にある、猫又達が作った町だ。長屋や屋敷や、店まであって、多くの猫又達が暮らしている。皆にとって、ほっと出来る場所であった。

みかんはその内、吉原《よしわら》を含んでいる北の陣、花陣《はなじん》で生まれた。ただ、花陣は女猫又の為の里であったから、掟《おきて》に従い、猫又になった後、男の里へ移ったのだ。

運命がみかんを向かわせたのは、新米猫又の世話役、兄者《あにじゃ》の加久楽《かぐら》がいる祭陣《まつりじん》だった。祭陣は隅田川《すみだ》の東側、両国《りょうごく》の盛り場を中心とした、賑《にぎ》やかな里であった。

みかんはまず祭陣で、陣の頭《かしら》から猫又としての名、明楽《あきら》を貰《もら》った。どの陣でも、同じ陣の猫又達は、名に同じ字を一文字使うことが多いのだそうだ。祭陣では、〝楽〟の字が入る名を皆が持った。

それからみかんは里の一隅に、小さいが居心地良さそうな住処《すみか》も、割り当ててもらえた。

ところが、その住まいを整えるどころか、里に馴染《なじ》む間すらもなく、みかんは早々に祭陣から出ることになった。

新米猫又として、猫又の学び舎《や》、猫宿《ねこやど》へ入る日が迫っていたからだ。猫又として生きていくのは結構大変らしく、新米猫又は一人前になるため、里を出て学ぶのだ。

両国橋近くにある船着き場から、祭陣を発《た》つことになった。

その日加久楽は、前に一度化けた後、それきり人に化けられないみかんを懐《ふところ》へ突っ込むと、猫宿で使う品をごそっと買ってから、舟へ乗り込んだ。舟には、人の客は乗っておらず、代わりに一組の猫又達と、同舟することになった。

加久楽は舟でまず、みかんは季節外れの生まれゆえ、心配なことがあると告げてくる。

「学び舎である猫宿が始まるのは、毎年桜が咲く頃と決まってる。だから、夏前に生まれた新米猫又は一年近く、秋生まれでも半年は猫又の里で暮らしてから、猫宿へ向かうんだ」

各陣で、兄者、姉者《あねじや》から猫又の暮らしを学び、妖としての日々に慣れてから、猫宿へ向かうわけだ。

ところがみかんは、猫宿が開く少し前に猫又となった。つまり己の里で、色々聞いて備える余裕がなかったのだ。

「兄者でも、学び舎の中までは付いて行けん。仕方ない、みかん、分からないことは猫宿で、他の猫又達から教えてもらってくれ」

「みゅー」

思い切り心細くなって、加久楽の懐で鳴いていると、連れになった猫又が、大丈夫だよと声を掛けてくる。

「今年、祭陣からはうちのぽん太《た》も、猫宿へ行くんだ。同じ里の者同士、助け合ってやっていけばいいから」

学者のように落ち着いた面《おもて》の若者は、楽之助《らくのすけ》を名のり、懐に入れている茶色の猫、楽《らく》太《た》の兄者だと教えてくれる。楽之助の懐にいる茶の毛の塊が、同じ時に学ぶ猫又だと分かり、みかんは急いで挨拶《あいさつ》をした。

「みゃあ、われが祭陣で貰った名は、明楽。いつもは、みかんって呼ばれてるんだ。これから、よろしくお願いします」

「これ、ぽん太。お前さんも、早く挨拶しなさい。お前さんがみかんに世話になることも、きっと多いと思うぞ」

すると楽之助の懐から、ころっとした、毛足の長い猫が顔を見せ、笑いかけてくる。

「おれね、ぽん太っていうんだ。ええと、本名は楽太っていうんだけど、誰もそんな名前じゃ、呼んではくれないな」

猫より、狸《たぬき》に似ていると言われると、ぽん太は明るく言った。楽之助が何故か溜息を吐《つ》いた後、優しく言った。

「ぽん太、今の話、聞こえていたろう？　みかんへ祭里のことを、ちゃんと伝えてあげるんだよ」

「任せといて。でも何を言えばいいんだ？」

「ぽん太！　私が里について、お前さんへ話したことを、そのままみかんへ伝えればいいんだ」

楽之助が言うと、覚えている分は話せると、ぽん太が請け合った。

「どれだけ覚えているのかな？」

「兄者、分かんないよ」

弟分はこの調子で、猫宿を終えられるのかと、楽之助がまた溜息を漏らす。加久楽は、苦笑を浮かべた。

「みかん、ぽん太。猫宿での学びは、頑張らなきゃ駄目だぞ。人に化ける化け学など、幾つかの学びは、及第しないと、学業修了の証書が貰えない。猫宿の長《おさ》は、それはそれは厳しいお方だ。だから、半端なお許しは出ないんだ」

その証書を各陣へ出さないと、江戸の町を歩く許しが出ないとのことだ。しかしそれでは、大いに困るらしい。

「おれ達江戸の猫又は、まずは猫として、人や、他の妖が暮らす江戸で生まれる。そして長生きをした後、猫又になるわけだ」

だから猫又は、人との関わりが必須なのだ。そもそも人の姿になれないと、町を歩けない。つまり兄者となって弟分を迎えに行くことが、難しくなってしまうのだ。

「ね、楽之助兄者。猫の姿で江戸の町へ行けば、いいだけのことじゃないの？　新米猫又は、猫の姿で町にいるんだもの」

「ぽん太、猫又の尻尾《しっぽ》は二叉《ふたまた》なんだよ。そこを人に確かめられたら、妖だとばれるだろうが。人を祟《たた》ると言われて、狩られちまうぞ」

生きていく為、覚えねばならないことは多いと、楽之助は嚙《か》んで含めるように言った。人の町には、猫又達がぜひ欲しい、薬や、物なども揃《そろ》っている。

「だから修業は必須で、猫宿ではどの年も、上の組へいけない者が出るんだ。及第出来ず、最初に定められた年月では、猫宿を終えられない猫又も、結構現れる」

猫宿の上に、更なる上の学び舎はある。だが、猫宿だけなら新米猫又達は、短くて五年で出られることに決まっているという。しかし。

「中には十年かかって学び舎を出たという、剛の者もいたんだ。お前達は、そうなるなよ」

「みゃん、みかんは、猫宿で頑張ります」

「みぎゃー、おれ、大丈夫かな」

新米二人が耳を垂れたとき、すれ違った細長い舟が波を立て、みかん達の舟を揺らした。

「みゃっ」

思わず声を上げ、加久楽の着物にしがみついたとき、気付けば隅田川の川幅はぐっと広くなっていた。みかん達が乗った舟は大きな舟の間を、滑るように川下へと下り、岸は風景を変えてゆく。細長い舟から、笑い声が聞こえた気がした。

「あの細長い舟の船頭、化け河童だな。新米猫又が乗ってるのを見て、からかってきたんだろ」

加久楽は笑うと、江戸は大きく、妖や百万の人が暮らしていると教えてくれた。ちなみに吉原にいるのは、一万人ほどだ。

「百万？」

言われても、今一つよく分からず、みかんもぽん太も、首を傾《かし》げてしまう。加久楽が、猫宿のことをまた話し出した。

「今年は猫宿へ、新米猫又が二十人ほど入るらしい。多いな。下手をすると、一人もいない年だってあるんだ。実は去年がそうだった」

「みにゃ、なんで?」

「さぁ。我らに寿命ってやつは、ないからかもしれん」

猫又になっても、死ぬ者はいる。だが病にはほとんど罹《かか》らないし、妖としての力を失わずにいられたら、猫又は長く長く生きてゆけるのだ。

「つまりだ、余り死なない。だから必ず毎年、猫又が生まれなきゃならねえってことも、ないんだろうさ」

「ふにゃ?」

新米猫又二人が首を傾げている間に、舟は新大橋《しんおおはし》をくぐり、その先で、隅田川から堀川へと入った。日本橋の下を通って、じき町人地を離れると、石垣に囲まれた、みかんが見たこともない場所で皆を降ろした。

加久楽の懐に収まったまま、舟から離れたみかんは、辺りへ目を向け身を縮める。

猫宿は学び舎なのだ。だから前に暮らした長屋で、子供らが通っていた、寺子屋のような場所に違いない。そう、勝手に思っていたのだ。ところが。

「みにゃ、ここが寺子屋？」

目の前にある濠端《ほりばた》の先には、見上げるような構えの門があり、みかん達を待っていたのだ。おまけに、門の脇にある小さな通用門を通してもらうと、その先にまた、町が現れてきた。侍が大勢行き来している中を、加久楽達は歩んで行き、別の門をまたくぐる。そして大きな屋根の下にある、簡素な入り口へ向かうと、そこに坊主の格好をした男が待っていた。その者に誘《いざな》われ、みかん達は猫又なのに、昼間から堂々と御殿へ入っていったのだ。

ただ兄者二人はここで、刀の類《たぐい》を全て預けた。うっかりこの場で刃物を抜くと、とんでもない騒ぎになるからだそうだ。

「みにゃあ。加久楽、ここ、怖い所なの？」

「しっ、静かにしてろ」

坊主と共に、豪華な廊下の奥へと進んで行くと、周りの部屋に人の姿を見た。途端、みかんは懐深くへ潜り直す。

(何と、周りにいるほとんどの人が、侍だ)

そんな場所だから、猫が話しては拙《まず》いのだろう。とにかく兄者の懐でじっとしていると、随分歩いた後、坊主がみかん達を、広い部屋へ誘った。するとそこには既に多くの者が、静かに待っていたのだ。

部屋内を覗《のぞ》いたみかんは、思わぬ顔を見つけ、大きな声を上げそうになって、口を前肢《あし》で必死に塞いだ。

（ひえっ、あの人、猫又の春若《はるわか》だっ）

みかんが猫又になる直前のことだ。春若は花陣の吉原へ勝手に入り込み、みかんや花陣の猫又、白花《しろか》に怖い思いをさせた。何でこんな所にいるのかと一瞬思ったが、訳は直《す》ぐに知れた。春若は黒白猫又を連れていたのだ。

（あの黒白の子も、きっと新米猫又なんだ。春若は、あの子の兄者なんだな）

加久楽は、春若がいると分かったのかどうか、落ち着いた様子で前の方に座ると、みかんを懐から取り出し、己の脇に置いた。少し離れた場所に、以前吉原で出会った紅花《べにか》と白花の二人もいると分かった。更に後から、何人か猫又達が続いたところで、座が落ち着く。

すると、程なく上座脇の襖《ふすま》が開き、みかんは目を見開いた。驚いたことに、どう見ても猫又ではない者が、おつきを従え、部屋へ入ってきたからだ。

（ありゃ、人だ。あのお侍、多分偉いんだろうな。立派な着物、着てる）

しかもその男は、さっさと一段高い上座に座ると、みかん達猫又を見下ろしてきた。その時、座に集った猫又達が一斉に頭を下げたので、みかんも急ぎ真似《まね》をする。

上座の男が笑った。

「今年は、新米猫又が多いようだな。いや、良いことだ」

「上様におかれましては、ご機嫌麗《うるわ》しく」

ここで、姫陣《ひめじん》の由利姫《ゆりひめ》だと名のったおなご猫又が、重々しく挨拶をしたものだから、みかんは魂消《たまげ》た。上座の侍へ向けられた名は、みかんでも聞いたことがあるものだったからだ。

(みゃん、上様? あの人、将軍様なの?)

確か、もの凄《すご》く偉い人であった。日《ひ》の本《もと》で一番偉いかもしれない。そんなお人が、なぜ猫又達の前に現れたのだろうか。集まった猫又達も、どうして落ち着いた顔で挨拶をしているのか。

(そもそも、ここはどこ? 寺子屋には見えないんだけど)

もの凄く大きくて、豪華で、きらきらしい場所であった。なぜ己がそこにいるのか、みかんは訳が分からなくなって、身をすくめていた。

二

徳川《とくがわ》家の長、将軍は、挨拶の後、一段高い座から、驚くようなことを告げてきたのだ。

将軍は猫又に、とても慣れている様子であった。

「新米達は、同陣の者から聞いておるかな。猫又が学ぶ猫宿は、この江戸城の内にある。お主達はそれで、この城へやってきたわけだ」

（へっ？　ここに寺子屋があるの？）

つまり学び舎は、将軍が猫宿の長へ貸しているのだという言葉が、驚くみかんの耳に聞こえた。

江戸に猫又達が集った後、六つの陣が出来、若猫又達が学ぶ場も作られた。その頃よりずっと、猫宿の長をやっている者は、公平であるべき学び舎が、六つの陣から色々口出しされることを、良しとしなかったという。

それで江戸城を含め、大名地一帯を縄張りとしている、姫陣の猫又達ですら手を出せない所に、学び舎を作ろうと決めたのだ。

「そして猫宿の長は、猫宿を、この江戸城の中に作った」

そのため長は代々の将軍と、約束を交わしていた。

「つまり猫又達は、猫宿を開くための、場所代を支払うことになっておる」

代金は、それぞれの将軍で違ったという。手元に金が無いからと、小判で受け取る将軍がいた。長命な猫又から、昔の話を聞きたがる将軍もいた。そして今年は。

ここで将軍はにたりと笑い、新米猫又達を見てくる。

「今年の新米猫又達が、どのような力を持っておるのか、わしは、見てみたいと思うのだ」

何しろ猫又の内から、そろそろ〝猫君《ねこぎみ》〟という、凄い者が出てくると、将軍は聞いているらしい。そういう凄い者を出す妖だから、猫又達は、他の妖より偉いと、自称しているのだ。

「その猫君が、今年の新米の内にいないか、この目で見極めてみたい」

「はて、何をなさるおつもりでしょうか」

由利姫が首を傾げている。すると将軍は姫へ、綺麗《きれい》な顔を拝めて嬉《うれ》しいと気安げに言ってから、己の意向を話していった。

「実はな、由利姫。わしは猫又達から、聞いたことがあるのだ。新米猫又は、猫宿から、自分の首玉に付ける、玉のようなものを貰うと」

「はい。我ら猫又は、猫宿へ入った時頂く玉を、他の玉とは分け、〝鍵の玉〟と呼んでおります」

首玉の紐《ひも》に通し首に付けることで、猫の姿になっても持ち歩ける、唯一のものであった。それを鍵として使い、猫宿の内にある、扉を開けるからだ。将軍が頷《うなず》く。

「猫又としての格が上がると、その玉に力を集め、術を使う猫又も出てくるという。そうだな？」

「上様、よくご存じで」

「ふふ、お主達猫又との縁も、長くなってきたからな」

そこで考えたと、将軍は上座から身を乗り出すようにして言った。

「ついては、長きにわたっての縁が、これからも続くよう、ここに集った新米猫又達へ、贈り物をすることに決めた。つまり首玉の鍵を色々、わしが揃えさせてもらった」

珊瑚《さんご》で作ったもの。高名な僧に、梵字《ぼんじ》を刻んでもらったもの。縁起物の兎《うさぎ》や、龍の姿を彫ったもの。将軍は楽しんで、様々な鍵の玉を揃えたという。

「ただし、誰にどの鍵を渡すかは、決まっておらん。由利姫など、顔見知りの猫又が連れてきた新米を、贔屓《ひいき》したと言われるのも嫌だからな」

鍵の価値は、それぞれなのだ。

「だから公平に、どの新米猫又にもこれぞという鍵を得る機会があるよう、考えた」

天下の将軍が、にやりと笑った。

「この江戸城と、隣の二の丸の中に、首玉に付ける鍵を、沢山隠しておいた。新米猫又達は己達の力で、その鍵を探しだしなさい」

ただ新米猫又達はまだ、人にも化けられない者達だ。よって、江戸城に詰めている侍達に見つかれば、騒がれ、苦労するだろう。そんな猫又達のことを考え、鍵の玉は、倍の数を用意してあるという。

「二つ以上見つけた者は、好きな鍵の玉を選んでよろしい。ただし最後にこの部屋へ戻ってくるとき、持っていてよい鍵は一つのみだ」

鍵にも使いやすいもの、力強いもの、へそ曲がりなもの、様々なものがあるらしい。

「どれを得られるか、運や力が試されよう。ああ、良き贈り物だな。玉を得る力や、どれを選ぶかで、力量を見せてもらう」

探す期間は、丸一日。明日、将軍はもう一度この部屋に、同じ刻限、昼時の九つにやってくると言う。そこで、どの猫又がどんな鍵の玉を得たか、見るわけだ。

「それまで、この部屋は閉じられる。見つけた鍵の玉は、落としたり盗られたりせぬよう、明日まで大事に持っていなさい」

そう言い置いて、将軍がさっさと部屋から出て行こうとしたので、集った兄者や姉者達が慌てた。

「上様、高価な贈り物を用意して下さり、恐縮です。ですが……贈り物は、鍵の玉として役に立つのでしょうか」

鍵なのだから、各里や猫宿への門を、開けられなくては始まらない。そのためには猫又陣の頭や猫宿の長が、玉に鍵の役目を与えねばならないはずであった。

「妖の力が必要であり、それは人が成せることではないのですが」

すると将軍が振り返り、口の片端をすっと引き上げる。

「心配するな。鍵の玉には、猫宿の長が既に、ちゃんと鍵の力を付けておる」

用意した数が新米猫又より多いので、残ったものは、来年以降に渡される鍵の玉の一部にするよう、長へ渡されるという。各陣へも知らせてあると言うと、猫又達は仕方なく頷いた。

「我らの頭達が、既に承知していたのですか。聞いておりませんでした」

加久楽が驚いた顔を作ると、将軍の顔が、人の悪そうなものになる。

「猫宿の長から各陣の頭へ、黙っていろと頼んでもらったのだ。お主達を驚かせたかったゆえ。ああ、それと」

更に将軍は、見事な玉を持ち帰った新米猫又の陣には、日頃猫又達は使えない、濱御《はまご》殿《てん》の一棟を、一月《ひとつき》使わせると言葉を続けた。

「今回、わしは勝手をしたからな。礼だ」

部屋内がざわめいた。たとえ一月の間であっても、わずかでも陣地を広げるのは、猫又の誉れなのだ。侍が使っている御殿などは、猫又ではなかなか使えないから尚更だ。

部屋内に集った兄者、姉者達の顔が赤くなっている。

「みゃん、加久楽、どうしたの？」

「いやその、何でもない」

「猫宿の長は、わしの思いつきを、面白いと言ってくれたぞ。新米猫又達を、鍛える好機だと思ったようだ。それで鍵の玉は気合いを入れて、色々な場へ隠しておいた」

将軍と猫宿の長が褒める、素晴らしい鍵を、張り切って手に入れてくれ。将軍は、不安そうに尻尾を振る新米猫又達を励ました。そしてにこやかな顔で、こうも付け加える。

「鍵がないと猫宿へ入れぬぞ。初日で落第せぬよう、心がけよ」

ここで姫陣の頭、由利姫が問うた。

「新米猫又達が揃ったというのに、肝心の、猫宿の長がおられません。今日は、こちらに来られないのですか？」

「それは猫又達こそ、承知しているべきことだろう？」

そう言うと、将軍は今度こそ、部屋から出て行ってしまった。途端、残された由利姫の口がへの字になる。

「そもそもなんで大事な鍵を、将軍家斉《いえなり》公が新米猫又達へ、渡さねばならないんです？黙っていろと長に言われましたが、こんな話、聞いたことがない」

本来ならば鍵は、各陣が用意する。そして猫宿の長が、学び舎へ入る新米猫又に、贈る品なのだ。猫又になった者への、はなむけの品であった。

「それを猫又ではなく、人の好きに決めさせるだなんて！　大体、猫宿を人に借りているから、こんな勝手をされるのです。猫宿くらい、江戸のまん中で暮らす我ら姫陣の者が、用意するのに」

すると、今まで黙っていた春若が、腕を組みつつ、由利姫へ言葉を向けた。

「そう思っておいでなら、猫宿の長へ、直《じか》におっしゃればいいんですよ。あの方へ言えるのなら、ですが」

するると、恐ろしき事態となった。姫陣の猫又は、かつて男猫又達から猫又江戸六陣の一つ、姫陣を奪い取った武闘派だ。つまり、目が覚めるほどの美女揃いではあったが、欠片《かけら》も大人しくはなかったのだ。

由利姫が懐へ手を入れるのと、側《そば》にいた加久楽がみかんをひっ掴《つか》み、飛んで逃げるのが同時であった。革で出来た細長い鞭《むち》を取り出した由利姫は、舞うがごとき動きで、恐ろしき一撃を春若へ食らわした。

危ういところで春若はかわしたが、不幸なことに、隣にいた黒白猫又、黒若《くろわか》が鞭を尻尾に食らい、みぎゃと鳴き声を上げた。

「い、痛いぞっ」

「こら黒白猫又、お主も武陣《たけじん》の猫又であろうが。尾へ一発食らったくらいで、泣くでない」

「由利姫さん、済みません」

思わず謝った黒若を、今度は春若が怒鳴りつけた。

「馬鹿、謝るなっ。お前は今、由利姫と一戦交えているんだぞ。頭を下げてどうする」

「へっ？」

首を傾げている黒若へ、他の陣から来た付き添いの兄者姉者が、苦笑を向けている。猫又は同族であり、人に対しては力を合わせ、互いの身を守る。

しかしまた、隙あらば他の陣の陣地をかすめ取り、己の陣の力を、増そうとしている者達でもあるのだ。他の陣の者は、甘える相手ではなかった。

「春若兄者、済みませんっ」

「分かったら黒若、早々に鍵を探しに行きなさい。猫宿の長が承知したのであれば、もう今回の決まりがひっくり返ることはない」

つまり新米猫又達は丸一日の間に、将軍が用意した鍵を、手に入れなければならないのだ。

「先ほどの上様のお言葉からすると、見事な鍵ほど、難しい所に隠してあるはずだ」

ならば、他の新米猫又達より素晴らしき鍵を手に入れ、猫宿の長に、その力を認めてもらわねばならない。

「そうすれば、武陣の猫又は濱御殿へ行ける。面目を施せるぞ」

いつか南に、飛び地の陣地さえ、持てるかもしれないという。江戸城から遠い地には、まだどの猫陣の地か、決まっていない場所も多かった。

「は、はいっ」

途端、部屋のあちこちから、新入りへ発破《はっぱ》を掛ける声が聞こえてくる。

「白花、花陣の新米猫又として、思い切り素敵な鍵を手に入れなさい。特に、姫陣の鞠《まり》姫《ひめ》に負けては駄目よ」

「みゃん」

おなごの猫又陣は二つのみ。互いに張り合うことは多かった。

「京吉《きょうきち》、黄金陣《こがねじん》の猫又であれば、黄金の鍵の玉を手に入れてこい」

「日之吉《ひのきち》兄者、黄金の鍵って、あるんですか？」

「分からん。だが、他の猫又より劣ったものを持ってくるのは、許さんぞ」

勝手な言葉が部屋を満たす中、楽之助は弟分を見て、励ますように言った。

「ぽん太、確実に一つ手に入れてこい。鍵の玉は、持ち主が良い品に育てていくものだ。だから、縁があった鍵なら、どんな品でも良いからな」

「みゃあ、頑張ります」

一方、加久楽はみかんを見つつ、何故だか酷《ひど》く心配だと、溜息を漏らしている。

「花里へ迎えに行った時、みかんは早々に、変な騒ぎに巻き込まれた。おい、今回行うのは、鍵の玉探しだ。他に、余計なことをするんじゃないぞ」

「そうなったら、おれはお前を、庇《かば》えないからな。ちゃんと鍵の玉を探せよ」

鍵が手に入らなかったら、猫宿の長から、猫宿へは来年来いと言われかねない。

「みにゃん……ねえ加久楽、何で兄者達は、猫宿の長の名が出ると、顔が強《こわ》ばるの？」

途端、加久楽の顔が、確かに怖くなった。だが、その時部屋の襖が開けられ、早くも最初の一人が飛び出して行くのを見ると、他の新米猫又達も続く。

ぽん太もみかんも、後れを取ってはいられなかった。

「さあ、江戸城のあちこちを巡ってこい。猫宿の長のことは、この後、宿へ行けば、嫌でも分かるさ」

要するに、ここで己が長の話をするのは、嫌だということらしい。

「みゃあっ、分かった」

十九人の新米猫又達が、初めて来た御殿の廊下を駆けた。

三

「見つけたっ。これきっと鍵の玉だ」

何と、最初に嬉しげな声を上げたのは、ぽん太であった。みかんと一緒に廊下へ出ると、畳四畳分もの幅がある廊下の隅に、一つ転がっていたのだ。

もの凄く見つけやすかった。

おまけに、ただの木彫りだ。しかも龍とか虎とか、格好の良いものではなく、雀《すずめ》が、玉のように丸まった形だったのだ。どう見ても、立派な鍵の玉とは思えなかった。

ただ、ぽん太はさっさと拾い、それはそれは嬉しそうな顔になった。

「みゃん、良かった。おれ、一個も拾えなかったら、どうしようかって思ってたんだ」

これで安心出来た。良かったらこの後は、みかんを手伝ってやる。ぽん太にそう言われて、新米猫又達の間でも一番の新米みかんは、友へ頭を下げた。

すると近くから、せせら笑うような声が聞こえてくる。武陣の黒若であった。

「貧相な鍵だな。だから廊下に転がってるのを見ても、誰も拾わなかったのに」

猫又の鍵は、持ち主の猫又の、力の元になるとも言われているという。先のことを思えば、何としても今日、素晴らしい鍵を手にするべきだと、黒若は言った。

「そんな雀で満足してるようじゃ、猫宿で、ろくな成績を取れないに違いないや。猫宿の長は、そりゃ厳しい方だって言うぞ。ぽん太は猫宿を、学び終えることが出来るのかね？」

その言い方が、忌々《いまいま》しい。みかんが言い返した。

「黒若は、そりゃあ凄い鍵の玉を、手に入れるんだろうな。だったら、ここで嫌みを言ってないで、さっさと取りに行けよ」

「もちろんそうするさ」

そこへ、人の足音が近づいてきたのが分かり、三人は急ぎ廊下を離れた。黒若が庭から縁の下へと隠れたので、みかん達は何とか柱をよじ登って、一旦屋根へ上がり、瓦の下にあった隙間から屋根裏へと逃れる。

「ふうっ、おれ達が縁の下へ行けたら、楽だったのにね」

ぽん太は木登りが得意ではないとかで、小さく舌を出している。そして屋根裏の周囲を見回すと、ここには鍵の玉など、なさそうだしと付け足した。

「みゃん、どうして分かるの？」

「だってみかん、この屋根裏、もの凄く天井が低いよ」

猫又だから苦もなく歩き回れるが、鍵を隠したのは将軍なのだ。実際働いたのは家臣達、要するに人だ。

「この狭さだと、入り込むのは大変だと思うけど」

「そういえば、そうだね」

おまけに近くで一つ、既にぽん太に雀の玉が拾われている。

「ふにゃあ、ここを探しても無駄か。ぽん太、さっさと鍵を拾ったのが羨ましいよ。本心だ」

みかんが思わずこぼすと、ぽん太が嬉しげに笑っている。二人は、人がいない部屋へ降り、表へ出ようと、そろそろと暗い屋根裏を進んだ。

するとー。下の部屋から声が聞こえていた場所で、みかんは何かを踏んづけてしまった。がさりと音がして、総毛が逆立つ。

「みにゃっ」

「みかん、声、出しちゃ拙いよ」

二人が身を寄せ合い、息を呑《の》んでいると、下から、猫だろうとの声が聞こえてきた。

「みゃああん」

みかんが思い切って、もう一声鳴くと、ほらという言葉が続く。ほっとしたみかんは、踏んだものを見て首を傾げた。

「ぽん太、これ、何だと思う？」

「おんや、それきっと薬の袋だ。一回一服とか、字が書いてあるよ」

ぽん太は、本を読むのは得意なのだという。袋は膨らんでおり、下からの声が消えたところで、中を覗くと、紙包みが幾つか入っていた。

「薬をなんでわざわざ、狭い屋根裏へ置いたんだろ」

薬は、具合が悪いから飲むものだ。

「屋根裏なんかに隠したら、取りに来る間に、余計具合が悪くなりそうじゃないか」

一つ思いついて、みかんは口にしてみた。

「ぽん太、もしかしてこれ、猫いらずかもしれない」

危ない毒だから、人の入らない屋根裏へ置いたと、みかんは考えたのだ。だがぽん太は、尻尾を横に振っている。

「みかん、猫いらずは、食べ物に掛けて、鼠《ねずみ》に食べさせるもんだよ。袋に入ったままじゃ、誰も食べない」

「そうでした」

二人は寸の間、目を見合わせていたが、直ぐにぽん太が、前足で薬の袋を押さえた。

「みかん、この袋、元あった所に、そのまま置いとけよ。持ち主は別にいる」

「だけどぽん太、もしこれが本当に毒だったら、拙いよ。もしかしたら誰かが、怖いことに使う気かもしれない」

「みかんは今、その薬について考えるより、鍵の玉を見つけなくちゃ。加久楽さんに、釘《くぎ》を刺されてただろ？」

明日までに手に入らなかったら、猫宿へ入れない上、祭陣の皆は酷くがっかりしてしまうだろう。そして、みかんはこの先ずっと、鍵一つ拾えなかったことを、他の陣の猫又達から、言われ続けるに違いない。

「……そうだね、その通りだ」

みかんは袋を渋々、屋根裏に置き直した。きっと嫌なものだという気がしたから、身をかがめると、狭い屋根裏の、更に狭い場所へ袋を押し込んでみる。

すると、その時だ。屋根裏の端近く、屋根と天井が交わる辺りで、何かが光った気がしたのだ。

「にゃ？　あんな所に何かあるのかしら」

一度、この屋根裏から離れたら、もう戻ってこないと思う。だからみかんは腹ばいになって、酷く狭くなっている隅へ、手を伸ばしてみた。

するとだ。みかんは丸くて、紐を通せるようになっている、玉を手にしていたのだ。

「何と鍵の玉だ。こんな所にあった」

つるんとして、まん丸な鍵であった。下の部屋から、明かりが漏れてくる辺りへ持って行って見ると、飾り彫り一つないが、半分透けていて美しい。ぽん太が目を見張っている。

「それビードロじゃないかな。雀の鍵とビードロの鍵。さっき集まった部屋から、こんなに近いところに二つも鍵があったなんて」

おれ達、運が良かったねと、ぽん太が笑みを浮かべる。みかんは頷いたが、しかし渋い顔つきにもなっていた。

「ねえ、ぽん太。ビードロの鍵があった場所だけど。人が手を伸ばして玉を置くのは、無理じゃないかな」

ぽん太は首を傾げてから、己も端へ近寄っていく。しかし毛足が長いから、狭い隙間へ入っていくのが、みかんよりも大変そうであった。床へ張り付くようにして、ようよう屋根裏の端、鍵の玉があった隙間へ手が届いたが、振り返ってみかんへ話そうとした途端、頭を打って情けない声を上げる。

　戻ってきたぽん太は、首を横に振った。

「人じゃ、あの狭い隙間へは近寄れないと思う。余程小さな子供なら、別だけど」

　しかしそんな子供は、こんな屋根裏まで、上がってこられないだろう。もちろん、遠くから転がしたのかもしれないが、ビードロは粗末に扱えば割れかねない。

「誰がビードロの鍵、あそこへ置いたのかしらね」

　二人はしばし、首を傾げていた。だが、先にぽん太が笑うと、みかんを見る。

「分かった。ビードロの鍵を置いたのは、猫又だ。新米猫又達へのお題なんだもの。猫又が鍵を置いて回るのに力を貸しても、不思議はないよ」

「でもぽん太、われらはついさっき、鍵のことを聞いたばかりだよ。兄者、姉者も、鍵の玉のことを耳にして驚いてたよ」

　陣の頭達は、鍵の玉の件を承知していたようではある。しかし頭達は口止めをされ、余所《よそ》には話していないと、将軍は言っていた。

「猫宿の長が、口止めしたからって……」

　みかんがそう口にした途端、二人はしゅっと二叉の尾を振り、顔を見合わせる。

「鍵をここへ置いたのは、猫宿の長だ！　あのお人なら、ビードロの鍵の玉を隠せる。猫宿があるこの江戸城にいるし、将軍と鍵のことを話し合ってたし」

薬袋も、猫宿の長が玉と一緒に、持ってきたに違いない。ぽん太はそう言い出した。もしくは薬袋を見つけた場所へ、長は玉を置いたのだろう。

「ああ、さっぱりした」

一方みかんは、口を尖《とが》らせる。

「猫宿の長がこの屋根裏へ、薬袋と鍵の玉を隠したとしたら。ここへ新米猫又が来るかもって、猫宿の長は思ってたってことだよね？」

そして、屋根裏でビードロの鍵を見つけた猫又は、必ずその前に、薬袋に気が付いたはずだ。

「なら、この袋が、鍵の玉の手前に置いてあったことに、何か意味はないのかな」

猫宿の長は、新米猫又達へ、鍵の玉を探せというお題を出した。そしてそのお試しには、別の意味も加わっているかもと、みかんは思えてきた。

「なら、われは、この袋をどう扱うべきかしらん」

「か、考えすぎだよ、みかん。だって、おれが雀を拾った時、あの鍵の玉はただ、落ちてただけだった。他に、新米猫又を試すようなものは、なかったぞ」

しかしみかんは、首を横に振る。

「お試しは、あったと思う。雀の鍵、もの凄く分かりやすい場所に、いかにも拾って下さいって形で、転がっていたよね？」

そして、新米猫又達が持ち帰ることの出来る鍵の玉は、一つだけであった。

「鍵探しは始まったばかりだった。他にもっと凄い玉を、手に入れられるかもしれないと思える時だ」

多くの猫又達が見ている中で、あの雀の鍵へ手を出すには、勇気が必要だったのだ。

「ぽん太は、皆の目を気にしなかった。われは、立派だったと思う」

そういうことが出来るか。それが雀の玉に籠《こ》められた、お試しではなかったのか。

「そ、そう？　ただ、拾っただけだけど」

「だからわれは、ここに現れた薬袋が、とても気になってるんだ」

薬袋をどうするべきか。みかんとぽん太は屋根裏で、しばし目を見合わせていた。

四

「ぎゃにゃーっ」

「ひえええっ」

みかんとぽん太は、江戸城中を走っていた。いや正しく言えば、逃げていた。潜り込んでいた御殿の部屋から庭へ、そして木の枝へと飛び移り、塀から城中の道へと飛び出ると、必死に駆けることになった。

そんなみかんとぽん太を、何と二人の侍達が、追ってきていた。

「にゃんで？」

みかんは走りつつ真剣に、追われる訳を考えた。だがどうしても、訳が分からない。二人は鍵の玉と薬袋を見つけた後、とにかく潜り込んでいた屋根裏から、出ようとした。だが御殿の天井に、猫又が下へ降りられる程の隙間があるはずもない。二人は入ってきた屋根の隙間から出て、下へ降りようと話し合った。

ところが外へ向かう途中、入り込んだ場所とは別の方から、光が漏れているのを見つけたのだ。みかん達が行ってみると、天井板が、わずかに外れていた。二人で動かしてみると、簡単に下への穴が開き、ぽん太がほっとした声を出した。

「みゃあ、助かった。屋根から降りるのは、嫌だったんだ」

高い所へ登るより、降りるのを嫌がる猫又は多い。ただ、飛び降りるのは得意だから、ぽん太は天井の高さからなら、飛び降りたいと言い出した。

「ぽん太、御殿の天井は、とても高いよ。それはちょっと、無謀というか」

みかんは一旦止めたが、直ぐに、飛び降りるのもいいかと考えを変えた。下を見ると、踏み台のようなものが目に入ったからだ。

「あの踏み台、この外れた天井板を直すために、使うものかもしれない」

つまり台は、開いた天井の直ぐ下に置いてあったから、そこへ飛び降りればいいという話になったのだ。まだ職人達はおらず、今ならば降りても大丈夫だと思われた。

「先、行く」

ぽん太が意外な程、身軽に踏み台へ飛んだ。みかんも続いて飛び出そうとして、その前に、先ほど拾った薬袋を首玉へ挟んだ。やはり、置いていく気にはなれなかったのだ。

ところが。

「み、ぎゃっ？」

天井の穴から踏み切った時、側の襖が開き、裃《かみしも》姿の侍が部屋へ踏み込んできたのだ。みかんの上げた声に、侍が顔を上げたので、その顔面へ着地することになった。

「ふぐっ」

いきなり顔を毛皮で塞がれ、腕を振り回した侍が、派手に尻餅をつく。

「神田《かんだ》っ、大丈夫か」

直ぐ側から声がしたので、連れがいると分かり、みかん達は一層慌てた。少なくとも江戸城の御殿は、飼ってもいない猫が、いて良いところだとは思えなかった。

「み、みにゃ」

鳴いた途端、二人目の侍が、みかんへ目を向ける。すると何故だか顔色を変え、みかんへ飛びついてきたのだ。

だが、人の姿に魂消、動けずにいたぽん太に足を引っかけて、その侍も見事に転んでしまう。みかんは、痛いと文句を言うぽん太を引っ張って、御殿の部屋から飛び出した。

「お、追えっ」

後ろから、みかんが顔を踏んづけた、侍の声が聞こえてきた。


みかん達は、沢山の御殿脇を、ひたすら駆けていった。そしてぽん太は件《くだん》の侍達へ、文句を言い続けていた。

「あのお侍達が、あと少し遅く部屋へ来てれば、会ったりしなかったのに」

大体なんで、天井が壊れているような御殿の部屋へ、侍が来たのか。職人ではないから、天井を直せるとも思えなかった。

「変な奴《やつ》！」

みかんは走りつつ、溜息を漏らした。

「何だか猫又になりかけた頃から、走ってばかりいる気がする。あの侍達、なんでしつこく、追ってくるのかな」

すると、ぽん太が横で目を三角にした。

「そりゃ、みかんが首玉にくくりつけて持ち出した、薬袋のせいだって！　それが目立つんだよ」

「まさかとは思うけどさ、追ってくる侍達、この袋の持ち主かな？」

猫の首玉に挟まった紙袋が気になっても、中身を知らないなら、追ってはこないと思うのだ。後ろの侍達が、天井へ袋を隠した当人なら、取り戻そうとするのも分かる。

「へっ？　おれ達の方が、泥棒だってこと？」

ならば侍達へ、薬袋を返した方が良いのではと、ぽん太が言い出した。だが駆けつつ、みかんは顔を顰《しか》める。

「この薬、猫いらずかもしれないって、ぽん太と話したよね？　侍が必死に追ってくるんだ。本当に毒かもしれない」

もしあの侍達が、毒を扱っているなら。

「われはこの薬袋、渡したくない」

江戸城内で、毒を扱う役目の侍がいるとは、どうも思えないのだ。多分、悪いことに使う気だったに違いない。

「ぽん太、何としても逃げ切るぞっ」

「お、おうっ」

ところがだ。御殿から離れ、石垣が並ぶ方へ駆けだしたところ、突然道の先から、侍がもう一人現れたのだ。

「大山《おおやま》、猫を捕まえろっ」

後ろから大声が聞こえ、みかん達は魂消て足を止めた。挟まれた二人へ、三人目の侍は手を伸ばしてくる。

「にゃん、ぽん太、こっちだ」

直ぐに、右側にあった低めの石垣へ足を掛け、器用に石垣を登った。三人目の侍の、背より高い場所を駆けぬけ、男を追い越すと、みかんは一寸《ちょっと》、上手くやった気がした。

しかし。直ぐに更なる災難が降ってくる。

「ふにゃにゃっ？」

目の前に、とんでもなく急な下り坂が現れてきたのだ。他に道はない。追ってきた三人の侍達にも坂が見えたようで、汐見坂《しおみざか》だという声が聞こえてくる。

「汐見坂？　ぽん太、転ぶなよ。お前さんは少し、体を使うことが不得意で……」

みかんが声を掛けた時、隣を駆けていたぽん太が転び、坂を転げ落ちていった。

「ひええっ」

その時、慌てて足が止まったみかんへ、神田と呼ばれた侍が飛びついてきた。みかんはその手をかいくぐったが、神田は勢いのまま坂を駆け下り、転んだぽん太の足を摑んだ。しかし無理をした侍も直ぐに蹴躓《けつまず》き、ぽん太と共に、坂を転げ落ちていったのだ。

「ぽん太っ」

みかんは腹をくくって、己も半分落ちるようにして二人の後を追った。

すると、その時だ。坂を下りきった先の道に、人の姿が見えてきたのだ。

ただ、新たに現れた者は、武士ではなかった。金色の袈裟《けさ》を着け、網代笠《あじろがさ》を被《かぶ》った、背の高い僧であった。手にある杖《つえ》のようなものは、祭陣の頭も持っていた錫杖《しゃくじょう》かもしれない。僧は二の丸の方から、江戸城本丸へ向かっているように思えた。

「みぎゃっ、ぽん太が御坊《ごぼう》にぶつかるっ」

悲鳴を上げた時、僧が動いた。目を見張ったことに、転がってきた武士と友を、軽い身のこなしで避《よ》けたのだ。ただ僧はその時、錫杖の先を首玉に引っかけ、ぽん太をひょいとみかんの方へ飛ばした。

「ふにゃ？」

ぽん太も猫又だから、宙で器用に身をひねると、己で坂道へ降り立つ。一方、僧から見放された武士は、そのままごろごろと転がって、道の向こう側にあった塀にぶつかり、見事に伸びてしまった。

「あにゃー」

みかんが慌ててぽん太の側へ駆け寄ると、友は大丈夫だと言って笑った。ところが、それで事は済まず、汐見坂の上から更に二人の侍が、みかん達目指して駆け下りてくる。

ここで、僧が思わぬことをした。何と猫のみかんへ、どうして追われているのかを問うてきたのだ。

「われは、みかんと言います。江戸城の、御殿の屋根裏で、変な袋を見つけたんです。そうしたら、侍に追われました」

侍達は全部で三人いて、みかんが見つけた袋を、手に入れようとしているのだ。

「なるほど」

「伸びてるお武家は、神田という名です。もう一人は、大山です」

「ほう、神田と大山か。共に大番組《おおばんぐみ》だ。ならばあと一人の名は、佐川《さがわ》だな。面白い」

よく聞く名の何が面白いのか、僧はにやりと恐ろしげな笑いを浮かべた。そして話している間に、二人の侍が坂を下りきったので、みかんとぽん太は、逃げ出す時を失ってしまった。

道の前後を侍二人が塞ぎ、塀の方にはもう一人が伸びている。その侍とて、いつ気が付くか分からず、どこへも行けなかった。

よってみかんは、再び腹をくくった。

「ぽん太、逃げ込むぞ」

「どこへ」

「真っ正面っ」

友の毛を引っ張ると、直ぐ側に立っている僧の衣へ、二人で逃げ込んだ。片方だけ重たくならないよう、僧衣の左右の袖から中へ隠れたのだ。

「おおっ？」

これは考えの外だったようで、僧が片眉を引き上げる。すると侍達は、みかん達を僧の猫だと思ったのか、袋を渡すよう僧へ言い、迫ってきた。

一人が刀へ手を掛けていたから、余程本気だと思えた。今日、江戸城へ入る時、猫又の兄者、姉者は全員、刀の類を置いてきた。

（確か、城中でうっかり刀を抜いてしまったら、ただでは済まないって言ってたと思う）

そして僧は刀を持たないのに、何故だか薄く笑って臆する様子もない。侍達が前後から間合いを詰めてくると、静かに錫杖を構えた。

すると、二人の侍は申し合わせでもしていたかのように、前後から同時に打ちかかってきたのだ。

みかんは咄嗟《とっさ》に、後ろから襲ってきた男へ、鍵の玉を投げつけた。それがみかんが持つ、唯一の物であったからだ。

ビードロが男の額に当たり、割れて飛んだ。目に破片でも入ったのか、男の悲鳴が聞こえてきた。

五

いつの間にか、日が暮れていた。

みかんとぽん太は、汐見坂を下った先にある、二の丸の庭へ入り込んでいた。庭の端の方に生えている低い木の根元に、身を隠しているのだ。

「腹が減った。よく考えたら、明日の昼まで、自分達の力だけで、過ごさなきゃいけないんだよな。飯のこと、考えてなかった」

こんなことなら、雀の玉を得たら直ぐ、江戸城の台所へでも行って、何か食い物を持ち出せば良かったと、ぽん太はぼやいている。

幸いというか、二の丸には池も小川の流れもあったから、水には困らなかったが、やはりみかんも腹を減らしていた。今、ほとんどの新米猫又は、空腹に違いない。

「でもみかん、今から台所へ、忍び込みたくはないよな」

「うん。もし、鍵の玉を手に入れられずにいる猫又がいたら、台所へ行ってるかもしれないもの」

既に鍵の玉を手に入れた誰かが、のんびり食い物を探しにくるのを、待ち構える為にだ。

「鍵の玉を手に入れた後、直ぐに将軍へ差し出せるのなら、話はもっと簡単だったのに」

だが、明日まで持ってくるなと言われているのだ。つまりその間、鍵の玉を手に入れた者達は、それを守り通さねばならない。

ただ、みかんはビードロの鍵の玉を、割ってしまっていた。

「だけどさ」

ここでぽん太が、にやりと笑う。

「みかん、もう一つ鍵の玉を見つけられて、良かったね」

「うん、ほっとした」

みかんは小さく息を吐《つ》いた。

先刻のこと。みかんが鍵の玉を投げ、加勢したからか、単に御坊が強かったからか。とにかく僧は、見事に二人を打ち倒してしまった。僧とも思えない確かな腕前で、みかんは目を見張った。

強い、怖い、凄い！　ああ、まるで人じゃないみたいだ。まるで……。

すると僧は、直ぐにみかん達を袖内から取り出し、また問うてくる。

「なぜ、私の袖内へ隠れた？」

「それは……同じ猫又ですから、人からは庇ってもらえると思ったので」

「なぜ私が、猫又だと思ったのか。いや、いい。猫へ質問したのだ。そんなことをするのは、確かに猫又くらいだな」

正しい判断をしたが、馬鹿をしたとも思うと、僧は言う。今、新米猫又達が、鍵の玉を探していることを承知のようで、先ほど投げたビードロは、大事なその品だろうと言ってきたのだ。

そして僧は、大事な鍵の玉を割ってしまったみかんへ、この後、どうする気なのかと問うてきた。

「刻限までに新たな鍵の玉を、また見つけられるかな。私を助けるのに使ったと言っても、玉がなければ、勘弁してはもらえぬぞ」

「それは、大丈夫です」

みかんはそう言い切ると、ここで手のひらを広げて見せた。そこには楕円《だえん》で、真っ赤な玉が一つ載っていた。

「おや」

「袖内へ飛び込んだとき、袈裟の裏にあった紐に、玉が通してあることに気が付きました。真っ赤だったんで」

みかんは、僧が二人の侍と対峙《たいじ》している間に、二つ目の鍵の玉を手に入れていたのだ。

「ふふふ、これは上手くやったな。お主、覚えておこう。ほう、みかんというのか」

僧は機嫌良さげに笑い出すと、では玉の代わりに、自分は薬の袋を貰おうと言い、みかんの首玉から外した。

「今回、上様が新米猫又を試すに当たって、自分が一つ、鍵の玉を持って歩くことを、引き受けはした。だがな」

人が持つ鍵の玉を取れる猫又はいなかろうと、僧は思っていたらしい。持っているのかいないのか分からない玉を、着物の内から取るのは難しいからだ。

「その鍵の玉は、珊瑚から作ったものだ。高価だぞ。大事にしなさい」

もっともみかんは、毛の色が蜜柑《みかん》色で、しかも目が黄色と青の、金目銀目だ。

「首に付ける鍵の玉が赤だと、妙に派手で、落ち着かん気もするが」

それでも、みかんが珊瑚の鍵の玉を手にしたのなら、そういう巡り合わせなのだろうと言い、僧はその場を離れてゆく。

「あの、倒れてるお侍達、このままでいいんですか？」

ぽん太が、思わず僧の背へ問うと、振り返った僧が、伸びている侍達へ目を落とす。

「そやつらの名は分かった。身分、立場が知れたということだ。よって、この袋を狙った処分は、明日行う」

侍達の名は分かった。彼らは僧が何者であるか、分かっていないだろうから、家を捨てて江戸から逃げることはすまい。だから今、重たい体を背負っていく気にはなれないと言い、僧はさっさと去って行く。もう、争いの元となった薬の袋はなくなったが、侍達とまた向き合うのは嫌で、みかん達も急ぎ、汐見坂の坂下から離れた。

二人は急な坂を上り、本丸へ戻る気力が出なかったので、二の丸の広い庭へと入り込み、茂みの下へ隠れた。

「しかし、たまたまあのお坊さんと出会って、助かったね」

「たまたま、かな？」

「みかん、もちろんそうだよ。坂と道しかない所に、何の用があるっていうんだ？」

ぽん太は時々腹を鳴らしつつ、簡単には見つからない場所で腹ばいとなり、ほっとした調子の声を出している。辺りは暗く静かで、葉が落ちる音すら分かる程だったから、却《かえ》って他の気配が分かり、安心出来た。

「われ達はこの後、他の新米猫又に、鍵の玉を盗られることはないと思うよ」

朝になっても、鍵の玉を手に入れていない者は、焦って人の持つ鍵を、奪おうとするかもしれない。しかし、ぽん太とみかんは二人連れなのだ。

「まず襲われることはないさ。水を飲みに行くにも、あの部屋へ帰るにも、相棒がいれば安心だね」

「そうだねぇ。なら少し寝ようか」

みかんがそう言うと、ぽん太が嬉しげに頷いた。二人は茂みの下で寄り添って丸くなり、ぽん太は直ぐに寝息を立てる。だが、みかんはどうも、なかなか眠れなかった。

（今日、気になることを聞いた気がしないか？　われはその言葉から、何かを思いつくべきだった気がする。忘れていることが、きっとあるんだ。けど、何なのかしら）

悩んだが、分からない。そして気が付くと、みかんは眠りに落ちていた。しかし夢の内でもずっと、ああでもない、こうでもないと、考え続けていた。

六

突然大きな声が響き、みかんは飛び起きた。半分寝ぼけつつ、茂みの中で目を開くと、辺りはとうに明け切っていた。

ぽん太も横で、起きだした。二人で声の方へ目を向けると、猫達が凄い勢いで、二の丸の庭園を駆けているのが、木の隙間から見えた。いや皆、尾が二叉に分かれているから、猫又達の騒ぎであった。

「何事が起きたんだ？」

呆然《ぼうぜん》としているぽん太の傍らで、みかんが髭《ひげ》を震わせる。何と、四人の猫又に追われ、逃げているのは、花陣の猫又、白花だったのだ。

「にゃん、何で追われてるんだ？」

答えは直ぐに分かった。白花は早々に、四人に捕まってしまったのだ。押さえつけられて、何と首から下げていた鍵の玉を、盗られてしまった。悲鳴が聞こえてくる。

「鞠姫、あなたもう、鍵の玉を持っているじゃない。同じ姫陣の三人だって、手に入れたって言ってたわよね？」

なのに、どうして白花のものを取り上げるのか。庭に押さえつけられたまま、白花が問うと、鞠姫と言われた猫又は、ぺろりと舌を出してから、白花が持っていた鍵の玉を、思い切り庭の石へ打ち付けた。

「あっ」

みかんとぽん太が魂消ている間に、白っぽい鍵の玉は砕けて庭へ散った。

「上様は、今回の鍵の玉探しで、新米猫又の玉を得る力や、選ぶ力量を見せてもらうと言われたわ。幾つ集めてもいい。そして昼までは、部屋へ戻れない決まりだった」

つまり、一旦鍵の玉を手に入れても、安心するなということだと、鞠姫は続けた。

「鍵の玉を、奪われないように。違うかしら？」

鍵の玉探しは、新米猫又の器量定めの場なのだ。ならば鍵の玉を奪われた白花は、鞠姫達より、間抜けだということになる。

「その分、わたし達姫陣の評価は上がる。だから壊したの」

その時だ。気持ちよく話していたはずの鞠姫は、立っていた庭石から飛び退《の》くと、怒りを顔に浮かべた。

白花を押さえつけていた片方が、ぽん太の頭突きを食らい、鞠姫の目の前で、思い切り転げてしまったのだ。そしてもう一人は、みかんから拳固《げんこ》を受け、白花を放して後ずさった。

「何奴っ」

鞠姫がもの凄い目つきで睨《にら》んできたが、腹が立っていたみかんは、引かずに睨み返した。

「上様は、余分に鍵の玉を用意したさ。でも余った玉は、来年使えばいいと言ってた。鍵の玉を壊せなんて、一言も口にしてなかったぞ！」

鞠姫は、眉を吊《つ》り上げたが、癇癪《かんしゃく》を起こし、飛びかかってくることはしなかった。姫陣の新米猫又は四人で動いていたが、こちらも今は、白花を入れると三人いる。無茶はしなかったのだ。

「あら、ごめんなさい。でも壊しちゃった鍵の玉は、元に戻せないわ」

ならば白花は、これから大急ぎで、鍵の玉をもう一つ探さねばならない。

「そろそろ辰《たつ》の刻が終わる。部屋へ戻る昼九つまで、あと一時《いっとき》半くらいしか残ってないわ」

二日目を迎えているのだ。猫又達は多くが既に、鍵の玉を手に入れているだろう。鞠姫達が壊してしまった玉は、他にもあるかもしれない。二つ以上探し当てている猫又も、いるに違いない。

「この後無事に、新しい鍵の玉を探し出せたらいいわね。まだ余りがあったら、だけど」

「悪いことをする奴には、罰《ばち》が当たるんだぞ!」

ぽん太が怒りを向けると、鞠姫達は笑いながら、その場から離れていった。しかし、みかんもぽん太も、後は追わない。白花は鍵の玉をなくしてしまったのだ。大急ぎで次を探さねばならないのは、本当であった。

みかんはまず、出会ったばかりのぽん太へ、白花を引き合わせる。そしてみかん達二人は、鍵の玉を探すのを、手伝おうと口にした。

「時がない。白花には手伝いが必要だよ」

白花が泣きそうな顔になって、みかん達へ頭を下げてくる。直ぐに、涙がこぼれ落ちていった。

「あたし、さっきの白い玉を、割と早くに見つけたの。でもその後は、一つも見つけてない」

元々鍵の玉は、新米猫又の倍の数しか隠されていない。多くが拾われ、更に壊されてしまったとなると、幾つ残っているか分からなかった。この広い江戸城の中で、また見つけ出せるだろうかと、白花は震えているのだ。

「あと、一時半の間に」

「とにかく、動こう。ここに立っていても、見つからないもの」

「……そうね」

ぎりぎりの刻限まで探せるよう、戻るべき中奥の部屋に近い、本丸を探すことにした。白花は、泣いては駄目だと自分で言いつつ、歩き出したが、涙を止められずにいる。

「鍵の玉が見つからなかったら、猫宿の長は、あたしを猫宿へ、入れてくれないかもしれない。酷く厳しい方なのよね」

「猫宿の長か……」

みかんはその言葉を繰り返すと、ふと顔を上げた。昨日から考え続けていたことが、頭の中を巡る。言葉が幾つか、口からこぼれ出た。

「猫宿の長は、上様と親しい」

「今回、新米猫又が鍵の玉探しをすることも、猫又でただ一人、承知していた」

鍵の玉に力を付けるよう、各陣の頭へ頼んだのは、猫宿の長なのだ。

「つまり猫宿の長は、猫又の中で唯一、上様の仲間なんだ」

ならば、どういう話になるかというと。答えが目の前にある気がするのに、言葉になってくれなかった。

「何で分からない？　考えろ、みかん」

みかんが大きな声を出し、連れの二人が目を見張ったが、それに構ってはいられない。頭の中で白い火花が弾け、沢山のことが繋《つな》がっていく気がするが、それでも形になってくれない。

「何だ？　何が引っかかってるんだ？」

びっくりした顔で、みかんを見つめてくる白花達の前で、みかんは必死に考え続けた。じき、頭の奥から一つ、考えがゆらゆらと、浮かんできたように思えた。

七

みかん達は、玉を探しながら江戸城本丸の敷地へ入った。しかし、鍵の玉は見つからない。一時近く経っても、三人は一つも見つけられずにいた。

あと半時を切ると、三人は焦ってきた。するとそこへ、中奥へ戻っていく黒若が通りかかり、まだ鍵の玉を探しているのかと、小馬鹿にしてくる。

すると白花が泣き出したので、おなごが探していたのかと、黒若は酷く慌てた。

「ごめん。だけどおれも、余分な鍵の玉は持ってないんだ。二つ見つけたけど、同じ陣の奴へあげたんで」

「黒若は、存外面倒見がいい奴なんだな」

みかんが言うと、黒若は照れた様子になる。だがそろそろ、中奥へ戻る刻限だと言ってきた。

「探しながら、御殿の内へ戻るか？　それしかないと思うが」

ここでみかんは、腹を決めることになった。先ほど、思いついたことがあったのだ。

そしてみかんは男の子だし、お香《こう》に育ててもらった。更に白花はとても可愛いのだ。

だから。みかんは首玉を解《ほど》くと、真っ赤な玉を手に取り、白花へ差し出した。

「白花、この鍵の玉、白花が持ってろ」

珊瑚の玉を差し出すと、白花、ぽん太、黒若が魂消る。

「みかん、一つしか持ってない鍵の玉を、貰えないわ。みかんが猫宿へ入れなくなっちゃう」

「白花、われは鍵の玉の在処《ありか》を、一つ、思いついたんだ。本当だ」

ただ、今、その玉を探し出すことは出来ない。何故なら、その鍵の玉の在処は。

「これから帰る、江戸城中奥の、あの部屋の中にあると思う」

しかしあそこで新たな、鍵の玉があるかないかを調べた後、白花へ珊瑚の玉を渡す余裕はない。だから今、鍵の玉を渡しておくと、みかんは言ったのだ。

「われは花陣で、吉原に住む香さんに育ててもらった。花陣には恩があるんだ」

そして母代わりのお香は亡くなったが、ここにいたら、白花に鍵の玉を渡すみかんを、褒めてくれると思う。

「だから、受け取ってくれ」

そして、中奥で新たな鍵の玉を見つけられるよう、祈っててくれ。みかんはそう言ったが、白花は尾を横に振る。しかしもう一度手に載せると、深く頭を下げ、受け取った。

そして、このことは忘れないと言ったのだ。

「みかん、本当に、他にも玉はあるのね？」

「うん、屋根裏で見つけた薬袋が、われ達を背の高い僧と繋げた。そして、僧が持ってた珊瑚の鍵の玉が、もう一つの玉の在処を示してくれてるんだ」

「薬袋？　僧？」

白花と黒若が首を傾げる中、ぽん太が屋根裏で見つけた、変な薬袋のことから語り出す。四人が御殿へ急ぐと、じき、他の猫又達も集まってきた。

丸一日の勝負が、終わろうとしていた。

江戸城中奥の広い部屋に、猫又達が再び集っていた。そして新米達は、見つけた鍵の玉を将軍へ披露しようと待っていた。

しかしその輪の中に、一人みかんは入れてもらえずにいた。鍵の玉を持って帰れなかったから、襖の外側、畳敷きの廊下に座らされたのだ。

ところが猫又達が揃い、将軍が顔を見せると、みかんは外から将軍へ直に口をきいて、由利姫から恐ろしい顔で睨まれた。

しかし、この時ばかりは、気長に構えている余裕などなかった。よって、将軍に止《や》めろと言われるまでは黙らないつもりで、言葉を続けていった。

「上様、みかんと申します。われは部屋内へ、入れて頂かねばならないのです」

将軍へ、聞かねばならないことがあるからと、みかんは言ってみる。

「薬袋と、猫宿の長のことでして」

「ほお」

みかんはここで、廊下から部屋の端へ入り込んでみた。短かったが、将軍が返事をしたからか、それを止める者はいない。

「われは昨日、この部屋からほど近い屋根裏で、ビードロの鍵の玉を拾いました。その時、手前に袋が置いてありまして」

奇妙な袋で、中身は薬のようであった。

「そんなものが、鍵の玉の手前に置いてあったのが不思議で、持ち出してみました。すると驚いたことに、われと仲間は、侍から追いかけられたのです」

「おやおや」

汐見坂の坂下まで逃げたと言うと、きつい坂であったろうと、将軍がにやりとした。

みかんはここでまた一歩、将軍へ近づいた。

「坂下で、われらはある御坊に、侍から助けて頂きました。その折り、われは侍にビードロの鍵を投げつけ、割ってしまいました」

「おや、残念なことをしたな。お主も一つは鍵の玉を、拾っていたのか」

また近づいた。将軍とみかんの間に、人はいなくなった。

「実は、侍から逃れる為、われと友は一時、その御坊の僧衣の内へ逃げ込みました。おかげで色々分かりました」

みかんはその時、その御坊が誰か分かったのだ。まず、御坊は猫又であった。そして。

「御坊は、鍵の玉を持ってらしたんです。珊瑚の玉でした。御坊のお話からして、上様もそのことをご承知だろうと分かりました」

将軍と鍵の玉について、事前に話せた猫又は、ただ一人しかいない。つまり、その僧の名は。

「あの御坊は、猫宿の長でございました」

「えっ？　猫宿の長と会ったのか」

座にいた猫又達が、ざわめく。みかんは身を乗り出し、将軍を見た。

「上様は、今回われら猫又に、鍵の玉を探させました。けれどわれは薬袋を見つけてから、どうも妙だなと思い始めまして」

猫宿の長は、余りにも良き頃合いに、みかん達の前に現れたのだ。そしてさっさと侍達を片付けると、侍の名前だけを確かめ、そのままにしていったのに、薬袋はみかんから取り上げていった。

つまり、だ。みかんはつい、こう思ってしまったのだ。

「今回上様は、猫又達がどのような力を持っているのか、見てみたいと言われました。それが今年、学び舎を貸す代金だと」

それで各陣の頭達は、将軍が鍵の玉を用意することを、承知したのだ。しかしだ。

「われは、上様の本当の目的は、あの薬袋のことではないかと思ったんです」

「ほう」

「少し前に上様ご自身か、忠義心の厚い臣下の方が、謎の薬袋を見つけたとします」

中身は何か。江戸城中にはあるはずのない、怖い毒だ。そんなものを、この江戸城中で使われてはたまらない。しかし見つかったのは袋だけで、持ち主は分からない。疑われた者はいただろうが、証《あかし》はなかったのかもしれない。

おまけに剣呑《けんのん》な薬は、他にもあるかもしれないのだ。ある日己の食べ物に、混ぜられるのは怖い。放ってはおけない。

では、どうするか。

「城中に鍵の玉を隠し、探せと、新米猫又達へ命じたんです。そうすれば、人の入れないような所にまで猫又達は行く」

もし新米が奇妙な薬袋を見つけたら、そのことを、兄者、姉者へ話すに違いなかった。そうすれば薬袋の話が他にも、漏れる。更に、異変に気付いた侍達が、薬袋を余所へ移そうとして、馬脚を露《あらわ》すこともあり得た。

「やはりというか、猫又に薬袋を取られ、取り戻そうと追う侍が現れました」

あげく侍達は、都合良く現れた猫宿の長に、錫杖で打ち据えられたわけだ。多分あの後、薬袋の件は、無事終わったのだ。

「猫宿の長が持っていかれたあの薬袋は、何だったのでしょうか」

興味が湧いたので聞いてみたが、将軍に猫又には関係のない品だと言われ、笑って首を振られてしまった。そして、一言付け加えてくる。

「みかんは面白い考え方をするのぉ。惜しいな。これで、ちゃんと鍵の玉を持って帰っていれば、今後どのように猫宿で学んでいくか、興味が湧いたのだが」

みかんが、みゃんと明るく鳴き、また将軍の方へ進んだところ、近づきすぎたのか、今度は止められそうになる。それでこれ以上、そっと近づくのは無理と承知し、みかんは総身に力を込め、ぽんと前へ飛んだのだ。

そして一気に、将軍の着物の内へ潜り込んだ。

「おおっ」

部屋内から大きな声が聞こえる。羽織の下で動き回ったので、将軍はみかんを捕まえ損ねていた。だがじき、別の手が首根っこを摑み、持ち上げられる。直ぐに、ごつんと一発食らってしまった。

「無礼者が」

聞き覚えのある声の主が、みかんを将軍から引きはがしていた。だがその時、みかんの手には、目当てのものが握られていたのだ。

「見つけたっ。われは鍵の玉を見つけたよ」

そう言って皆へ、前肢を差し出す。みかんが手にしたのは、青くて、中に赤や緑の光が浮いている、見たことのない色の玉であった。

ここで将軍が、大きく笑い出した。そして青い玉は、外《と》つ国から来た蛋白石《オパール》だと言った。

「ああ、見つかってしまった。まさか猫宿の長だけでなく、わしが懐に持っている鍵の玉まで、見つけ出されるとは思っていなかった」

猫宿の長が鍵の玉を持っていたので、事を始めた将軍の懐にも、あるはずと思ったのか。将軍から問われて頷くと、みかんを手にしている僧が、憮然《ぶぜん》とした顔になる。坂下でみかん達を護《まも》ってくれた僧、猫宿の長であった。

「上様、どうやら新米猫又達が持っているもの以外、鍵の玉は、ほとんど残っていないようです。みかんが上様の玉を狙ったのは、それゆえでしょう」

猫宿の長は、新米猫又達の行いを、しっかり見張っていたらしい。だからみかん達が襲われた時も、間に合うようにやってきたのだ。

「鍵の玉を壊して回っていた輩《やから》が、いたようですな」

今回の鍵の玉は、高直《こうじき》なものも多かったのに、阿呆《あほう》がもったいないことをしたと、猫宿の長は口にした。しつけが悪いと由利姫を睨んだので、兄者、姉者が一斉に、猫宿の長へ頭を下げる。

「も、申し訳ありません」

新米猫又達も、慌てて謝った。みかんはぽんと放り出され、何とか畳へ着地した。

「鍵の玉探しだが、みかんも何とか間に合ったことにしてやろう。このわしは、既に薬袋を見つけていた。しかし、毒の持ち主を見つける為、わざと、薬袋をそのままにして、側に玉を置いておいたのだ。お前は狙い通り袋を持ち出し、一騒ぎ起こしてくれたからな」

猫宿の長は、あれで上手く毒の持ち主を見極められたと、笑みを浮かべている。改めて見ると長は、総身から火がこぼれ出ているかのような、迫力ある御仁《ごじん》であった。

（みにゃ、ちょっと怖い）

　みかんは急ぎ礼を口にし、加久楽の傍らに座ってほっとした。すると将軍が上座で、口元に笑みをはりつかせる。

「なあ、新米猫又達。この長が、何でこうも先達《せんだつ》から、怖がられているか分かるか？」

　新米達の尻尾が、揃って横に振られ、兄者、姉者達はあらぬ方へ目を向けている。将軍は楽しげに、猫宿の長がこれまで、どのような名を名のってきたのか、皆へ告げ出した。

「何しろ猫又は、長生きだ。人に化ける。だから昔、思いも掛けない立場に立っていたこともあるのだ」

　そこに猫宿の長と、将軍である己が知り合った訳があると、将軍は言う。

「私の先祖と長は、親しかった。その縁が、今も続いているのだよ」

「徳川家の先祖、ですか」

　みかんの首が傾げられる。

「この長はな、戦国の世にも、生きておった。人の名を名のり、合戦に明け暮れていたとかで、怖いことだ。あげく家臣に裏切られ、人の世から一旦姿を消したようだ」

　ここで将軍の口の端が、くいと引き上げられた。

「臣下に本能寺《ほんのうじ》で襲われたのでな。この猫宿の長、かつて織田信長《おだのぶなが》だったのだ」

「み、みにゃっ」

その言葉が告げられた途端、部屋内に、低いざわめきが起きた。

「多勢である明智光秀《あけちみつひで》の軍と、本能寺で戦っても、無理だと判じたようでな。猫又である信長は、意趣返しに、本能寺で火薬に火を付けおった。そうやって、寺に残った死体が誰だか、分からなくしてから、己は猫又に戻って、あの寺から離れたのだ」

おかげで光秀は、信長の死を確かめることが出来ず、早々に討たれてしまった。天下は一旦、秀吉《ひでよし》のものとなった。

そしてその間に、信長だった長は、猫又として徳川家康《いえやす》と出会い、後の将軍家との縁を作っていた。とんでもない話であった。

「すると、どうしてだろうかのぅ。その後天下は秀吉から、この徳川家へ移った」

信長は、移りゆく世の背後で、何をしていたのだろうか。とんと口を割らないと、将軍家斉は笑う。とにかく信長は、天下がどう治まっていくのか、見て楽しんでいたらしい。

「いや、怖い男だ。そして妖ゆえ、あれからずっと生きておる。代々の将軍は、この男から、知恵を借りてもおるのだ」

それが本当の、猫宿の貸し賃だと言い、将軍は笑った。今回の毒入り薬袋のような出来事は、徳川家でも時々起こる、些末《さまつ》な裏切りの一つであるらしい。

「この将軍に、薬袋の中身を、飲ませたかった者がいたのだ」

「みにゃ？」

表に出ることはないが、今までにも、たまにあったことらしい。そして、その内何度かを、信長が片付けていたと、ここで将軍が口にした。徳川家は今回また、借りを作ってしまったのだ。

「何と」

新米猫又達は、ほとんど声も出せない。猫宿の長は、今でも尊大な性分であると言う。

「この男、六陣の頭から届く苦言など、聞きもしないと聞いておるぞ」

自分の決めたように、猫宿で教えているらしいと、将軍は笑った。

そしてそこで、忘れていたと言い、大事なことを、新米達へ告げた。

「濱御殿を一月使える陣は、どこか、だが。一番は、高僧が梵字を刻んだ鍵の玉とする。よってそれを拾った静若《しずわか》、武陣の勝利だな」

座がわっと沸いて、部屋内に話が満ちる。

「我らの師の長は、織田信長公でしたか」

「新米猫又は、この後、この男から学ぶことになる。猫宿での暮らしが楽しみだな」

先達も、信長である猫宿の長に鍛えられ、学び舎を出た。だからか、未だに長を恐れ敬う者が多いと、将軍が言葉をくくる。
傍らにいた猫宿の長が、猫又特有の、それは美しい面で笑った。

猫宿始まる

一

江戸の世、将軍の居城である千代田の城は、秘密を抱えていた。徳川《とくがわ》の将軍、その人も承知の上で、妖《あやかし》である猫又《ねこまた》の学び舎《や》、猫宿《ねこやど》を、城中に置いていたのだ。他の妖達には真似《まね》の出来ないことだと、新米猫又達は城暮らしを誇っていた。

時を超えて生きる猫又達が聞き覚えたことを、将軍は聞き出したいのだろうと、猫又達は話している。また、いざというとき、人の目には猫にしか見えない味方を、徳川が得たいからだと、言われてもいた。

しかしこの春、猫宿へ入ってきた新米猫又達には、将軍の思惑など関係がない。みかんの目は、学びを始める今日、一緒に部屋にいる仲間へ向けられていた。

今年は学友が多く、みかんも入れて十九人もいる。尻尾が分かれていなければ、猫にしか見えない姿がちんまりと、学び舎の畳の間にうずくまっていた。これから、化け学の時間が始まるのだ。

師は少し遅れていて、それが緊張を募らせる。予め貰《もら》った書き付けによると、教える側の師も多く、他出中の副長を含め、十二人もいるらしい。各学びを頑張ろうと、みかんは張り切っていた。

(われはつい先日、育ての親の香《こう》さんを、亡くしちゃった。どうしていいのか分からなかったんだけど)

けれどその後、加久楽《かぐら》が陣から迎えに来て、兄者《あにじゃ》になってくれた。こうして、沢山の同輩も出来た。みかんはもう、一人ぼっちではなかった。それが、とてもとても嬉《うれ》しかった。

(これから猫宿で長く、この仲間達と暮らすんだな。妖として必要なことを、一杯身につけていかなきゃ)

新米達が寝泊まりする場所、宿は、江戸城内の、富士見多聞《ふじみたもん》という場所にあった。富士見多聞は、石垣の上に建てられた長屋で、その建物の内に、猫又のみが知る扉があるのだ。

実は入り口は、壁に描かれた絵で、猫又達が首に下げている、鍵の玉で開く。

(絵が開くなんて、格好良かったな)

みかんやぽん太《た》は、宿で寝間を割り当てられると、せっせと皆の名と毛色を、覚えていった。

一方、今、皆がいる学び舎は、富士見多聞から蓮池濠沿《はすいけぼり》いに歩いた先に建つ、富士見櫓《やぐら》の中にある。小さな天守閣みたいに見える建物が櫓で、ここでもその壁に、猫又の学び舎に通じる不可思議な扉があった。この入り口も、鍵の玉で開けるようになっている。

畳の間で、みかんの隣に座っているぽん太が、囁《ささや》いてきた。ぽん太は毛足が長いから、香箱座りをすると、手も足も毛に隠れて、ふかふかの置物のように見える。

「しっかしさ、今朝は驚いたよ。宿と学び舎が地下で繋《つな》がってたなんて、初めて知った」

おかげで新米猫又達は、人の目に触れず、宿から学び舎へ向かうことが出来た。入り口は他に、石室《いしむろ》という場所にもあって、そこからも双方へ、行き来が出来る。

そして今いる富士見櫓には、いつも侍がいる訳ではないという。よって猫又達は、櫓の上の間で学ぶことも多いと、教えてもらった。

「この富士見櫓は、見晴らしが良いよな。夏になると、前に会った将軍様が、花火を見物することもあるって聞いたぞ」

「うん、そんな日は猫又達も、花火を楽しむんだって。櫓の屋根に登って見たって、加久楽が言ってた」

ぽん太の声が、ちょいと大きくなった。

「おれは、前に集った江戸城中の部屋が、学び舎なのかと思ってた」

　その時、笑い声と共に、部屋横手の襖《ふすま》が開いた。そして現れた優しげな姿が、あそこは将軍の部屋だと語ってくる。

「化け学の師匠だ」

　新米猫又達が一斉に身を起こし、現れた師へ頭を下げた。

　化け学の師は、吉原《よしわら》を抱える花陣《はなじん》出身の猫又で、夢花《ゆめか》といった。ちょいと垂れ目気味の面立ちが、優しげなお人だ。

「新米猫又さん達、こんにちは。遅れてごめんなさいね」

　何でも、猫又が一人、生まれて二十年よりも随分遅れて見つかった。その猫又を仲間に迎える支度のため、学び舎の師は、時を取られていたというのだ。

「その新米さんは、学陣《まなびじん》の子で、真金《まがね》というの。皆に紹介するわね」

　師匠の後から現れた黒猫が頭を下げる。発見の遅れた新米猫又が遅れて合流するのはたまにあることらしい。

「それでは学びを始めるわ。最初の学びが私の受け持ち、化け学で嬉しいです。皆さん、時間割は貰ってますね？」

「みゃあ」

　学びの表は十日分で、それが月に三回、繰り返される。たまにお休みが入った。学びは朝餉《あさげ》の後、昼餉までに一教科、昼餉後に一教科あると決まっている。毎日、二教科学ぶわけだ。

（今日は、朝行が化け学、昼餉後の昼行は、猫又史だったな）

みかんは、持ってきた書き付けへそっと目を落とし、頷《うなず》く。ただし十日の内三日は、夜行がある。夕餉の後、夜も学ぶのだ。

（さあ、頑張らなきゃ……あにゃっ？）

ここでみかんが、妙な声を漏らしてしまった。部屋内に集っていた猫又達も顔を上げ、目を大皿のように広げている。

魂消《たまげ》たことに夢花師匠が入って来た戸から、更にもう一人、背の高い姿が、学びの間へ現れてきたのだ。みかんは緊張で、己の顔が、引きつってくるのが分かった。

なぜなら。

（猫宿の長《おさ》がおいでになった。信長《のぶなが》公だ）

公は猫宿全体の、長のはずであった。つまり、どの教科も受け持っていないのだ。その長がなぜ〝化け学〟の時間に現れたのか、さっぱり分からない。

つい首を傾《かし》げると、まるでみかんの頭の中を、見透かしでもしたかのように、長が怪しく笑った。怖くなって思わず背筋を伸ばしたところ、周りの新入生達も、揃《そろ》って猫背を真っ直《す》ぐにしている。

すると長は夢花師匠の横に立ち、新米猫又達へ語り始めた。

「今日より学び始める新入生、二十人の諸君、休む者もおらず、めでたいことだ。皆、宿にはもう慣れただろうか」

　毎年、初めての学びは化け学だと、張りのある声が続いた。妖である猫又が、江戸の町を自在に闊歩《かっぽ》するには、まず人に化けねばならない。字を書くにも芸事をこなすにも、人の姿になれれば、勝手の良いことが多々あるのだ。

「よって私は化け学を、全ての学びの一番目に置いている。これから一年、夢花師匠を頼りにし、きちんと学びなさい」

　そして夢花の方へ手を伸ばし、改めて皆へ紹介してくる。猫宿にいる化け学の師、麗《うるわ》しき夢花は化けることの達人だと、長は言い切った。それから更に、にやりと笑う。

「夢花師匠は、長刀《なぎなた》の名手でもある。だからくれぐれも、馬鹿はするな」

　夢花は、気の強いことで名を馳《は》せている、姫陣《ひめじん》の由利姫《ゆりひめ》と、ほぼ互角の戦いをすると長が言ったものだから、学びの間がざわめく。夢花は優しげにほんわり笑うと、新米猫又達へ、思いも掛けなかったことを告げた。

「それでね、急に一つ、皆に言っておかねばならないことが出来たの。今年は、例年とは違う形で、学びを始めることになったのよ」

　まずは化け学の時間を、何日かぶっ通しで続けると、夢花は言い出した。他の学びを始めるのは、人に化けられるようになってからだと言うのだ。

「み、にゃにゃ？　人に？」

「何で？」

あちこちから言葉が漏れ、新米達が騒ぐ。

化け学は、新米猫又達が一年を通して、学んでゆく学問なのだ。先輩達も皆、そうしてきた。おまけに、みかんが宿で、同年の皆から聞いたところによると、結構難物の時間であり、落第する者も時々出るという。

（加久楽が言ってた。毎年、まずは猫又の、先が二叉《ふたまた》に分かれた尻尾を、一本に化けて見せる学びから始まるって）

それが終わると、己の毛の色を変えられるよう、次の学びが始まる。そうして少しずつ、力を高めてゆき、一年が終わる頃、やっと人に化けられるようになるわけだ。

（そうして学んでも、学びの最後にある試験、考試を通るのは、大変だって聞いたよ）

猫又達は考試相手に、必死の戦いを繰り広げるという話であった。この怖い事実を思い出し、みかんはぶるりと震える。

（なのに今年はどうして、無茶をしろって言うんだろ？）

大体みかん達が、たった何日かで人に化けられるようになるのだろうか。皆の目が、長と師へ集まる。すると猫宿の長はここで、無謀な決断をする訳を語った。

二

「先日皆は、将軍が用意した鍵の玉を手に入れる為、苦労したな。何とか無事、玉を手に出来、幸せなことであった」

それだけならば、猫宿の長、信長はいつもの通り、学びを始めていたのだ。ただ。

「あの鍵の玉探しのおり、家斉《いえなり》将軍は、妙なことを口にしておった」

将軍は新米猫又の内に、〝猫君《ねこぎみ》〟がいないか、見てみたいと言ったのだ。そのために、高直《こうじき》な玉を沢山、自腹で揃えていた。

「私は、胡散臭《うさんくさ》いと思ったのだ。あの将軍、この信長が直ぐに見つけられた毒袋を探す為、あそこまでの大金を払う男ではない！　大本が吝嗇《けち》だからな」

「みゅぅーっ」

驚きの声が上がったが、長は構わず先を語ってゆく。

「それで鍵の玉の件が終わった後、私は将軍へ会いに行った。居間で直《じか》に、なぜ今年に限って猫又達へ大金を出したのか、問うてみたのだ」

ところが将軍は、猫君の噂《うわさ》を聞いたので、興味が湧いただけだと返したそうだ。長が、怖い笑みを浮かべる。

「日《ひ》の本《もと》を統《す》べている、徳川の将軍なのだ。まあ、優しく問われたぐらいで、本音を吐く訳もないわな」

よって長は、ちょいと強引に、問い直すことにした。何と、将軍の胸ぐらを摑《つか》み、腕一本で宙へ持ち上げたらしい。

「家斉将軍は、大声でわめいておった。しかしその内、己に何が起きているのか、ちゃんと察し、降参してきたわ」

天下の将軍が狼藉《ろうぜき》を働かれ、江戸城の自室で騒いでいたのだ。なのに部屋へ、誰も助けに来ないことに、じき気が付いたらしい。間違いなく、長は猫又の力を使い、天下の将軍をいたぶっていたのだ。

「あの、長。何をなすったんですか？　将軍に術でも掛けたんですか？」

生徒の内でも目立つ、鞠姫《まりひめ》が問うたが、長は笑うだけで返事をしない。代わりに、学びの間にいる新米猫又達へ、将軍がなぜ〝猫君〟に強く興味を持ったのか、話し出した。

「将軍は私に、堂々と言ったのだ。猫君は、実は既に生まれているはずだと」

長は、猫君の誕生を承知していながら、周りに隠している。だから、自分でそれを確かめることにしたのだと、将軍は長へ言ったのだ。

「なぜ、そんな阿呆《あほう》な考えに取り憑《つ》かれたのかと、問うてみた。将軍が、私が嘘つきだからと言ったので、思わず一発殴ったわ」

「……天下の将軍を、猫又が殴っていいんですか？」

武陣出《たけじん》の若野《わかの》がつぶやくと、長は、今までにも他の将軍へ一発食らわせたことはあると、真面目《まじめ》な顔で返してきた。新米達は身を小さくすることになった。

「将軍が馬鹿な考えを持ったのには、ちゃんとした訳があった。何者かが、寝ている将軍の蒲団《ふとん》の上へ、密告の文《ふみ》を置いたらしい」

騒ぎにもならず、将軍の寝間へやってきた者がいたのだ。将軍は、猫宿の長と対立する猫又の誰かに違いないと、考えたという。

「それは、あり得るな。この信長、敵は多いゆえ」

「ふみゃあ……」

みかんは、笑っている長の強さが、羨ましかった。

「その密告文には、猫君は既に誕生していると書いてあった。かつてと同じく、百万の術を使うという。そして全ての地の猫又を率い、やがては人さえも、その配下にするだろうとあったのだ」

そんなことを告げられては、日の本の長である将軍は、猫君が本当に現れたのか、確かめねばならなくなる。それをしない者は、天下を治める将軍とは言えないからだ。

「それであの将軍は、手許金から万金を払い、鍵の玉を沢山用意して、新米猫又達を見定めたわけだ。うむ、あの玉は、新米猫又達への、ただの贈り物ではなかったわけだ」

あげく将軍は、ほとんどの猫又達が、鍵の玉を探すのに苦労する様子を、知ることになった。猫君だと思われるような、飛び抜けた力を持つ新米猫又など、長の目から見ても、どこにもいなかった。猫君は、見当たらなかったわけだ。

「せっかく金をかけたのに、気の毒な結果になったものだ。うん、何だ？　黄金陣《こがねじん》の京吉《きょうきち》、どうして新米猫又だけを試し、猫君がいないと断じたのか、そこを問うのか？」

途端、猫宿の長はにたりと笑った。そして、身を震わせた猫又の一人を指し、訳を答えろと言う。

「花陣の花丸《はなまる》！　なぜだ？」

「そ、それは……猫君が、どこかの猫陣の一員なら、とっくに、噂になっているからだと思います」

猫君はその才を以て、昔と同じく、猫又達を引きつけるだろう。今、六つに分かれている陣を、早々に変えていくに違いない。

「しかし、そんな話は聞きません。だから猫君がいるとしたら、まだ力を示す間がない誰かに違いない。つまり新参者だ。将軍は、そう考えたんだと思います」

子猫のように見える花丸は、しかし、しっかりした考えの持ち主であった。長は満足げに頷いてから、集っている生徒達を見つめてきた。

「その通りだ。私でも捜すなら、まずお前達から調べる」

しかし鍵の玉の件で、新米猫又達への調べが済んだと、甘く考えてはならない。

「将軍へ、ろくでもない疑いの文を送った者がいる。それを、忘れてはならないのだ」

新米達は当分人からも、同じ猫又からも、厳しい目を向けられることになるだろうと、長は続けた。

「大した才はないと見定められ、凡庸な猫又の一人に、加えられるその日まで」

ぼうっとしていると、己の身が危うくなるかもしれないのだ。

「だから私は、新米猫又達へ言う。早々に、人に化けるすべを覚えろと」

猫又と人、両方の姿になれれば、敵から逃げやすい。人と猫では体の大きさが違うから、より戦いやすくもある。猫又の術がろくに使えない今、体の大きさは重要であった。

「我ら猫宿の師とて、年中新米猫又ばかりを、見守っているわけにはいかぬからな。猫又は皆、二十歳以上なのだ。幼子ではない。己で己を守らねばならぬ」

分かったかと問われ、みかん達は皆、はいと答えるしかなかった。先の鍵の玉の件が、こういう話へ転がっていくとは、考えの外であった。

するとさ夢花師匠が、また口を開いた。

「それでね、長は、さっさと人に化けてもらう為、皆を発憤させることにしたの」

何だか、怖い言葉であった。

「だからね、これより三日の間、猫宿の新米達が食べるご飯は、人が行き来する江戸城の、台所に用意しておくと言われるのよ」

「み、みぎゃっ？」

夢花が、人の姿に化けた後、食事が出来る台所の場所を教えた。やはりというか、江戸城内で、台所方の者が大勢いる場所にある。猫又の姿で行ける所ではなかった。

（人に化けられなきゃ、宿で出るご飯を、食べられないんだ）

腹が減ったら鼠《ねずみ》でも捕まえるか、猫又だと知れて、追われることを承知で、町へ食べ物を探しにゆくしかない。

「みゅーっ、ご飯、食べられるのかな」

「人に化ける方法は、単純だわ。新入りの猫又は、まず、基本の形から覚えるのよ。けれど、それだから却《かえ》って、難しいかな」

今、夢花は人の姿になっている。師はここで、よく見ているように言い、指を色々な形に組み、印《いん》を作ってみせた。気を籠《こ》める、と口にする。

一寸《ちよつと》で夢花の姿が消え、柔らかな灰色の猫が、夢花がいた場所に姿を現した。その猫が、小さな手で形を作ると、みゃんという声と共に、また夢花が姿を現す。

「簡単なような、とっても難しいような技だわね。お腹が空いたり、猫宿の長が怒ったりする前に、化けてみせて。この部屋から出て、表で鍛錬《たんれん》してもいいわよ」

期限は三日間。夢花は優しげに、皆へ、頑張ってねと言う。しかし猫宿の長、信長公に、せめて日に一食、新米猫又達へご飯を出すよう、言ってくれることはなかった。

三

みかんとぽん太、それに白花《しろか》が、学びの間の隅に集まった。鍵の玉を一緒に探して以来、何となく、この三人で集うようになったのだ。

「猫又が人に化ける方法、本当に簡単かなぁ。印を作って、人に化けたいと念じるだけってことだけど」

みかんがうなると、白花が直ぐ、簡単ではないと断言した。

「さっき、化け方を教わって直ぐ、あたし、この部屋の中で印を作ってみたの。人に化けようとしたわ。でも駄目だった」

白花は、溜息を漏らす。するとみかんも学びの間の隅で、人になりたいと言ってから、印を作ってみた。

途端、部屋中の目が、みかんに集まる。しばらくは誰もが、息をすることも忘れた顔で、明るい蜜柑《みかん》色の姿に見入っていた。そして。

「あ、駄目みたいだな。全く変わらないや」

武陣の黒若《くろわか》が肩をすくめ、他の生徒達も頷く。みかんはあっさり、無理だったと言うと、ぺろりと舌を出した。

「白花が出来なかったから、上手くいくとは思わなかったけど。それにしたって、化けられる気が欠片《かけら》もしなかったな」

一体どうやったら、人の姿になれるというのだろうか。本気で分からないと、みかんが正直に言うと、ぽん太が頷いた。

「そもそも、新米があっさり人の姿になれるんなら、今頃、この部屋にいる生徒達の、半分くらいは人に化けてるよぉ」

「その考えには、同感だ」

笑いながら言ったのは、黄金陣の冬吉《ふゆきち》だ。やはり一度試してみたと言い、自分の手を見て、口をへの字にしている。

「やれやれ。下手をしたら、三日間、飯抜きかな」

ぼやきの声が聞こえた後、皆は幾つかの組に分かれ、部屋のあちこちで、印を使いこなそうと頑張り出した。だが、失敗が重なっていく中、気持ちを切り替える為か、それともしくじりを見せたくないからか、猫又達が学びの間から出てゆく。

みかん達もじき、部屋で印を作るのに飽きて、表へ出ることになった。みかんと白花が、行き先を悩む。

「尻尾が二叉に分かれてるのを、城中のお侍達に、見られたら拙《まず》いよね。さて、どこで化け学の修業をしようか」

「場所を決めるより、まず、猫又の先達《せんだつ》を探してみない？　化けるこつを聞けるかもしれないわ」

「白花、とっても良い考えだ」

三人は先達を求めつつ、以前行ったことのある、二の丸の庭園の方へ向かった。だが直ぐにぽん太が、首を傾げることになった。

「みゃん、人は見かけるのに、庭に猫又の姿がないよぉ。城には師匠達や、他の猫又もいるはずなのに。何で？」

すると白花がちょいと口を尖《とが》らせて、その訳を考え出した。

「友達の花丸が言ってたわ。猫又達が、人の姿で江戸城の庭をゆく時は、見かけても不思議がられない、庭師の格好になることが多いって」

そして御殿内を動く時、猫又は、坊主姿になるという。坊主衆は、女人禁制の表御殿で雑事をこなしており、姿を見られても、気にも留められないからだ。

「多分、猫又達は上手く人に化けているんだね。だからわれらには人と、見分けがつかないんだ」

先達に化けるこつを聞こうにも、相手が猫又かどうか分からないのでは、声を掛けることも出来なかった。みかんが空を仰ぐ。

「誰にも頼れないとは、参ったな。どうやれば、化けられるんだろ」

三人は道を上り始め、白鳥濠沿《はくちょうぼり》いの、石垣の上へ行き着いた。少しばかり開けた場所があったので、そこで工夫を凝らし、手で印を作って気を籠めてみる。

「化けた姿を、思い描いて念じ……駄目か」

「ぽん太、大きな光の玉を、持っている気持ちになったらどうかしら。そしてあたしは、美人になる。きっと……これも駄目ね」

「みゃん、後ろへとんぼを切ってみるよ。えいっ、人になれっ」

みかんはかけ声と共に、くるりと宙を舞った。そして！　猫の姿のまま地に降り立ち、眉間に皺《しわ》を寄せることになった。

「あーっ、化けられる気がしない」

溜息を漏らし、三人は顔を見合う。すると、ここで白花が石垣の端に乗り、みかんの顔を見つめてきた。石垣は高く、急勾配《こうばい》で、水をたたえた白鳥濠に面している。

「ねえ、みかん。みかんは前に、人の姿になったこと、あるわよね？」

「えっ？　本当？」

ぽん太が目を丸くする。みかんは頷いたものの、妓楼《ぎろう》で春若《はるわか》達に襲われた時、一回出来ただけだと、付け足しもした。

「あの時どうやって化けたか、覚えてないんだ。そういえば、印も作ってなかった。おまけに何もしてないのに、後で突然、元の姿に戻っちゃったし」

あげく、それきり人に化けることが、出来ずにいるのだ。

「多分、偶然出来ただけだと思うよ。だから、もう一度化けることが出来ないんだ」

みかんは、真面目にそう言ったのだが、ぽん太と白花は、目を見合わせると、二人で何か話し出した。それから二人は、みかんに寄って手を引っ張ると、何と、高い高い石垣の端へ、みかんを座らせたのだ。

「みゃみゃっ？」

「みかん、一回化けられたのは、大きな危機に、見舞われたからじゃないかしら。もう一度とんでもない目に遭えば、また化けられるかもしれないわよ」

「とんでもない目って……無理っ、そんなことは絶対ないっ」

みかんは石垣の端からそっと下へ目をやってから、ぶるぶると首を振った。何しろ、本丸と二の丸の間の落差は、恐ろしく大きいのだ。白鳥濠脇の道は、雨でも降った日には、猫又でも転げ落ちそうな坂になっている。

下の濠へ落ちたら、みかんは痛さに気を失って、溺れるかもしれない。

「でもさ、石垣から落ちてみたら、きっと、化けられる気がするな。百回転くらいしながら落ちていく間に、人になってるよ」

「ぽん太っ、人の姿でこの石垣から落ちたら、死ぬぞ」

「試してみないと、分からないって」

ここでぽん太が不意に、みかんを押したものだから、毛を逆立てた。

「ぽん太の阿呆っ。馬鹿をするなら、道連れにしてやるっ」

「あっ、それは嫌だ」

ぽん太は手を引っ込めたが、今度は白花が、二人を押してくる。三人で揉《も》めた、その時だ。

「みゃあっ」

突然聞こえた声に、みかん、ぽん太、白花は、石垣の上で身を硬くした。声の方へ目を向けると、白鳥濠の左手、大きな道を挟んだ先に梅林が見えてくる。そこと濠に挟まれた高い場所に、三人は思わぬものを見てしまった。

「えっ？　今、猫が人に化けた？」

みかんが言うと、横でぽん太も頷く。三人がいる石垣の端でなければ、その姿は見えなかったに違いない。だが確かに、みかん達は猫又が人になったのを、目にしたのだ。

「凄《すご》いっ、誰が化けたんだ？　今の声は、化けるための気合いかな」

もっとよく見たかったのか、ぽん太が大きく身を乗り出す。みかんが慌てて横から、その毛を引っ張った。

「ぽん太っ、これ以上前へ出るなっ。石垣から落ちるぞ」

「だって、あれが誰だか知りたいっ」

その時だ。

「きゃああっ」

突然、今度は悲鳴が響く。みかんまでが、ぽん太と共に梅林の方へ、大きく身を乗り出した。

「何の声だっ？　猫又が人の姿になった途端、何であんな声が、聞こえてくるんだ？」

この時、みかんの右手が不意に、石垣の上で滑った。一気に身が傾き、体が石垣から放り出され、転げ落ちていく。

「みぎゃああっ」

横からぽん太が手をさしのべてきたが、見れば友の足も、石垣の端から離れている。

声だけが石垣の上に残って、みかん達は落ちた。

引きつった白花の顔が、どんどん遠のいていくのが分かった。

四

どぼんと大きな音に包まれた時、痛さに泣きそうになった。水面で総身を打ったのだ。

（白鳥濠へ落ちたんだ。大丈夫、水の中だ。死にはしない）

慌てて、見よう見まねで犬かきをし、水から顔を出したはいいが、どう考えても、泳ぎを習ったことはない。みかんは悲鳴を上げつつ、ばたばたと水面を手足で叩いた。

近くにぽん太の姿もあったが、こちらは早々に、溺れかかっていた。

「ぽん太っ、げふっ、顔を上げろっ」

そう言ったつもりだったが、単に、がぼがぼ言っていただけかもしれない。とにかくみかんとぽん太は、濠の水面で手足をばたつかせていたのだ。

すると。

目の前の道を、二人の侍が通り過ぎて行ったと思ったら、長い棒を手に戻ってきた。そして竹の棒を使い、みかん達を、岸へ寄せてくれたのだ。

「み、みにゃっ」

二の丸の地へ這《は》い上がり、総身を震わせていると、ぽん太が尻尾を隠しつつ、側でげほげほと、水を吐いている。もう大丈夫だと、ほっとしている間に、侍達は手ぬぐいを取り出し、みかん達を拭いてくれた。

「何だ？　この猫達、首玉を付けておるぞ。飼い猫だ」

「おや、どこぞの猫が、城へ紛《ぬ》れ込んだのか」

みかんも、ずぶ濡れの尻尾を、何とか隠し通すのに必死だ。ただの猫が濠へ落ちたと、思って欲しいからだ。みかんが、ふみゃあと情けなさそうに鳴くと、侍が笑った。

「お前さん達、一緒に遊んでて迷子になったのか？　そういえばさっき梅林でも、猫と庭師を見たな」

大きな玉を首に付けていたから、あの猫も飼い猫に違いないと、侍達は話している。

（首に玉？　鍵の玉を付けていたのか？　じゃあ庭師といたのは、猫又の誰かだ）

新米猫又達は何人かで一緒に、鍛錬を積んでいた。つまり。

（猫又と一緒にいた誰かは、さっき人に化けた、猫又かもしれないな）

びしょ濡れで、別の生き物になったかのようなぽん太も、そう思ったようで、目を合わせた二人は頷き合う。

（誰が人に化けたのか、知りたいっ）

みかんは腹を決めると、侍達へぺこりと頭を下げ、歩き出そうとした。するとその時、みかん達だけでなく、侍達までが、道端でびくりと身を震わせることになった。

「みゃううう っ」

江戸城の濠端に、突然、とんでもない悲鳴が響いてきたからだ。

（こ、この声、白花だっ）

みかんとぽん太は、声がした梅林の方角を目指し、必死に駆けだした。

「みぎゃううっ」

真っ白な猫又と、茶と白のぶち猫又が、梅林のある坂で大喧嘩《おおげんか》をしていた。白と茶が交じり合い、一つの毛の塊のようになって、坂道を転がり落ちている。

「みゃあっ、水姫《みずひめ》、頑張って！」

「水姫っ」

周りにいた二人が、盛んに励ましの声を掛けるのは、ぶち猫の方だ。しかしそこへ、濡れ鼠のみかん達が駆け込んでゆくと、大きな毛の塊は、両側の梅の木の根元へ、二手に分かれて飛んだ。

「何っ、ずぶ濡れの狸《たぬき》がいるっ」

「あのね、おれ、猫又だってば」

ぽん太がこんな時でも、落ち着いた調子で言うと、水姫達も白花も大きく息を吐《つ》き、目を見張った。

みかんは急ぎ、白花へ寄り添う。

「白花、大丈夫？　どうして喧嘩してたの」

「姫陣の子達が、突然襲ってきたのよ。あたし、濠へ落ちたみかん達の所へ行こうと、急いでただけだったのに」

すると水姫達は、濡れたみかん達の姿を見て、呆《あき》れた顔を向けてくる。

「まあっ。みかん達が、高い石垣から濠へ落ちたって、本当だったの。白花が、あたし達から逃げる為に、嘘ついたんだと思ってたわ」

「可愛いからって、白花をいじめるなよ。二度目だぞ」

「ぽん太、こんな時に、可愛いとか言うか？」

「だって……本当に、可愛いんだもん」

ぽん太が赤い顔で言うと、水姫がふんと言い、そんなことは知っていると返してきた。

「顔のことなんて、誰も話してないわ。ぽん太は猫宿でも時々、阿呆というか、外れたこと言ってたわよね」

それではもてないと真剣な顔で言われて、ぽん太はうなだれている。ここでみかんが、何を揉めていたのかと問うと、水姫達は白花を睨《にら》んだ。

「白花は鞠姫を、襲ったのよ」

「えっ？」

みかん達は、思わず目を見開く。

「あたし達姫陣の四人は、一緒に、人に化ける鍛錬をしてた。学び舎にいた皆から離れて、梅林の辺りへ来てたの」

他の者の姿が見えなくなって、しばらく経った時、思わぬことが起きた。梅林の方から庭師が姿を見せると、姫陣の四人へ近寄ってきたのだ。

「あたし達、遠目には猫にしか見えないわ。なのにその庭師は、鞠姫の名を呼んだの。それで庭師は、猫又仲間だと分かった」

しかし人に化けているから、その庭師が誰なのか分からなかった。男か女かも知れない。

ただ江戸城中にいる者で、猫又の仲間になって間もない、鞠姫の名を承知しているのだ。猫宿の師匠か、新米猫又の一人だろうと思われた。

「鞠姫は用心しつつ近寄っていったわ。逃げはしなかったわ。だって鞠姫は、そりゃ強いもの。今、姫陣の頭《かしら》をしている由利姫が、いつか頭にだってなれるように鍛えているのよ」

ところが、鞠姫が庭師の側へ寄ると、とんでもないことが起きた。

「その庭師と鞠姫は、寸の間、何か話してた。猫又庭師はその後直ぐ、鞠姫の首を摑んだの。そしてね、その手元が光ったように見えた」

「えっ？　光ったって、何？」

「分からない。でも鞠姫、ぎゃって声を上げたの。それから急にぐったりして、動かなくなっちゃった」

水姫達が死にものぐるいで飛びかかると、猫又庭師は鞠姫を地面に置き、その場から立ち去ってしまった。姫雪《ひめゆき》達に鞠姫を任せ、水姫が大急ぎで庭師を追ったが、直ぐに姿が見えなくなったという。

「あたしじゃ追えなかった。だから鞠姫の所へ戻ったんだけど。鞠姫は呼んでも、返事をしなかったの」

江戸城台所へ現れる猫又が、いるかどうか、師匠らはそれを、確かめているはずであった。そう考えた水姫達は、江戸城へ猫又の姿のまま入り込み、台所で師匠夢花を見つけると、ぐったりした鞠姫を託したのだ。

師は鞠姫を連れて消え、今、友の容態は知れない。

「夢花師匠は、鞠姫は大丈夫だから、化け学の学びを続けなさいと言ったわ。でもあたし達、もう続ける気力が出てこなかったの」

あの猫又庭師は誰だったのか。何で鞠姫を襲ったのか。考えるのは、そのことばかりだという。

「鞠姫は、武闘派として知られる由利姫の、妹分なのに。どうしてあの猫又庭師に、欠片もやり返すことが出来なかったの？」

姫陣の三人は猫又庭師の正体が知りたいと、急ぎ元の梅林へ戻ってきた。その時、白花と出会ったのだ。

「ぴんときたわ。白花が庭師に化けて、鞠姫に仕返しをしたんじゃないかって。だって鞠姫は前に、白花の鍵の玉を壊してるし」

そもそも姫陣と花陣は、二つしかないおなごの陣として、競う立場なのだ。正面切って争ったことも、何度もあるという。

「だから、間違いないだろうと思って」

ここでみかんが、首を横に振った。

「その猫又庭師、白花じゃないよ。われ達三人はまだ、人に化けられない。お腹が空いたから頑張ったけど、それでも駄目だった」

それに。みかんとぽん太は、目を見合わせ頷く。

「われ達は、その猫又が人に化ける姿を、白鳥濠の石垣の上から見たと思う。それで、もっとよく見たいと、石垣から身を乗り出して、二人で濠へ落ちちゃったんだ」

途端、水姫達が、みかん達へ詰め寄ってきた。

「どんな色の猫又だった？　化けるところを見たなら、毛並みの色くらい見えたでしょう？」

水姫は、仲間を痛めつけたあの庭師を、許せないのだ。

「捜し出して、やり返すつもりよ。今度は油断しないから」

姫陣の猫又は、鞠姫以外も武闘派なのだ。下に見られたまま、大人しくしているつもりは、ないようだった。

しかし、みかんとぽん太は、揃って髭《ひげ》を震わせてしまう。

「随分遠目だったもんなぁ。みかんは、猫又の毛並みの色を、覚えてる？」

「うーん……ああ、白っぽくはなかった。うん、黒めの色だったと思う」

ただ黒毛なのか、ぶちの黒が多い者か、濃い鯖猫《さばねこ》だったか、問われても返事が出来ない。ぽん太が頷いた。

「そういえば、白花や水姫みたいな、明るい毛色じゃなかったね」

すると姫陣の三人が、直ぐに生徒達の毛色を、口にし始めた。わざわざ城の庭で、人に化けたのだ。最初から人の姿でいることの多い師匠達ではない。猫又庭師は生徒だろうというのが、水姫の考えであった。

「黒く見える毛並みの子、誰だったっけ。白花、花陣にもいる？」

「……花実《はなみ》が、遠目なら、黒っぽく見えるかも。毛色が交じったさび猫なの」

だが花実は先刻化けようとして、失敗していたと白花は言う。水姫はそれに返事をせず、他の黒い毛並みも探していった。

「うちの姫雪は、背が黒っぽい鯖猫だわ。けど、あたしと一緒にいたから違うわね」

頷いた姫野《ひめの》が言う。

「水姫、武陣出の黒若は黒白の猫です。同じ武陣の静若《しずわか》は、鯖虎だけど、明るめの色だわね」

ぽん太がのんびり続ける。

「確か黄金陣出の吉助《きちすけ》も、黒の多いぶちだよ」

学陣出の真金は、黒猫だと、みかんも付け足す。

「つまり、遠目で黒猫に見えるのは、四人ね」

四人ならば、一人ずつ確かめていくだけだと水姫が言う。この時、白花が口を開いた。

「ねえ、この話、あたし達が勝手に動かず、師匠へ任せた方が良くないかな」

いや、師匠よりも猫宿の長、信長公へ託した方が、より良い気がする。白花は真面目な顔で、水姫へ言った。

「何で猫宿の長なの？」

「学び舎で、一番強い方だと思うから。学び舎が始まった初日に、人に化けられる上、仲間を襲ってくる生徒がいることが、まず怖いし。その庭師だけど、あたし達だけで向き合える相手かどうか、分からないと思わない？」

そもそも今年の学びが、いつもの年と変わったのは、〝猫君〟が生徒の内にいるかもしれないと、将軍が考えたからだ。将軍は、誰かからの文で、焚《た》きつけられた。

「猫君は、百万の術を使うって言われてるわ」

やがて全ての地の猫又を率い、人さえもその支配下に収めるだろうとの噂だ。猫又の英雄なのだ。

「だから怖いの。そんな猫君が、本当にあたし達の中に、いるかもしれないのよ」

そして今まさに、その力を示そうとしているなら、身がすくむ。鞠姫を痛めつけた猫又が、もし猫君だったら、優しい御仁《ごじん》だとはとても思えないと、白花は続けた。

「猫君は手始めに、同じ年に学び始めた猫又達を、配下にしようとしてるのかもしれない。で、生徒で一番強そうな鞠姫を、猫君が持つ術の力で、最初に押さえ込みに来たとか」

己に従わせるためだ。

「水姫、用心して。あたし達は今、まだ人にすら化けられないのよ。鞠姫を負かした猫又に出遭ったら、簡単にやられかねないわ」

自分は、どう動けばいいのか分からない。白花の言葉を聞いた水姫達は、一寸黙ってから、顎を上げた。

「あたし達は、花陣の子とは違うの。弱気にはならないわ」

みかんはこの時、庭師の手が光ったという話を、梅の木の下で思い浮かべていた。

五

みかん達は姫陣の猫又三人と一緒に、まずは庭を回って、鞠姫を襲った庭師を捜すことにした。

猫又庭師は猫君かもしれないと、皆、ちゃんと分かっている。だが庭師を捜し出し、鞠姫にちゃんと謝らせようと決めたのは、自分でも驚いたことにみかんであった。

「今日、鞠姫が襲われた件、やっぱり自分達で動いて、事を片付けたいと思う」

梅の木が植えられている坂で、みかんはそう言い出した。そして水姫達と一緒に、猫又が化けた庭師を捜すと口にした。

「だってさ、もし、現れた庭師が〝猫君〟で、皆を配下にする気だったら、われら新米猫又は全員、放っておいちゃもらえないよ。関わりたくないと思っても、きっと無理だ」

ならば自ら戦った方が、自分達のやり方で動ける分、上手く対峙《たいじ》出来るに違いない。みかんは自分に言い聞かせるように言った後、ぐうと腹を鳴らして、恥ずかしそうに耳を垂れた。

「ごめん、お腹が空いてるんだ」

そんなことで謝るなんて気の弱い猫又だと、水姫が笑った。

「皆同じだもの、謝らないで。でもみかん、あの庭師が本当に猫君だとしたら、あたし達、勝てるかしら？　いえ、一矢《いっし》報いることが、出来るのかしら」

その上、猫又庭師が本物の猫君だった場合、猫宿の長がどういう態度に出るか、分からないと水姫は言う。

「長だと、猫君の味方になるかもよ」

猫又がこの世を支配するため、猫君の無茶を喜ぶかもしれないと、姫陣の三人は言い出した。

「あ、言えてる」

ぽん太までも頷き、みかんは顔を顰《しか》めた。

「確かに師匠方がどう出るかは、分からないな」

もし長が、猫君の噂を真剣に怖がっていたら、今年はこの江戸城から、新米猫又達を避難させるという手があったはずだ。

「だけど長は、新米猫又とはいえ、もう幼子ではないと言ったよね。己で己を守らねばならぬとも言ってた」

猫君が現れたとき、本当に新米猫又の力で、己を守れると、長は思っているのだろうか。みかんは大きく首を傾け、そして……しばし考えた後、人に化ける修業を諦めた。

「とにかく、消えた庭師を追うことにだけ、力を集めることにするよ。われに、二つのことを成し遂げる余裕はないもん」

「そ、そうね」

白花が頷き、他の皆も江戸城内での食事を諦め、まずは庭から捜し始める。庭師の格好をしていたのだから、庭にいるかもしれないと考えたのだ。

ところが。

「もう、猫又の姿に、戻ってるのかしら」

水姫が顔を顰めたくらい、怪しい猫又庭師の話は、さっぱり掴めなかった。確かに江戸城は広いが、丁度新米猫又があちこちにいたので、少しは、話が拾えるだろうと、みかん達は考えていたのだ。

「もしかしたら、あの庭師は、別の姿に化けなおしてるかもね」

姫野が言うと、白花も賛同する。だがここで、水姫は厳しい顔を、江戸城の広い広い御殿へ向けた。

「まだ捜していない場所があるわ」

己の言葉に頷くと、水姫が御殿へ突っ込んで行きそうになった。しかし、白花が前に立ちはだかって、それを止めた。

「あのね、このまま御殿へ行っても、猫又の尻尾を見られて、化け物と騒がれるだけだと思うの」

「白花達は、怖いならここで引き返してもいいのよ。でもあたし達は行くから」

「水姫、逃げたいなんて言ってないわ」

ただ、白花は思うのだ。

「二叉の尻尾を、ただの猫みたいに、一本に見せる技。そっちを大急ぎで会得《えとく》してから、捜しに行った方がいいと思う」

「えっ？」

「ああ、毎年化け学は、先が二つに分かれた猫又の尻尾を、一本に化けて見せることから、学ぶって聞いたな」

みかんが頷く。ならばその技は、新米猫又でも早々に、会得出来るはずであった。

「猫の姿になれれば、庭でも御殿の中でも、とりあえず怪しまれないわ。ご飯は食べられないし、化け学の及第は得られないけど」

六人が顔を見合わせ、やがて頷く。入り込んだ御殿で侍に追われるのは、確かに拙かった。

「よし、まずは尻尾を化かそう。白花、良いところに気が付いたね。凄いや」

みかんが明るく褒めると、ここで姫陣の三人が、深く頭を下げてきた。

「あたし達、これまで白花に優しくなかったわ。これからだって、何かあったら、味方でいられるか分からない」

なのに、こうして力を貸してもらっている。水姫は、早くお礼を言わねばならない気がしたという。白花が笑った。

「でも、いつか本気で困ってたら、やっぱり水姫達は、手を貸してくれる気がするわ」

自信を持った声で言うと、お人好しと言葉が返ってくる。だが姫陣の皆は白花へ、ちゃんとお返しはすると約束してくれた。白花が頷き、みかんが胸を熱くしていると、水姫がしゃきりと身に力を込め、にこりと笑った。

「尻尾の先のみとはいえ、初めて化けるんだもの。まずは一人に上手く化けてもらって、勢いを付けたいわ」

化け方のこつも、分かる気がする。そのために水姫は、良いことを思いついたと言ってきたのだ。

「あたし、聞いてるんだ。今は出来ないけど、みかんは一度、人に化けたこと、あるのよね？」

みかんは頷いた後、何故《なにゆえ》に知っているのかと、驚きを口にする。

「だって、武陣の春若に見られてるんでしょ？　黒若が、春若兄者から聞いたって、猫宿で言ってたわよ」

「ああ、そうか。黒若は知ってたんだ」

水姫はここで、みかんには化ける才があるかもしれないと、おだててくる。そして、口の両端を引き上げた。

「だからみかん、ちょっと尻尾を見せて」

「われの尻尾？　あの、どうして？」

そろそろと見せると、水姫はまた、綺麗《きれい》に笑った。そして、一体どこから取り出したのか、小刀を手にし、突きつけてくる。

「こ、怖い物、持ってるね」

「みかん、今から直ぐ、一本尾の猫に化けて」

ゆっくり、鍛錬している時はないのだ。

「だから今、大急ぎで化けて。化けられないなら尻尾、切って短くしちゃうわよ」

「えっ？」

「二叉に分かれてるところを、切ってしまえば、化けたのと同じようになるもの。ああ、初めからそうすれば、良かったんだわ」

その言葉と共に、水姫が小刀を握り直す。

「さあ、化ける？　それとも切る？」

「みぎゃーっ、怖いっ。化ける、化けますから、ちょっと待って！」

みかんは尻尾を抱え込み、逃げ道を探した。だが姫陣の二人が、みかんが逃げないよう、道を塞いでしまう。

「ええとっ、尻尾、一本になれっ。尻尾の危機だ。短くされちゃうぞっ」

切られるのは、何としても嫌であった。ここで水姫が、みかんの尾を摑んでくる。

「尻尾っ、だから一本になれーっ」

みかんが半泣きの大声を出した、その時だ。

「あら」

水姫が、みかんの尾を放した。

皆が揃って、笑みを浮かべる。みかんの尾は猫のように、綺麗な一本に化けていた。

六

「驚いた、やれば化けられるもんねえ」

連れだった六人は、江戸城御殿の屋根の上で話し合っていた。

姫陣の三人、水姫、姫野、姫雪と、みかん、白花、ぽん太は、一本の尾に見せる技を、無事摑み取ったのだ。一人、最後まで出来なかったのはぽん太で、癇癪《かんしゃく》を起こした姫雪に、梅の木の傍らで、尻蹴りを食らってしまった。

すると余りに痛かったからか、ぽん太の尾は梅の木にぶつかった拍子に、一本にまとまったのだ。

「あのさ、おれ、ちょっと驚いた。全員、化けるのに印を作らなかったね」

瓦屋根の上で、伸びをしたぽん太が言うと、屋根を見回るため駆けていたみかんが頷く。みかんにとって、初めての術を成すために必要だったのは、印より、水姫から小刀で脅されることだった。

「ところで、一体、この鍵の玉って、何なんだろうね。ただの、猫里への入り口の鍵？」

ここで屋根に立っていた白花が、江戸城本丸の、中奥へ向かう道筋を見つけたと言い、ちょっと得意そうに笑った。

「猫術の時間に、いずれ鍵の玉を使うというから、その時、もっとよく、鍵の玉のことが分かるかもしれないわ」

今年は化け学が三日続くので、習うのは少し先になるはずだ。

「でも、少し惜しかったわね。例年だと、化け学は尻尾を一つにすることから、学びが始まるんでしょ？　だったらあたし達、最初の課題を、こなしたことになったのにね」

しかし人には化けられないから、まだ台所で、ご飯を貰うことも出来ないのだ。

「お腹空いた。早く嫌な庭師をやっつけて、鼠でも捕まえに行きましょう」

「みゃん、同感。じゃあ、話し合った通り、御殿の屋根の端から、屋根裏へ潜ろう。白花が見つけた棟へ入るんだ」

皆、そろそろと御殿の屋根裏へ潜り込んでゆく。屋根裏は一番見つかりづらく、相手を捜すのに都合が良い場所だと、ぽん太が保証したからだ。

「おれとみかんは、鍵の玉を探しに出た日、屋根裏で玉を見つけたんだ。それでこういう場所のことが、よく分かったというか」

狭いから、人は入ってこない。時々、天井板の節に穴があって、下を見ることが出来るのもありがたい。潜り込んで直ぐ、ぽん太が節穴を示すと、皆、器用に下の部屋の様子を確かめつつ、歩むようになった。

するとじき、白花が小さく声を上げ、慌てて口を塞いだ。

「どうしたの？」

水姫が、白花が指さす穴を、素早く覗《のぞ》き込む。水姫は直ぐ顔を上げると、みかんにも見てみるように言ってきた。

「あれ？　下にいる御坊《ごぼう》、見たことある。というか総髪だから、あれは医者の格好なのかな。とにかくあのお人、和楽《わらく》師匠だよね？　猫術の師」

猫術は、術一般全てを習う学びで、何故だかまたの名を、悪学《あくがく》という。和楽師匠は優しそうな師なのに、どうしてそんな風に言われているのか、みかんには分からなかった。和楽はみかんにとって、子猫の頃に拾ってくれ、お香のところへ連れて行ってくれた、恩人でもあるのだ。

「和楽師匠は、何で江戸城御殿の中にいるのかしら」

猫術は特に大事な学びだとされ、朝と昼以外に、夜行の学びの日もある。つまり月に九回、新米猫又は学ぶのだ。

「だけどそれ以外の日は、他の年の生徒達を教えるため、上の生徒が学ぶ建物へ行っていると思ってた」

猫宿の長は、将軍と親しいようだったから、中奥にいるのも分かる。けれど和楽師匠が御殿にいるのは妙だと、水姫が言った。

「猫又だって、人の姿で御殿へ行くことは、あると聞いてるわ。でもそれをするのは、各陣の猫又達だと思う。学び舎の師匠に、城中での用はないわよね」

ここで、姫雪が思いついた。

「あたし達、鞠姫を師匠へ託した時、庭師に化けた猫又に襲われたこと、師へ伝えたわ。だから和楽師匠は、あの庭師を追ってるんじゃないかしら」

生徒を襲ったのだ。猫又庭師を、罰しなくてはならないだろう。この後、また生徒が襲われないよう、捕まえる気かもしれないと、姫雪は考えたのだ。

だが水姫は、別の考えを口にした。

「猫術は、悪学と言われてるわ。あの和楽師匠、本当は怖い人なのかもしれない。ひょっとしたら……さっきの怖い庭師は、和楽師匠が化けていたのかも」

和楽こそ、実は猫君で、その力を隠しているということはあり得る。この学び舎で師匠と言われている程の者なら、きっと可能だ。水姫はそう言い出した。

しかし、みかんは頷けなかった。

「猫宿の長、信長公が、和楽師匠の悪行に気が付かず、見逃してるってこと？」

猫宿の長は、六つの陣から学び舎を守り、一つの国のように作って、他から口を挟ませないでいる。

「その猫宿の長が、そんな間抜けをするかな？」

「白花には、とてもそうは思えないわ」

「水姫がそう言うなら、姫雪は賛成」

「猫宿の長より、和楽師匠が偉いの？」

みかん達六人は、屋根裏で考えをぶつけ合った。するとその間に、和楽は節穴から見えないところへ、歩んで行ってしまった。

「いけない、姿が見えなくなっちゃった」

「大丈夫、下の部屋にいるよ。声がずっと聞こえてるから。落ち着け」

みかんがなだめたが、水姫は、和楽がもしあの庭師なら、逃してはいけないと言う。そして怖い顔で、下へ降りて行こうとしたので、みかんがその尻尾を摑み、走り出すのを止めた。すると。

「何すんのよ」

狭い屋根裏にいることなどものともせず、水姫はびゅんと、前足の一撃を繰り出してきたのだ。危うく避《よ》けたものの、情けなくも転び、屋根裏で大きな音を立ててしまう。姫陣の武闘派生徒を止めるのは難儀だと、みかんはつくづく思い知らされた。

しかし、なるだけ顔色を変えず、落ち着いた声で、追う必要はなかろうと言ってみる。

「和楽師匠は逃げないってば。長に内緒で、学び舎を辞めることはないと思う。つまり今日ここで逃しても、また会えるはずだ」

いつかというと……そう、あと五日の後、猫術を学ぶ日には会える。だからここは、より大事なことを先に、考えねばならないのだ。みかんは皆に、屋根裏で座ってもらった。

「肝心なのは、和楽師匠が本当に、鞠姫を襲った猫又庭師かどうか、ということだろ？」

和楽は新米猫又の師匠なのだ。長がその実力を信頼し、生徒達を任せている者の、一人であった。

「悪い奴だと疑いました、でも間違いでしたでは、済まない気がする」

水姫は和楽を見て、怪しい庭師、その人だと断言していない。ということは、襲って来た庭師と和楽は、姿が違うのだ。

「別の姿に化ける猫又は、いると聞いてるよ。でもね」

和楽と猫又庭師が、同じ猫又だという証《あかし》はなかった。それでは拙いのだ。

「それは……そうだけど」

そんなことを言っていたら、あの悪い猫又庭師は、このまま捕まらない気がすると言い、水姫は不機嫌だ。

「どうやったら、あの猫又庭師は捕まるの？　もし、そいつが高名な猫君、その人だったら、鞠姫はやられっぱなしで、我慢するしかないの？」

相手が何様であっても……たとえ猫君であっても、それは承知出来ないと水姫が言い切る。白花やぽん太、姫雪達は、一寸黙り込んだが、みかんは言葉を切らなかった。

「そうだよね。猫又庭師がもし猫君だったとしても、だ。いきなりとんでもない目に遭わされたのに、我慢することはないよね」

「あら、賛成してくれるの？　意外だわ」

「けど、そんなこと言って大丈夫？」

ぽん太が、心配そうに言ってくる。

「猫又庭師は強いんだ。術を使うみたいなんだ。猫君かもって、思われる程なんだ」

対してみかん達は、まだ尻尾の先を、一本に見せることしか出来ない。

「つまり全く、太刀打ち出来ないよね。威勢の良いことは言えるけど、実際向き合ったら、どうするの？」

みかんはちょいと考え……答えを一つしか思いつかなかったので、それを言ってみた。

「われらの方が、人数が多い。だから相手に、何とか術を使わせないように出来ないかな」

術以外の殴り合いとなったら、きっと人数が多い分、みかん達にも望みが出てくる。不可思議な力に抗《あらが》えないのなら、子供の喧嘩と同じ、真正面からの力業《ちからわざ》で対するしかなかった。

「どう思う？」

みかんが試しに言ってみると、水姫が口をへの字にした。

「前足の一撃が届くところに、相手がいればいいわよ。でもどうやって、猫又庭師の術を封じる気？」

「それは……難しいね」

答えを探しているとき、みかんは言葉を切った。短く、息を詰まらせたような声が、屋根裏に広がっていた。

七

「あれ、屋根裏にいる人数、一人多いわ」

白花の呆然《ぼうぜん》とした声が、薄暗い屋根裏で聞こえた。言葉は、のんびりとしたものであったが、声はいつになく低かった。みかんが、妙な声が聞こえた方へ目を向けると、屋根と天井板の間にある、人ならば立ち上がれないような陰の内に、もう一匹猫が現れていた。そして何と、姫野の首を背から摑んで、押さえ込んでいたのだ。

「暗くてはっきりしないけど、黒っぽい猫だ。もしかしたら猫又庭師さんかな？　今は、庭師の姿じゃないんですね」

勇気を出して問いかけたが、みかんは総毛を逆立てていた。

屋根裏は狭いゆえ、人の姿では却って動きづらい。だから猫又の姿で現れたのかと問うと、黒っぽい猫又が笑った。

「今、私のことを噂してたね。私は鞠姫と対峙して、どちらが強いかを示した。なのに、君らが臆することなく、庭中、私を捜してたのには驚いたよ」

なぜ自分を追ってきたのか、猫又庭師は問うてくる。

「私の方が強いと、分かっていただろ？　あの鞠姫さえ、全く敵《かな》わなかったんだ」

みかん達の話を聞いたが、一団で来ても、新米猫又が自分に敵うわけがないと言う。

「そもそも何で、刃向かおうと思うんだ？　私は噂の猫君かもしれないんだ。そうだろ」

問われたので、みかんは正直に返した。

「あんたが猫君？　ううん、思ってないよ」

「どうしてだ！」

薄闇の中で黒い猫の目が、酷《ひど》く不機嫌そうに光った。姫野の首を、一層強く押さえつけたようで、苦しげな声が聞こえてくる。

途端、水姫が驚くような行いに出た。術で敵わなければ、力業で返すしかない。水姫はみかんが言ったその言葉を、そのまま行ったのだ。

「姫野を放しなさいっ」

そう言うなり、水姫は横へ手を伸ばしてきた。仲間を摑み、猫又庭師へ投げつける気とみて、みかんは顔を強《こわ》ばらせる。

だが水姫の手は、ぽん太へ伸びた。しっかり襟首を捕らえると、自分の体重を支えに、思い切り友を猫又庭師へ放り投げたからたまらない。

「わわわーっ」

魂消た顔のまま、ぽん太の身が屋根裏を飛んで、猫又庭師へぶつかっていく。水姫は続けて、己も庭師へ向かっていった。ぽん太一人では、はね除けられて終わるかもしれないからだろう。捨て身の攻撃であった。

（しょうがないっ）

すぐに腹をくくり、みかんも柱を蹴って、猫又庭師へ突っ込んだ。残った白花達も、後に続くのを髭が感じる。

すると。

まず、ぽん太がはじき飛ばされ、その身を受け止めた白花が一緒に吹き飛んだ。振り向くと、屋根裏の端で、板壁を支えに何とか止まってほっとする。水姫は、姫野に触れるところまでは近づけず、庭師の繰り出した拳固《げんこ》を避け、一旦横に跳ねた。それを避けたみかんも、庭師から少し離れた。

だがみかんは、その時柱を蹴ると、もう一度庭師へ突っ込んだ。屋根裏のあちこちが、太鼓を打ち鳴らすように、大きな音を立てるのが分かったが、今は音を気にしている余裕がない。

すると水姫と姫雪も、みかんと同時に、横から庭師へ打ちかかっていく。水姫達の動きが余りに素早かったものだから、みかんは後れを取らないよう、必死に合わせて迫った。

場所が屋根裏で狭いため、人に化けられない庭師は、術を繰り出せずにいる。水姫が打ちかかった時、庭師が己の前へ姫野を突き出し、盾にしたので、みかんは低く唸《うな》った。低く庭師へ迫ると、庭師の腕を、思い切り蹴り上げてみる。

途端、姫野が放り出された。姫雪と白花が飛びついて、落ちる前に受け止めた。

「やった、取り戻したっ」

一寸戦いが止まり、水姫とみかんが引いて、庭師と睨み合うことになった。節穴から漏れてくる光が、互いの姿を浮かび上がらせる。

するとと、少し落ち着いて相手を見る間が出来、庭師の毛並みの色がはっきりとした。

「まあ、黒毛だわ。ぶちはなし！」

眼前にいる猫又は、わずかに鉄色を帯びた、黒い毛並みをまとっていたのだ。屋根裏にいた皆は、武闘派の鞠姫を、一対一でやっつけたのは誰なのか、知ることになった。

今年の新米猫又仲間で黒猫又は、一人きりだ。

「猫又庭師は……学陣の、真金だったのか」

みかんが静かに頷く。今日加わった仲間の毛色は、よく覚えている。

ここで真金がみかん達を見据え、低い声を向けてくる。それは、驚くような言葉であった。

「我が〝猫君〟だ！　だから従え」

「えっ猫君？」

姫陣の三人が、声を震わせる。だがぽん太は、あっさり首を傾げた。

「お前さんが〝猫君〟なの？　そんな気がしないなぁ。足りない気がするなぁ」

水姫は、足を踏ん張り直し、真金へきつい言葉を返した。

「ちょっと驚いたけど、嘘だわね。鞠姫を傷つけたあんたなんか、信用ならないわ」

みかんは、きっぱりと言い切った。

「真金が〝猫君〟だろうが、違おうが、われはどっちでもいいんだ。どちらにしても、われは従わないから」

「あら、みかん、何で？」

こんな時に、真面目に聞いてきたのは白花で、引きつった顔になっている真金には、目をやらずにいる。みかんは、落ち着いた声で返事をした。

「だって真金が鞠姫に、酷いことをしたのは、本当だもの。真金が猫君だろうと、違おうと、何様であろうと、そこは変わらないんだ」

ならば、みかんが出す結論も、変わらない。要するに、だ。

「力尽くで、相手に言うことを聞かせようとする奴には、従わないよ。そういうこと」

正直に言うと、真金が本当に猫君だったらがっかりすると、みかんは付け加えた。

「われはぽん太の考えに、賛成だ」

すると当然というか、真金が総身の毛を逆立て、身を低くし、睨み付けてくる。

（あ、飛びかかってくる気だ）

みかん達もまた、応戦の構えを取る。そして睨み合った、その一瞬。

「えっ？」

声を出したのは、みかんだったのか、真金だったのか。

目の前で突然、天井板が大きな音と共に抜けた。真金が立っていた辺りの天井が、下の部屋へ落ちたのだ。

当然、真金も板と共に、御殿の部屋へと消えて行く。だが真金も猫又だ。天井からなら落ちても、ちゃんと着地出来るはずであった。

ところが。

「みぎゃんっ」

直ぐに下から、苦しげな声が上がってきたので、みかん達は急いで、大きく開いた穴から、下を覗き込む。

すると、思いがけない光景が目に入り、皆、声を失ってしまった。よく知っている顔が、こちらを見上げていたのだ。驚いたことに、下から天井板を壊し、真金を落とした御仁がいたのだ。

「おや、さっきから大きな音を立てていたのは、みかん達だったのか。うるさかったぞ。騒ぎになったんで、この部屋から人を出すのが、大変だった」

その人は、墨染めの衣を着ていた。

「和楽師匠だ」

師匠は腕一本で、真金を畳に押さえつけていた。しかし真金は抵抗し、手の辺りに光を集め、術を使おうとするのが分かる。

だが和楽は素早く、真金に拳固を食らわせると、その光を封じてしまった。

すると下から、別の笑い声が聞こえてくる。もう一人、天井からは見えない所に、誰かがいると分かった。

八

みかん達が、急いで下の部屋へ飛び降りると、部屋にいたもう一人が、姿を現してくる。

「猫宿の長、こちらにおられたんですか」

猫宿の長の姿を見ると、鞠姫の具合やいかにと、水姫達が寄っていく。長は笑って、夢花が付き添っていたゆえ、大丈夫だと口にした。

「鞠姫は、もう宿へ帰っておるだろう。心配せずともよい」

「良かった。あの、ありがとうございます」

水姫達が、改めて頭を下げる。長はここで、真金を見た。

「真金は、猫君を名のったようだな。馬鹿を言ったものだ。猫君ならば、和楽にあっさりやっつけられる訳がない。お主は、猫又の英雄とは違うよ」

長は、実は心配していたと言って、和楽が押さえつけている黒猫又を見下ろす。

「真金は、〝遅れて来た子〟だからな。よってもう、術を幾つか使えたゆえ」

それが他の新米猫又と、揉める元になりはしないかと、長は案じていたのだ。

「〝遅れて来た子〟って、……なんですか」

みかんが首を傾げると、真金を捕まえたまま、和楽が話してくれた。

「二十年生きて、猫又になった猫の所には、陣から迎えが行く。猫又は、人を祟《たた》ると言われているから、放っておくと、身が危うくなるからな」

ところが狩られる恐怖からか、歳を隠し、猫又になったことも隠す猫が、時々いるのだ。野良だと己の他に、歳を数えている者がいない。

「それでごくたまに、迎え損ねる猫又が出る。それでも上手く生き延びると、その内、術などを独学で覚えるから、目立つようになる」

そこでやっと、陣に入っていない仲間がいると、猫又達に分かるのだ。真金もそうして、遅れて見つかった仲間であった。

「あ……そういえば夢花師匠が、真金は遅れて見つかったって言ってました」

「猫又として身につけるべき基本は、〝遅れて来た子〟でも、学ばねばならん。それで、他と同じく、新米猫又の仲間へ入ることになるのだが」

しかし、術などは他より先んじていると思うからか、〝遅れて来た子〟は学び舎で、揉めることが多いという。

「今回は、他の子にも増して、馬鹿をやってくれたな。真金、将軍の寝間へ入り込んで、将軍の蒲団の上へ、密告の文を置いたろうが」

目的は〝猫君〟が生まれたと将軍に思わせ、その噂を他の猫又達に、広めることだろう。

「そしてその後、己の力を示し、自分こそが〝猫君〟になろうと、考えたのだろうよ」

「あれ？　猫君って、己で宣言して、なるものだったんですか？」

みかんが驚いた顔で言うと、そんなはずはなかろうと、和楽が苦笑する。

「陣で過ごしていないので、真金は猫君のことを、軽く考えているのだ。猫君は、猫又の皆が認め、その名を褒めたたえる者なのだ。ある日誰かが思い立って、なれる立場ではない」

するとと和楽の手の下で、真金がもがきつつ言った。

「誰かがなるなら、おれがなってもいいじゃないか。そうだろ？」

すると長が真金へ近寄り、顔を寄せて、その目を覗き込んだ。みかんが思わず、二、三歩、後ずさるような眼差しであった。

「真金、鞠姫を脅すことが出来たからといって、思い上がるではない」

同じ新米猫又達はまだ、人にすら化けられず、真金よりも劣って見えるに違いない。しかし、だ。

「一年経てば、新米猫又達とて皆、人に化けることくらい出来るのだ。つまり数年の内に、お主が今、得ている力を、皆も持つようになる」

真金が鞠姫を痺《しび》れさせた光玉も、驚くような技ではないと、長は続けた。

「あれくらい、学び舎の師匠でなくとも、多くの猫又が使えるぞ」

学び舎の師匠達は猫又の中でも、その力が飛び抜けていると言われている。だがその中にすら、〝猫君〟ではと言われた者はいない。長は、そう言い切った。

「真金、もし猫君になりたいというなら、他の猫又達を押さえつけるより先に、己を磨くのだな」

真金は今日屋根裏で、人に化けることも出来ない新米猫又達相手に、苦戦していた。

「その程度の力しかないのに、己を正しく評価出来ていない。そこが一番問題だ」

言われた真金は、口を引き結ぶと、じき、その身から力を抜いた。ようよう和楽が手を放し、そこへ長が意外な程、優しい言葉をかける。

「お主は二十歳の頃、陣からの迎えを受けられないという、不運に見舞われた。だから今回限りは、猫君を名のり、同じ猫又を襲った馬鹿を見逃してやろう。この後は学び舎の生徒として、精進するように」

白花が少しばかり吃驚《びっくり》していると、長は口の端を引き上げ、目を水姫達に注ぐ。

「しかし鞠姫は、真金からやられたことを、忘れぬだろうな。あの姫は、学び舎の新米の中でも、手強い一人だぞ。おまけに姉者《あねじゃ》は、由利姫だ。猫又の里中に名を轟《とどろ》かせている、武芸の達人だ。その者達に、真金はこの先睨まれ続けることになる」

おまけに今回の顚末《てんまつ》は噂となって、各陣を巡るだろう。そして学陣の者達も、知らぬところで姫陣と諍《いさか》いを起こした新米に、うんざりするに違いなかった。

「馬鹿をやってしまったのだ。この騒ぎの始末は長い時をかけ、自分でつけていくしかないだろうさ」

師匠らが、どうにか出来る話でもないから、放っておくのだと、長はあっさり続ける。真金の明日が良き日々となるか、うんざりするものになるのか、真金次第だという。

「私は猫宿の長だ。生徒である真金には、頑張れと言っておく。お主は自称であっても、猫君を名のったのだ。それゆえもちろん、死ぬ気で頑張るだろうさ」

するとようよう、真金がうなだれてきた。これから何をせねばならないか、見えてきたからに違いない。

みかんは、猫宿の長を見た。

「今日の長は、お優しいんですね」

長が、怖いような笑みを浮かべた。そして、隣にいる師匠、和楽へ目を向ける。

「私は昔から、大層優しい。そうだな、和楽」

「ええ、まあ。私はあなたから蹴飛ばされたり、追い詰められたり、戦《いくさ》の最前線へ送られたりしましたがね」

戦という言葉が出たので、みかん達や、水姫らが首を傾げた。

すると猫宿の長は、自分と和楽は、戦国時代、武将であったことがあると教えてくる。徳川の世になる直前、各国の大名達が、国盗りをしていた頃の話だという。

「ええ、猫宿の長は、信長公だったんですよね。うかがってます」

みかんは以前、信長公の名を告げられた時のような、ざわざわとするものを感じてきていた。

「ならば和楽師匠も当時、名のある武将として、過ごされていたんでしょうか」

やはり、信長公と縁あった武将だったのか。問うと、隣でぽん太や水姫が、目を輝かせている。返事は直ぐに長からあったが、感想を口に出来る強者《つわもの》は、部屋にはいなかった。それは、とんでもない話であったからだ。

「和楽は、明智光秀《あけちみつひで》という武将であった。わが配下の者だったのだ。途中で私を裏切り、本能寺《ほんのうじ》へ討ち取りに来たがな」

おかげで寺に火薬を仕掛け、爆発させることになったと、殺されたはずの当人が言い、笑っているのが怖い。水姫が和楽師匠の方を向き、亡くなったのではとつぶやくと、部屋が寒くなったように思えた。

長が、機嫌良く続ける。

「光秀は、影武者を連れておった。羽柴秀吉《はしばひでよし》に、山崎《やまざき》の戦いで敗れ、落ちていく途中、本物は私が救ってやった」

山ではぐれたと見せて猫又に返し、逃れさせたのだ。影武者は後に小栗栖《おぐるす》において、落ち武者狩りで殺害されたと、長は言う。明智光秀はその時、戦国の世から消えたのだ。和楽は笑みを浮かべつつ、長の言葉を聞いている。しかしその眼差しは、長を射殺《いころ》しそうな程、するどい。

（どうして自分を殺そうとした者を、助けたんですか）

みかんは聞きたかったが、聞くのが怖くもあって、声が出ない。

だが。まるで問いを受けたかのように、信長公が、先を語った。それは、猫宿の長が語る言葉としては、恐ろしすぎるものに思え、部屋内に更なる沈黙を招く。

「光秀は、この私を殺そうとし、天下を取るのを阻止したのだ。そんな悪党を、あっさり死なせてやるのも、違う気がしてな」

主を殺せるほどの力があるなら、使い出があろうと、長は、当たり前のように言う。その話し方が楽しそうで、みかんは何だか怖く思えた。

光秀であった和楽にしても、そういう経緯《いきさつ》があったのに、長が取り仕切っている学び舎で、こうして師の一翼を担っているのだ。

（う、うわーっ。何だか緊張する話だ。怖いぞ。みゃーっ）

この場の静けささえ怖くて、みかんは大声で鳴きたくなった。真金がここで急ぎ、鞠姫や姫陣の皆へ謝ると言い出し、猫宿の長が頷いた。

「しかし今回、やはりというか、人に化けられた新米猫又は、まだいないようだな。お、みかん達は皆、尻尾を猫のようにすることだけは、出来たのか」

その姿ならば、江戸城の台所から、目刺しくらいは失敬出来るかもと、長が口の端を引き上げる。つまり、将軍へ届いた怪しい文の件が、こうして終わりを告げても、三日の間は人に化ける修業を、続けねばならないようなのだ。

そして、ご飯は台所からかすめるか、鼠を捕るか、町屋へ取りに行くしかない。猫宿の長は、言ったことは突っ走る性分のようであった。やはり甘い長とは、とても思えない。

(学び舎って、どういう所なんだ？　われ達の明日って、どういうものになるんだろ)

大事な場所になってきているから、離れたくはない。だが。

みかんは総身に一寸、震えを走らせた。

あわれみの令

一

みかんは江戸で猫として生まれ、二十年以上も生きて、妖《あやかし》の猫又《ねこまた》となった。そして、仲間達と巡り会い、今は江戸城の中にある猫宿《ねこやど》で学んでいた。

みかんは新米猫又だが、必死の修業の結果、今は、尻尾《しっぽ》だけなら化けられる。つまり猫のように見せることが出来たので、化け猫として恐れられることなく、城内を歩んでいた。

そんなある日、江戸城の御殿の屋根で、みかんは下の道を歩く師匠達の声を耳にした。学び舎《や》の師匠達はもちろん、人の姿に化けられる。よって日々、他の人達の中に紛れ、好きな所にいるのだ。

「師匠……」

そう呼びかけたものの、みかんはそこで言葉を止めてしまった。御殿の屋根から下を見たみかんは、魂消《たまげ》てしまったのだ。

道には、猫宿の長《おさ》の姿があった。長は戦国の世、信長《のぶなが》公と呼ばれ、魔王とも言われていた、剛の者なのだ。

その長が何と！　頭から血を流し、それを手ぬぐいで押さえていた。

（えっ、な、何があったんだろう）

見れば傍らに、猫術の師、和楽《わらく》の姿もある。和楽は、公を裏切り、殺したと言われている明智光秀《あけちみつひで》、その人であった。

そんな二人だが、今は共に、新米猫又達を一人前にする学び舎、猫宿を引き受けていた。

「長、怪我《けが》をされるとは珍しい。江戸に、羆《ひぐま》でも現れたんですか？　それとも天狗《てんぐ》と揉《も》めましたか」

和楽が苦笑を浮かべている。すると、ようよう血が止まったのか、新たな手ぬぐいを頭に巻き直した長が、あっさりした口ぶりで答えた。

「和楽、噂《うわさ》が聞こえてきたのだ。新たな生類《しょうるい》あわれみの令が出るという話だ」

「おや、長もその噂、耳にされましたか」

かなり前のことになる。五代将軍徳川綱吉《とくがわつなよし》は、生類の殺生禁止令を、幾つも出した。将軍が戌年《いぬどし》生まれだったためか、その中でも犬は、飛び抜けて愛護されたのだ。よって当時、町を我が物顔で歩いていた犬に襲われたりして、多くの猫が命を落としていた。

「まだ、大した噂にはなっておりません。実際法令が出るにしろ、先の話だと思いますが」

和楽が言うと、長も頷《うなず》いている。ただ。

「前回、あの令が出た時は、江戸の猫達を護《まも》るのに苦労した。また誰かが、あわれみの令を始めるとしたら、放っておくわけにもいかぬ」

よって長は早々に、その噂を探ってみたのだという。すると驚いたことに、早くもかつて見たものが、江戸の外れに作られていた。

「以前の、生類あわれみの令が出た時も、作られたもの。犬を養うための場所、御犬《おいぬ》囲《かこい》が、吉原《よしわら》近くの田畑の中にあった」

昔見たような、大きな御犬囲ではなかった。しかしとにかく、誰が作ったものか確めておこうと近づいたところ……長は犬に襲われたのだ。

「おや、長もやはり猫でしたか。犬が苦手とは」

長は、にやりと笑った。

「私は、人の姿をしておった。犬がこの身を襲ったら、御犬囲にいた者達はどうするか。それを確かめたかったのだ」

長は、襲いかかって来る犬を、わざと避《よ》けなかったらしい。すると、思わぬことが分かった。

「あの御犬囲には、余程身分の高い者が関わっておると思う。侍が飛んできて、私から犬を、引きはがしてはくれたがな。怪我をしているのに、追い払われたわ」

それで長は、頭から血を流したまま、城へ帰ってきたわけだ。和楽の目が、すっと細められた。

「身分の高い馬鹿が、かつての生類あわれみの令を、真似ているのですか」

長はうんざりとした顔で頷く。そして、今の内に令を潰す方法はないか、占術を行ってみたと付け足した。みかんは屋根の上で、慣れない言葉に、首を傾《かし》げる。

（占術？　長は占いをするの？）

すると長は、驚くような言葉を和楽へ向けた。

「あの令のことを占った時、妙なことが浮かんだ。まず、この身へ誰ぞが、刃物を振り下ろしておった」

「はぁっ？　何で長が、占いに出てくるのですか」

「辺りは血まみれになったのか、真っ赤だった。私は新たな生類あわれみの令に関わり、死ぬのかもしれん。酷《ひど》い頭痛も感じたよ。あれは、誰の頭痛であったのか」

とにかく、長自身が事に関わっているためか、今回は、新たな令について、確かなことが摑《つか》めなかったという。

「占う者が関わることだと、はっきりと見えないのだ。外れることも増える。いつもそうだ。不便だな」

長が、まるで人ごとのように話し続け、和楽が片眉を引き上げる。

「身分高き方で、猫又に関わる者というと、将軍家を思い浮かべますが。今の将軍家に、長を殺せるような剛のお方が、おられたでしょうか」

和楽は、とぼけた調子で言ったが、長は至って真面目《まじめ》に先を続ける。将軍家が関わっているとなると、新たな生類あわれみの令は、本当に出るかもしれなかった。

「そんな時に、学び舎の長がいなくなるのは拙《まず》い。私が死んだ場合、次の長が決まるまで、和楽、学び舎は一旦、お前が預かりなさい」

「えっ、それはご勘弁を」

「全ての陣と距離を置くこの学び舎は、陣同士のぶつかり合いを防いでいる。猫宿の長となる者は、学び舎を守り、猫又六陣全てから、独立を保つ役目を負っておる」

六陣は、険悪な間柄になることがある。つまり長には、六陣と対抗する力が必要なのだ。生半可な猫又に、保てる立場ではなかった。

「何なら和楽がずっと、この学び舎の長をやるといい。ついでに今回の、新たな生類あわれみの令の方も、和楽がどうにかしたらどうだ？」

「やれ、長は真実、己が死ぬかもしれぬと思っておいでらしい。でも私に猫宿の長は、無理です。力が足りませんよ」

だから。和楽は、しばし事の表に出ないでくれと、長へ頼んでいる。

「ここを失えば、猫又六陣は、また争いの毎日に戻るかもしれんから」

長から指名され、重荷を預けられる和楽は、うんざりした顔になった。かつて、信長公を殺したと言われた家臣光秀は、今、徳川の居城の中で、長の長生きを真実願っていた。

「長、御犬囲の主が誰なのかは、私が調べます。人を襲うような犬にも、お仕置きが必要だな」

何より、新たな生類あわれみの令を、疾《と》く葬らないと拙いだろうという。

「令を潰す方法ですが、占いで何か出てないんですか？」

和楽が改めて問うと、長が珍しくも困ったような顔で、口を開いた。

「えっ？　それ、本当ですか？」

一寸《ちょつと》大きくなった和楽の声に、屋根の上のみかんが聞き耳を立てる。だがその時、丁度、御殿の窓から侍達の声が聞こえてきて、話し声をかき消してしまった。

(ありゃ、上手く聞こえない。屋根の上だと、小声は耳にしづらいや)

屋根の端から身を乗り出しても、みかんには長の答えが分からなかった。

程なく長達二人は、御殿の側《そば》から遠ざかって行った。ただ、新たな生類あわれみの令という言葉だけが、みかんの頭に残った。

二

日《ひ》の本《もと》に生まれた猫は、尻尾の先が二叉《ふたまた》に分かれ、猫又になると、仲間から迎えを受けた。猫又は今、江戸に六つの陣を作る程、仲間を増やしているのだ。

人は、この世に妖がいることは承知のようで、錦絵に描いたりしている。猫又達に気が付く人もおり、読本《よみほん》など、物語の中に書かれたりもしているが、それでも猫又達は賢くも、表に出はしなかった。江戸の内で、そっと力を誇っていたのだ。

やがて猫又達は、将軍家とさえ懇意になると、その居城である千代田の城の内に、猫又の学び舎まで作った。新米猫又達はそこで、明日を生き延びる為の学びを、修得していくことになったのだ。

そしてみかん達新米猫又は日々、猫又の学び舎がある、江戸城の富士見櫓《ふじみやぐら》に集っていた。

「今日は初めての猫又史の日だ」

今年学び舎へ入ったばかりの新米猫又達は、まだ、人に化けられない。よって学ぶ間は、畳の間に様々な毛並みの猫が、ちんまりと並ぶことになる。その姿は、傍目《はため》にはただ猫の集いのように見えてしまうだろうが、当の新米猫又達は大真面目であった。

すると、じきに部屋脇の襖《ふすま》が開き、若者のなりをした、くだけた感じの男が部屋の上座に現れた。そしてみかん達へ、明るい声を掛けてきた。

「ええと、新米猫又諸君、猫又史を学ぶ朝行へ、ようこそ。この時間を受け持つ師、黄《こ》金陣《がねじん》出身の吉也《きちや》だ」

もちろん師は猫又で、人の姿に化けているのだから、本当の歳は分からない。元の姿になると黒白の猫だと言いつつ、吉也は嬉《うれ》しげな顔で、畳の間に並んだ猫又達の姿を見た。

「ああ、可愛いねえ。こういう猫の姿を見られるのも、そう長くはないから、余計だ」

筆を執《と》るには人の姿の方が楽なので、上の学年にいる生徒達は、ほとんどが人の姿のままでいるという。そうすれば、化け学の学びにもなるからだ。

「みゃあ、頑張って早く、化けられるようになります」

新米猫又達は、一斉に尻尾を振る。吉也は笑顔で頷いたが、今日は化け学の学びではないから、まずは歴史の話を聞いてくれと、上座で座って語り出した。

「皆はまだ、筆を手に出来ないゆえ、帳面に何かを書くのは大変だ。だから、これからしばらくは私の話を聞いて、まずは猫又史の、おおよその流れを覚えてくれ」

「にゃんっ」

「猫又史は重要なんだぞ。そもそも、人間史と猫又史、両方を学ぶようになったのは、その必要があるからだ」

何しろ猫又は、今までに何度も、存亡の機を迎えている。よってその事実をきちんと学び、二度と繰り返さないようにしなければならないのだ。吉也は優しげな顔で、しかし、ぴしりと皆へ告げた。

「何度もあったその危機は、我らの内では、〝猫又危機〟と呼ばれている。早くに起きた方から、第一次、第二次と、順番が記されているな」

長い年月の間に、猫又危機と呼ばれるほど大きな騒動は、六回あったらしい。ここで吉也は、猫又の歴史を語り出した。

「この日の本で猫は、それは古くから飼われていた。そうだね、人が稲作をするようになった頃にはもう、鼠《ねずみ》を捕ってくれと言われ、村で大事にされていたんだそうだ」

「猫は、鼠の天敵でござりまする」

生徒達が胸を張る。

この辺りの話は、猫又は人より詳しかった。何故なら、その頃猫の中に、既に猫又が生まれ始めていたからだ。

「村で大事にされた猫達は、長生きをするようになった。それで二十年以上生きた猫が出て、人ならぬ力を集め、妖と化したんだ」

よって言葉が分かった。まだ人の姿にはなれず、文字を使ってはいなかったが、歴史を伝える口伝《くでん》は、きちんと伝わっていたのだ。

「猫又は猫から生まれ、猫以上になった」

　生徒達の尻尾が、波のように、一斉に振られる。そして平和だった時が、あっという間に過ぎると、いよいよ猫又達に、最初の危機が訪れるのだ。

　吉也は上座の端にあぐらをかくと、その災難を口にした。

「第一次猫又危機は、別名〝唐猫《からねこ》〟と呼ばれている。かつて、難波に都があった頃、起きた話だ」

　当時、日本は遣唐使《けんとうし》を唐の国へ送り、戻ってきた船には、仏教の経典が積まれていたそうだ。命がけで海を渡り手に入れた、それは大事な品であった。

「その経典を鼠から守る為、船には思わぬ珍客も乗せられていた。鼠の天敵、唐猫だ」

「みゃあ、唐猫？」

「唐から渡来した猫のことだよ」

　遣唐使船で黒猫やぶち猫などが、唐から渡ってきたのだ。船酔いしなかったのかなと、師は真顔で言う。

「みぃ、唐猫とあたし達との違いって、どんなところですか？」

　白花《しろか》が問うと、何故だか吉也師匠は、にやりと笑った。

「それは……さて、何だと思う？」

問われて、生徒から推測が飛び出した。

「きっと、三毛猫がいなかったんだと思います」

三毛猫の姫野《ひめの》が言う。若竹《わかたけ》の声が続いた。

「おれ、尾が酷く短い猫を知ってる。多分、彼らの子孫じゃないかな」

ここで鞠姫《まりひめ》が、みかんへ目を向ける。

「唐猫って、派手な感じがします。だからきっと、みかんみたいに金目《きんめ》銀目《ぎんめ》で、明るい色合いなんじゃないかな」

「にゃ？　われは唐猫の子孫なの？　でも今師は、黒猫やぶち猫が来たって、言ってなかったっけ？」

ここで吉也が、からからと笑い出した。

「唐猫は、外《と》つ国へ向かうだけの、気概を持った猫達だな。日の本では、身分の高い方々に可愛がられ、食べ物も良く、毛並みには艶《つや》があったという」

元々日本にいた猫又達は、唐猫との扱いの差に怒った。豪族の屋敷に繋《つな》がれていた唐猫と、表にいた猫又達は、屋敷内で争い事を起こした。

するとある日、豪族の一人が、魂消た。猫又が後ろ足で立ち、戦う姿を見てしまったのだ。

「猫と言うが、実は化け物だった。猫を狩るべしと、大騒ぎになったんだ」

あちこちの屋敷で、猫も猫又もまとめて、刀で切られそうになった。気が付けば唐猫と日の本古来の猫は、豪族から嫌われていたのだ。猫又が唐猫を縛る紐《ひも》を解《ほど》き、共に屋敷から逃げ出した。

「み、にゃにゃ？」

「それが、第一次猫又危機だ。唐猫、猫又全てが、化け物と呼ばれたらしい。皆殺しになると思ったと、後年書かれた〝猫又騒動紀〟に記してあった」

「なんと、なんと」

新米猫又達が、一斉に溜息を漏らした。

皆がこうして、富士見櫓で学んでいるのだから、猫が人に、滅ぼされた訳ではない。だが、みかん達新米猫又は揃《そろ》って震えた。

「それから？　どうなったんですか？」

「猫又危機は、あちこちの屋敷へ飛び火し、ついには宮中にまで及んだとか」

すると。猫が捕まらないことに業を煮やした者が、宮中で見かけた猫へ、犬をけしかけたらしい。

「その日よりずっと、犬は日の本の猫の、敵と決まった」

「みーっ、犬、嫌いです！」

「ところが、だ。犬を放った場所が悪かった。宮中にいた猫が追われて、天皇の所へ逃げ込んだのだ」

お上が怒り、化け猫狩りは終わった。唐猫と古来の猫は、共に逃げる間に互いを知り、仲良くやっていくことになったのだ。

ここで吉也は、新米猫又達へ目を向ける。

「今江戸にいるほとんどの猫達は、唐猫の血も、引いていると言われている」

つまり猫から生まれてくる猫又達も、唐猫の子孫というわけだ。第一次猫又危機は、猫又の血筋がいかなるものなのか、伝える話でもあった。

「唐猫の話は、我ら猫又にとって、出自を示すものになった」

「まあ、あたし達は皆、唐とも縁があるんですか」

猫又史は面白いと、新米猫又達の目が輝くと、吉也が張り切って次の話を始めた。

「第二次猫又危機の話も、興味深いぞ」

ところが。第二次猫又危機は、一気に武士の世まで下った時に起こったと、吉也が言いかけたその時。思わぬ声が、富士見櫓の中で聞こえ、師の話が止まった。

上座脇の襖が開き、馴染《なじ》みの顔が皆の前に現れてきたのだ。

「おやぁ、皆、真面目に学んでいるようだね。何よりだ」

優しげな猫術の師、和楽は、猫又特有の綺麗《きれい》な顔で、にっこり笑った。

しかし猫術の師は、ただの面《おもて》の良い師ではない。かつての主君殺し、明智光秀は、怖い面も持った師なのだ。

「それで吉也師匠、新米猫又達に、新しい生類あわれみの令のこと、もう話した？」

「あの、いえ。まだ第一次猫又危機の話を、終えたところでして。生類あわれみの令は、第五次猫又危機なのです。そこまで語るのには、時が必要なんですよ」

「ああ、猫又危機の話は面白いものねえ。新米猫又達も、学びを楽しんでくれるし。猫又史の、摑みともいうべき学びを飛ばせと言われても、吉也師匠は納得出来ないよなぁ」

和楽は頷く。更に、師として吉也が教えている時、和楽が途中で顔を出すのも、実は嫌だろうと言い出した。

しかしだ。和楽はここで、首を横に振った。

「我らが学び舎の長、信長公はねえ、気が短いお方だから。〝悪法〟の始末をつけると決めたなら、さっさとやれって、私をせっつくんだよ」

それで和楽は、この場へ来たわけだ。吉也が、学びの後でも良かったろうと、渋い顔を向ける。すると和楽が、長の占いの話は聞いているはずと、きっぱりと言った。

「不満なら、吉也が己の考えを、長へ直《じか》に言ってくれるかな。そして長に何かあったら、この学び舎は、吉也師匠が背負ってね。六陣とも戦い、従えるんだ。それを約束するから、新米猫又達を静かに学ばせて下さいって言えば、何とかなるかも」

「……そんなこと、言えるわけないです。大体我では、六陣どころか、長一人にすら敵《かな》わない」

以前喧嘩《けんか》になった時、吉也は長に捕まり、櫓の天辺《てっぺん》から猫又の姿のまま、三日間吊《つ》るされたという。

「長は、我ら師匠にも遠慮がないですから」

あの時は、どうしてか人の姿になれず、縄を解けなかった。未だに、化けられなかった理由は分からないままで、恐ろしい。降参だと、吉也は和楽へ告げた。

「じゃあ、決まりだ。話を進めよう」

和楽はここで、持ってきた藍染めの袋を差し出した。そしてみかんら新米猫又達に、その中から紙を一枚選ぶよう言ってくる。

「吉也師匠の話を聞きながらでいいから、袋を回して。紙は大事に持っていてくれ」

今回は、新しい組み合わせでいきたいからと、和楽は少し楽しげに言う。みかん達は一斉に、首を傾げた。

「新しい組み合わせ？　和楽師匠、何を考えておいでなんですか？」

「そうだねぇ、悪ーいこと、かな」

ざわめく部屋内に、吉也の声が響く。

「とにかくやらなければならないことが出来たから、皆、話を聞いておくれ。猫又危機の話を、これから急ぎ、最後まで語る。そして、〝新たな危機〟のことも話す」

「何か、怖いことが始まるんですか」

「そうすれば、これから何を成さねばならないか、新米猫又達にも分かるから」

吉也はそう告げたのだ。

「これも、猫又史を学ぶことなの？」

猫又達の間を、藍色の袋が巡って行く。吉也がまた話し始めると、猫又危機の話は、変わらず面白かった。だがみかんは、袋から紙切れを一枚選び出しつつ、落ち着かない気持ちに包まれていった。

三

吉也は、第二次猫又危機から、また語り出した。だが話は第一次猫又危機より、大層短いものであった。

「その危機は今、〝猫又戦国〟との名で呼ばれている。人の戦いよりも少し早く始まった、猫又達の国盗りの話だ」

京、大坂の猫又と、戸塚《とつか》の猫又が善戦した。今の江戸、武蔵《むさし》の国に猫又の里が築かれたのは、この頃だという。

「第三次猫又危機は、〝人の戦国〟と言われる。我らが学び舎の長、信長公が活躍された時の話だな」

猫又はほとんどが人に、化けられるようになっていた。中には戦国武将となり、人の歴史へ干渉した者も出始めたのだ。

特に信長公は、大きな歴史の変革をもたらした。公を猫又と見抜き、恭順しなかった武将もいると聞く。それが更なる戦いに繋がったのではと、猫又の内では噂されていた。

「第四次猫又危機は、〝姫陣《ひめじん》誕生〟だ」

おなご猫又達による、猫又陣奪取の話だ。この時、見目の麗《うるわ》しさが力になると分かり、化けた猫又は、美男美女ばかりとなった。

第五次猫又危機は、今回の騒動と関係がある。危機は、〝生類あわれみの令〟と呼ばれていると、吉也は続けた。これは後で、詳しく語るという。

「第六次猫又危機は、今ある六つの陣が、戦う寸前にまでなった件だ。〝学び舎独立〟だな」

「猫又の戦《いくさ》危機が、〝学び舎独立〟と呼ばれるのですか？」

鞠姫が首を傾げると、吉也が頷いた。そして猫宿の長、信長公は、呪術や占術が扱える方だと、新たな話を付け足してくる。

「七、八百年も前の平安の世、あの方は既に、猫又であったという。天皇の飼い猫として宮中にいる内、陰陽道《おんみようどう》の術を修得したらしいんだ」

長は、己のことを余り語らぬようで、はっきりしたことは分からない。ただ。

「長は、第六次猫又危機が起きた時、その占術を使って、戦がどう動くか見抜いたと言われている。それゆえ我ら猫宿の師だけで、六陣を押さえつけることが出来たのだ」

その時、猫又達に再び戦をさせないため、学び舎である猫宿が、六陣から独立した。全ての新米猫又達は一度、己の陣を贔屓《ひいき》しない考えを、どの陣にも支配されない猫宿で、学ぶことになったのだ。それゆえに、戦の風は収まっていったという。

「みゃん、それでこの学び舎は、特別なんですね」

みかんが頷くと、ここで、今まで黙っていた和楽が話を引き継ぎ、語り始める。

「最近、ある噂を占った長が、恐ろしい猫又の明日を知った。今、この時が、次の猫又危機が起きるかどうかの、瀬戸際だというのだ。危機が、迫っている」

その危機は、〝新たな生類あわれみの令〟というものだ。まだ人の世に、この危険な令は出されていない。だが一旦出てしまったら、大変なことになる。生類あわれみの令は、前にも出されており、そしてそれを潰すのは、本当に大事《おおごと》だったと和楽は語る。

「以前の生類あわれみの令について、知っている者はいるか？　江戸が始まって百年経たぬ頃、あった話だ。五代将軍綱吉様の御代、生きているもの達を、大事にせよと命じた法令が、沢山出た。それをまとめて、生類あわれみの令という」

捨て子に犬や猫、鳥に虫、魚や貝まで憐《あわ》れめというのだから、急に仏のようになれと言われた人々は、それは大変であったらしい。

「蚊を殺して罪に問われたとか、魚や貝を売る商売が出来なくなったとか、とんでもない話がごまんとあったが、あれは噂かねぇ」

ここで和楽は、何故だか妙に怖いような笑みを、ふっと浮かべた。

「その令の中でも、ことに目立ったのは、犬を大事にしたことだ。幕府は大枚《たいまい》を出し、御犬囲などを作り、沢山の犬を養った」

御犬囲があった町の者は、犬のために金を出さねばならず、うんざりしていたらしい。

「みゃあ、犬が一杯？　将軍は、犬が苦手な猫のことを、考えてはくれなかったの？」

和楽が事情を語った。

「世間は、綱吉様が戌年の生まれだから、犬を大事にしたと噂した。けれど、本当の訳は違った」

和楽と吉也が、目を見合わせ、頷く。

「生類あわれみの令が出た頃、猫又の陣同士は、小競り合いを繰り返してたんだ」

将軍や、その周りにいた何人かは、猫又の存在を承知していたが、猫又の騒動を止められなかった。つまり猫又は人に化け、大いに力を付け、一部の人から恐れられるようになっていたのだ。

当然というか、反発も起きた。

「たかが猫の化けもんに、戦などさせるな。綱吉様の周りにいた者達は、そう思ったんだろう」

それゆえ、生類あわれみの令が伝えられると、猫の天敵、犬がことのほか可愛がられた。猫又になりそうな猫が、江戸の町を闊歩《かっぽ》する犬に襲われ、亡くなる騒ぎも起こった。猫又にとって、暗黒の日々が始まったのだ。

ここで、みかんが片手を挙げてから、和楽へ問う。

「今まで猫又が、将軍家と正面から戦ったこと、ないですよね？　今もこうして、徳川家の居城、千代田のお城の中に、猫又の学び舎があるもの」

しかし猫又達が、犬が満ちあふれた世の中で、猫を放っておいたとも思えない。猫又は、猫達の間から生まれてくる。猫達は、猫又の親も同然であった。

「何か手を打ったと思います。師匠、どんなことをしたんですか？」

「おお、信頼の眼差しだな。我ら猫又は確かに、猫達を救いにかかった」

ただ猫又の各陣は、力を合わせ、事に当たれなかった。当時は各陣が対立し、第六次猫又危機に向かう、流れの中にあったのだ。

「おかげで生類あわれみの令は、綱吉様が死ぬまで、続くことになった」

「えーっ、師匠達は、大したこと出来なかったんですか？」

黒若《くろわか》とぽん太《た》が、声を揃える。和楽は部屋の上座で、眉尻を下げた。

「その頃、我らが長は、兄者《あにじゃ》、姉者《あねじゃ》の制度を決めた。猫又になりそうな猫には、各陣より、迎えが行くことになったんだ」

厭《いと》う話ではなかったので、これは全ての陣が受け入れた。

「それで猫又の犠牲が、大分減った」

そもそも猫と猫又は、数が違う。猫又だけで、山のようにいる猫を護ることは、無理なのだ。

「長は次に、生類あわれみの令を片付けるため、学び舎の師匠達だけでも成せる一手を打った」

それは、何かと言うと。

「将軍綱吉は子を失い、跡取りがいなかったんだ。で、次の将軍には、生類あわれみの令を続けないと、約束してくれた者を推した」

「みにゃ？」

当時、紀州《きしゆう》公である徳川綱教《つなのり》と、甲府《こうふ》徳川家の綱豊《つなとよ》が、将軍候補に挙がっていた。それで猫又達は双方に、生類あわれみの令を廃する気がないか、そっと確かめたという。

「甲府の綱豊様が、我らが長へ、あの要らぬ令は廃すると、約束されたそうだ」

学び舎の師匠達が人に化け、力を尽くし、綱豊を次期将軍に推すことになった。

「綱豊様は家宣《いえのぶ》様と名を変え、無事、将軍となった。約束は果たされ、生類あわれみの令は、町で見かけなくなっていったよ」

猫宿の長は、猫又を脅かす令との戦いに、勝利を収めたのだ。

「にゃー、良かった。本当に良かったです」

ただ。ここで和楽は、うっすらと笑った。

「あの、まだ何か、あるんですか？」

「将軍の交代を使い、事を終わらせたので、生類あわれみの令を廃するのに、時がかかった。猫達はその間、苦労することになったんだ」

つまり生類あわれみの令は、二度と世に出してはいけないものだと、猫又達は身に染みたのだ。

「なのに、だ！」

ここで和楽が、新米猫又達の顔を、ゆっくりと見つめてから、静かに言った。

「最近またあの悪法が、世に出ようとしているらしい。その噂が、我らの耳に届いた。既に以前もあった、御犬囲が出来ているとか」

放ってはおけない。

「今回は、前より短い間に、あの令を片付けねばならない。江戸の人々に示される前に、この世から消してしまうんだ！」

そのため、長は占術を行い、急ぎ戦い方を占った。新たな生類あわれみの令を、早く、どうやったら世に出る前に滅ぼせるか、知らねばならなかった。

新米猫又達は毛を逆立てつつ、和楽を見つめる。

「ところが、だ。長が何度占っても、何故だか戦い方は、はっきりしなかったそうだ」

代わりに、新たな生類あわれみの令を止める者の名が、占いに出てきた。そしてそれは、長ではなかったのだ。

「よって長は、占術が示した適任者へ、役目を押しつけることにした」

その者が苦労しようが、困ろうが、逃げ出すことは許さないという。いわゆる、問答無用というやつだ。

「気の毒だが猫又と猫、全てのためだ。仕方がないだろう。うん、この考えは正しいな」

和楽が明るく言ったので、鞠姫が露骨に顔を顰《しか》める。

「つまり、です。和楽師匠は、その苦労する猫又の一人では、ないんですね？」

「ああ、大いに残念というか、嬉しいことに、違うんだ。私は今、長のために動いていて、酷く忙しい。だから助かったよ。占術は今回、少々驚くような猫又達を選んだんだ」

和楽が新米猫又達を見てきたので、皆がまた、毛を逆立てる。

「みゃん、あの、まさか」

「そんなはずはないですよね？　まだ人に化けることも出来ない我らに、そんな大事をやれとは、言いませんよね？」

悲鳴にも似た声が、部屋のあちこちから、上座へ向けられる。和楽は、大変申し訳ないがと、言葉を続けた。

「〝新たな生類あわれみの令〟。この危機を止めるのは、今年猫宿へ顔をみせた者。そういう占いの結果が、出たのだそうだ。だから新米猫又諸君、あの令を、片付けておくれ」

長の占いはかなり当たる。だから大丈夫、事を成せるはずだと和楽は言う。

「もっとも皆は苦労するだろうし、とんでもない目にも遭うだろう。今回は犬が関わるから、下手したら生徒の誰かが、ぱくりと噛《か》まれるかもしれない。怖いねぇ」

しかも忘れてはならないことが、一つあるのだ。

「占いは時に、外れることもある。以前、我ら学び舎の師匠が、六つの陣を相手にした時も、長の占いは、幾つか外れてたな」

長自身が関わる事は、外れやすいのだそうだ。そして学び舎の生徒達は、長の教え子であった。和楽はまた、にこりと笑う。

「皆は、相当な覚悟を持って、新たな生類あわれみの令と、戦ってくれ」

「いやその、無理だと……」

「無事に事を成し遂げ、猫又危機を止めた者達には、猫術朝行分の学業修了を認めよう。昼行と夜行の分も認めないのは、吝嗇《けち》だって？　贅沢《ぜいたく》を言ってはいかんな」

みかんはその時、自分が一番戦いたい相手は、犬でも将軍でもなく、目の前にいる和楽ではないかと思った。

（けど、和楽師匠の後ろには、他の師匠達がいる。長もいる。その全員を敵に回すことなど、われには出来ないよね）

この務めから、逃げ出すことすら無理であった。新米猫又達は黙ったまま、目を見合わせるしかなかった。

四

その日を境に、新米猫又達は、また学び舎の外で、学びを行うことになった。新たな生類あわれみの令の始末を、本当にみかん達が行うと決まったのだ。他の朝行も昼行も、行う余裕などなかった。

更に新米猫又達は、富士見櫓で新たな組をこしらえ、その仲間で動くことに決まった。何故だか和楽も吉也も、共に動く仲間は、前とは違う者がいいと言ったのだ。

こんな大事を押しつけられた時なのに、新米猫又達は、学びを忘れては駄目だという。

「いつも同じ陣の仲良しと組むと、生徒同士なのに、役割が決まってくるだろ？　まだ新米なんだ。それはいけないよ。新たな役をこなし、力を発揮する為にも、色々な者と組むようにして欲しいんだ」

というわけで師匠達は、先に一枚ずつ引いた紙に、同じ数が書かれていた者同士で、組むよう言ってくる。偶然同じ数を引き当てた三人が、新しい仲間になるのだ。

「最後の組は、二人だけになるけど。まあ、上手くやっておくれ」

生徒達は頷いたものの、富士見櫓の中で相棒を探し当てると、目を見合わせることになる。みかんは髭《ひげ》を震わせた。

（この組み合わせは、偶然なの？）

同じ陣から、四人来ている所もあるのに、見事に組が分けられていたのだ。しかも、前と同じ組み合わせが、全くなかった。

（和楽師匠の仕業かな？　でも生徒は皆、適当に紙を引いてたように見えたけど）

みかんは、鞠姫、黒若と組んだ。

白花は、冬吉《ふゆきち》と真琴《まこと》、ぽん太は、花実《はなみ》と若竹が仲間だ。

後は、花丸《はなまる》、吉助《きちすけ》、真金《まがね》の組。水姫《みずひめ》、静若《しずわか》、真久《まひさ》の組。姫雪《ひめゆき》、若野《わかの》、京吉《きょうきち》の組。姫野と津矢真《つやま》の組に分かれた。女の子が二人いる組すらなかった。

（怖いな。どうやったんだろう）

しかし師が決めたという証《あかし》はない。部屋の皆が黙ってしまうと、組が全て決まったところで鞠姫が立ち上がり、さっさと動いた。

「この後まず、わたし達は、新たな生類あわれみの令について、調べるべきだと思う」

どういうもので、話はどこまで進んでいるのか。誰が関わり、この先、何をする気か。将軍も承知なのか。

「今、分かることを全部、知りたいわけ」

だから新たに組んだ組ごとに、調べ事をしてもらうと、鞠姫は仕切っていく。生き延び術の学びの為、部屋に用意してあった江戸城の地図を広げると、鞠姫はあっという間に役目を割り振った。

「わたしが勝手に決めるのは嫌だと文句があるなら、代わりの案を直《す》ぐに言ってね。ないの？」

「ない。鞠姫は、事の仕切りが上手いし、今回は頼るよ。よろしくお願いする」

吉助から真面目に言われ、鞠姫は少し嬉しげに頷いた。そして、今までより、優しい口調で言う。

「じゃあ花丸達は城の外で、新たな御犬囲のことを調べてきて」

水姫達は、近くにある老中の屋敷へ向かい、その考えを摑んでくること。姫雪達と姫野達は、昔の生類あわれみの令に関する書き付けを探しに、奉行所へ行って欲しい。こちらも、千代田の本丸から、そう遠くはなかった。

「書き付けの数が多そうだから、あそこは二組でお願い」

ぽん太達は西の丸へ行って、世継ぎの考えを探ること。白花達は大奥担当だ。そして鞠姫達は、本丸御殿だ。

「本丸へ行きたい組があったら、わたし達、場所を替わるわよ。以前生類あわれみの令が出た時、猫又に不満を持つ人もいたとか。つまり将軍の部屋がある本丸には、とっくに罠《わな》でも仕掛けられてると思うから」

罠が好きならば、どうぞと言葉があったが、誰も本丸へ行くとは言わない。鞠姫は頷くと、調べ終わった者から、新米猫又達の宿へ帰るよう口にした。

「皆で、調べた話を突き合わせたいけど、帰りが遅くなる者も、出るかもしれないわ。宿なら顔が揃うまで、部屋で休めるから」

「みゃんっ、承知」

猫又達が立ち上がると、話を聞いていた和楽達が、素晴らしいと鞠姫を褒めた。

「やっぱり鞠姫は、出来るねえ。私はこういう生徒を持って、嬉しいよ」

大層優しげな師匠に、鞠姫はちらりと目を向ける。そして、きっぱりと言葉を返した。

「わたしは、もう少しまともな師匠が欲しかったですわ」

「あははは。頑張って」

和楽の笑い声に送られ、新米猫又達が、学び舎から出て行く。最後に部屋から出ると、みかん達は本丸御殿へ向かった。

みかん達三人は、いつものように、屋根の隙間から本丸御殿へ入った。そして屋根裏を歩き回り、侍も忍者も、他の猫又もいないことを、まず確かめたのだ。

やはりというか、鼠取りならぬ、猫取りを三つ程見つけたが、餌の煮干しへ軽蔑の眼差しを向けただけで、通り過ぎた。三人で端に落ち着くと、まずは黒若が口を開く。

「さて今回の、新たな生類あわれみの令だけど。本当に起きていることかね。それとも長や師匠達が、新米猫又達を試す為に、用意した騒ぎかな」

学びを始めてからこっち、色々騒ぎが起き続けている為か、黒若は師匠達へ、疑いの目を向けている。

「最初は、毎年やるわけではないのに、鍵の玉探しをやらされた。次は、真金が猫君《ねこぎみ》を名のったあげく、その騒ぎのとばっちりで、早く人に化けろと急かされた」

さすがに新米猫又達は、直ぐには人に化けられなかったが、あの一件で、猫に見えるよう、尻尾を一本にする技を会得《えとく》した。黒若は、学び舎での学びが、今度こそ例年通りのものになると、期待していたのだ。

ところが。

「今度は、新たな生類あわれみの令を、おれ達新米猫又で片付けろって言われた」

しかも戦う者を決めたのは、占いだと言う。納得出来なかった。

「余りにも、胡散臭《うさんくさ》い話じゃないかね」

黒若は口をへの字にする。

「本当に、新たな猫又危機が起きるのなら、猫又全体の危機だ。今度こそ全ての陣が、事に当たるはずだよ。この騒動は、新米猫又達を鍛える為の、まやかしだと思う」

「あり得るわね」

灰色猫の鞠姫が、ぴしりと言う。だがみかんは、首を縦に振らなかった。

「実は、われは先日、長と和楽師匠の話を、耳にしているんだ」

御殿の屋根で見聞きした、長の怪我と和楽との話を、みかんは鞠姫達に告げる。二人は目を見開いた。

「長と和楽師匠が、新たな生類あわれみの令をどう片付けるか、悩んでいたの？　その上、長が、近々死ぬかもしれないって？」

占った時、長は、己へ刃物が振り下ろされるのを見たらしい。みかんがそう言うと、仲間二人は寸の間、黙ってしまった。

「長は、もし己が亡くなったら、和楽師匠が学び舎を支えろって言ってた。あの和楽師匠が、滅茶苦茶困ってた」

多分和楽は、長の死を防ぐべく、今、頑張っているのだ。残りの師は、姿が見えない長に代わって、六陣に対しているのだろう。鞠姫が、大きく息を吐《つ》いた。

「和楽師匠でも、学び舎の自由を保つ役目を負うのはご免だってことね。確かに、大変そうだもの」

江戸城の道で、長は和楽へ、新たな生類あわれみの令を葬る者は誰なのか、告げていた。みかんはその名を、聞きそびれていたのだ。

「でも誰なのか、今なら分かる。あの時はまさか、われら新米猫又達だとは思ってなかった」

黒若が、恐ろしく不機嫌な顔になった。

「みかんに聞く。本当に、新たな生類あわれみの令が、また出るとする。おれ達新米猫又が事を片付けるべきだと、長が占いで出したのも、本当かもしれん。それでだ」

新米達が、かつて長も手こずった難儀を、早々に片付けられるものなのか。どう思うかと問われて、みかんは分からないと言うしかなかった。ただ。

「ただ？」

「鞠姫が仕切って、皆はもう調べ事に出てる。とっくに事は始まってるんだ。だから今は、われ達三人も、受け持ったことの答えを摑まなきゃいけないと思うよ」

たとえ新米猫又達に託すには、重すぎる役目だと思ったにしても、だ。仲間達と共にやっていることを、怠けていいはずがない。

「こ、この黒若は、自分の務めを果たす気だ。それは、もちろんそうだ」

「そうだね。黒若はやってくれると思う。結構人情厚くて、頼りになりそうだし」

「結構って言葉は余分だ」

だがそもそも、江戸城本丸御殿へ来た猫又は、何をするべきなのか。黒若が鞠姫を見ると、期待の新鋭は、あっさり言った。

「そんなの、決まってるわ。将軍の居場所へ来たんだもの。家斉《いえなり》様が、新たな生類あわれみの令に関わっているか、探らなきゃ」

ただ相手は、日の本で一番偉い将軍なのだ。

「どうやったら将軍の考えが分かるか、この鞠姫にもまだ、やり方が分からないの」

都合良く、新たな生類あわれみの令を望むとか、将軍が書いて、文机《ふづくえ》の上に置いているとも思えない。黒若が唸《うな》った。

「そうだよな、さて、どうしたものか」

みかんはここで、ちょいと首を傾げ、鞠姫と黒若へ、試しに言ってみる。

「ねえ、われ達は、将軍にお会いしたことが、あるよね。なら、聞いてみたらどうかしら」

「誰が、誰へ、何を聞くの？」

「われらが、家斉将軍へ、新たな生類あわれみの令を出しますかって、問うの」

返事があってもなくても、将軍の態度から、何か分かるに違いない。すると、鞠姫と黒若が、呆然《ぼうぜん》とした顔でみかんを見つめてきた。

「それで分かるなら、長がとうに将軍へ、聞いていると思うんだけど」

「鞠姫、そうかな？　少なくとも和楽師匠方は、聞いたって言ってなかったよ」

でも、試しに聞くのはただだ。そう言ってみたら、鞠姫から、みかんは阿呆《あほう》だと言われた。そんな馬鹿なやり方を思いつくのは、新米猫又達の内で、みかんだけだと言うのだ。

「そ、そこまで言わなくても」

「面白いわ。その考え、乗った！」

「えっ？　おい、鞠姫、みかん、本気か？」

「言い出したのはみかんだから、あなたが将軍から、色々聞き出すのよ。新たな生類あわれみの令を、本当に出すのかどうか、そこが大事だから、ちゃんと聞いてね」

鞠姫は黒若と、部屋内に誰かがいたら、誘い出す役目をこなすという。武家でも、猫又と親しい者は、限られているはずなのだ。事情を知らない者の前では、将軍とて、何も語らないに違いない。みかんと家斉将軍は、一対一で話さねばならないのだ。

「わーっ、本気で阿呆をやる気だ。鞠姫まで、どうかしちまった！」

「黒若、鞠姫、よろしくお願いします」

みかんが頭を下げると、笑う鞠姫と、般若《はんにゃ》のような顔になった黒若が、立ち上がった。

「じゃあさっさと、試してみましょう」

将軍の御座所《おましどころ》を目指し、屋根裏を行く間に、みかん達は更に、四つの猫取りを見つけた。だがそれらにも、鼠すら入っていなかった。

五

鞠姫と黒若は、将軍の部屋へ降り立つと、黒漆の高坏《たかつき》に載っていた饅頭《まんじゆう》をくわえ、違う方向へ逃げた。御座所内にいた小姓《こしよう》達は、見事に釣られ、部屋の外へ連れ出されたのだ。

「おや、猫又かのぉ。首玉を付けてるぞ」

将軍が一人になったので、みかんも素早く部屋内へ降り、家斉将軍の前に、ちょこんと座る。金目銀目で、明るい茶虎の毛並みに鍵の玉を付けているみかんを、将軍は直ぐ、思い出したようであった。

「おお、やはり猫又か。確かお前は、みかんだったな」

「みゃん、お久しぶりでございます」

いつ、人が戻ってくるか分からないので、みかんは挨拶《あいさつ》もそこそこに、家斉将軍へ肝心なことを問うた。ここでしくじったら、間違いなく鞠姫から、猫拳《ねこけん》の一発を食らうはずなのだ。

「突然ですが、うかがいたいことがあり、参上しました。家斉将軍、新たな生類あわれみの令を、お触れとして出すおつもりですか？」

「おや、意外なことを聞いてきたな」

「実は他にも、うかがいたいことはありまして」

みかんは焦りつつ、言葉を重ねる。

猫宿の長と、喧嘩しましたか？

宿が、江戸城内にあるのは、お嫌ですか？

猫より犬がお好きですか？

お饅頭、われにも一つ、頂けませんか？

色々問うていたら、将軍はにやりと笑って、まずは饅頭をみかんにくれた。

「みゃーっ、嬉しい」

みかんが器用に両手で受け取り、食べ始めると、将軍はそれを見て、猫も饅頭を食べるのだなと笑い出した。そして上機嫌となり、色々答えてくれた。

「まず、わしと猫宿の長は、喧嘩などしておらん。長の方が相当年上であろう？　だからのう、長はわしと争ったりはせぬよ。あれと話していると、親を思い出すのだ。少々怖いが、わしを大事にしてくれた親だった」

次に猫又へ、猫宿として城内の場所を貸すのは良いと、言葉が続いた。おかげで猫又達の助力を得られるから、助かっていると言った。

「犬と猫だが、どちらも可愛いと思うぞ。わしは子が多い。よって、大奥で子供らが飼っている猫、犬も沢山いるのだ」

大奥へ行けば目に入るし、子と、犬猫の話は、親子を繋ぐ役目をしてくれる。可愛い者達だと、将軍は口にした。

「将軍という立場上、まめに子と遊ぶことなどないのだ。よってたまに子と会っても、下手をすると、話が続かんのでな」

「みー、将軍というお立場は、大変なのですね。で、将軍、新たな生類あわれみの令を、お触れとして出す件は、どうなのでしょう」

「面白いことを聞かれたと、思っておる。どうしてそんなことを問うのだ？　ああ、猫又の耳に、あの令がまた出ると噂が届いたのか」

かつて出た生類あわれみの令は、天下の悪法だと言う者達が多い。生き物を商う者は、あの令のせいで、なべて困ったそうだと将軍は語った。生き物をいじめたとして、理不尽な罪に問われた者も、多々出たという。

「一方あの令は、命を尊ぶ考えを根付かせたと言う者もおる。あれのおかげで、戦国の殺伐とした世が、江戸から消えたのだそうだ」

だがどちらにせよ、既に戦国の世は遠かった。あれは、徳川の世が始まって、八十年が経った頃、今から百年も前に出された令なのだ。

「今更、問題の多いあの令を、持ち出す意味など、わしは思いつかぬが」

「みゃあ、では、新たな生類あわれみの令が、世に出ることはないんですね。ああ、安心した」

みかんは嬉しげに言い、将軍の前で、饅頭の最後の一かけを飲み込んだ。すると家斉将軍は手を伸ばし、みかんの頭や耳を愛おしげに撫《な》でると、それはどうかなと、言葉を続けたのだ。

「みゃん？」

「実はわしと、跡取りである敏次郎《としじろう》とは、余りそりが合わぬ。ああ、今は家慶《いえよし》と名のっておったな。それを公にしたことはないが、周りの者達は、とうに承知しておるようだ」

となると、余計なことを考える者達も、出てくる。家斉将軍には、男子が大勢いるのだ。兄よりも己の方が将軍にふさわしいと、周りから焚《た》きつけられてしまう者が、時に現れるようであった。

「将軍の男子は、一人きりの場合も危うい。その一人さえ除いてしまえば、将軍の座が誰かに転がり込む。そう考える者が現れるのだ」

みかんは小さくみゃあと鳴き、将軍に近づくと、頬へ柔らかい手を当てた。将軍が、撫でているみかんではなく、どこか遠くを見ている気がしたからだ。

将軍は笑ったが、その顔は、少し強《こわ》ばっているように思えた。

「みかん、今更、新たな生類あわれみの令が出るというのは、奇妙な話なのだ。ひょっとするとあの令を使って、次期将軍の座を懸けた争いが、また起きているのやもしれぬ」

子供達というよりは、その側近の誰かが、動くことはあり得るのだ。将軍に黙って勝手をし、それを跡目である敏次郎の仕業だとして、若隠居へ繋げようと試みるわけだ。反対に、跡取りを擁《よう》する西の丸の一派が、生類あわれみの令を利用することもあり得る。勝手に御犬囲など作り、もし咎《とが》めを受けたらその罪を他の有力な男子へ押しつけるのだ。

「要らぬことをしたとして、弟を、さっさと養子に出してしまうわけだ」

みかんはここで、首を傾げた。

「兄弟で喧嘩してるのですか？　なのに家斉将軍は、お子達を止めないのですか？　喧嘩は止《や》めなさいって、叱ればいいのに」

猫又と同じく犬が怖いから、将軍は御犬囲に手を出せないのだろうか。みかんが尻尾を振りつつ問うと、何故だか泣きそうに見えた将軍の顔が、笑みに変わった。

「犬は好きだと言っただろうが。だがな、生類あわれみの令を、また出そうと、思いついた子がいたとしても、わしはそれを止めぬぞ。そんなことをすれば、別の子の味方をすることになるからな」

いつも、子供達をろくに構っていないのだ。なのにこういう時だけ、どちらかの立場に立ちたくないと、家斉ははっきり言った。みかんが家斉将軍の顔を、下から見上げる。

「あの、猫宿の長が、新たな生類あわれみの令の噂を聞いて、困ったのです。で、どうにかならないかと占いました」

すると占いは、生類あわれみの令を廃する方法ではなく、とんでもない明日を、長に示してきたのだ。

「占ったら、誰ぞが長へ、刃物を振り下ろす姿を見たんだそうです。長は、自分が死ぬかもしれないって言ってました」

「おや、それは大事だ」

将軍は本気で驚いたらしく、目を大きく見開く。だが。

「あの長が、人に殺される訳がなかろう。心配は要らぬよ」

「将軍、怖い令のせいで、長が命を落とすかもしれないんです。それでも、新たな令を止めてくれないの？　どう頼んだら、止めてくれるの？」

みかんは段々、必死になってきた。将軍は、思ったより頼りになりそうだが、その役目を果たしてくれないというのだ。

家斉将軍が、みかんを見つめてくる。

「そうだな、みかん、わしは将軍に決まった頃より、酷い頭痛を抱えておる。この痛みを取ってくれるなら、我が子供らを強く止めてみよう」

「ふみゅ？　頭、痛いの？　ずっと？」

それは大変だ。医者を呼ばねばと考えた後、みかんは言葉を失った。家斉は将軍なのだから、とっくに立派な医者に、診てもらっているはずなのだ。

（なのに、ずっと治ってないんだ）

つまりその頭痛は、命を奪うような、恐ろしい病ではない。しかし、心を痛め続けるような、剣呑《けんのん》なものなのだろう。

みかんはここで、ふと思った。前に頭痛のことを、誰かから聞いた気がしたのだ。何で頭痛の話が出るのか、不思議に思ったので、覚えていたのだ。

「あれ？　誰が話してたっけ？」

首を傾げた時、廊下を近づいてくる足音が聞こえる。話はここまでと、みかんは頭を下げ、将軍の御前から立ち去った。

六

新米猫又達の宿へ、みかん達が帰った時、既に帰り着いていた者が多くいた。最近は皆もたがいに馴染んできたのか、色々な毛並みが寄り添って寝ていたので、大きな毛の塊になっていて、暖かそうだ。

だがそれを見た鞠姫は、容赦なく、毛の塊へ蹴りを入れた。柔らかな毛の山が解けて、沢山の猫又達になった。

鞠姫が驚く。

「あら、皆、戻ってるのね。わたし達も、早く帰ってきたつもりだったのに」

それぞれの組が頷き、調べた結果を順に話していく。既に皆で一度、語っていたようで、話は滑らかに聞こえてきた。

「まずは花丸の組です。新たな御犬囲へ行ったけど、そんなに大きくはなかったです。将軍の七男が関わってると、聞きました」

そのせいか御犬囲にいた者達は、態度が偉そうだったという。次は。

「老中の屋敷へ行った、水姫組です。老中は、新たな生類あわれみの令の噂は知ってた。

でも、関わりたくないみたいだったな」

帰ってきた水姫達は、花丸達から、将軍のお子が令に関わっていることを聞いた。それで老中の態度に、納得したのだ。

「姫雪組と姫野組です。奉行所へ行ってきました。昔の生類あわれみの令を調べに行ったんだ。けど丁度、今、新たに出されようとしている令の噂を、耳にしたの」

どうやら。多すぎる家斉将軍のお子達が、その令に関わっているとかで、奉行所の腰も引けていたのだ。

「噂では将軍の、七男、十二男、十五男の側近が、動いているとのことでした」

みかんと鞠姫達は、目を見合わせた。

「十五男？　一体、何人兄弟なの？」

ぽん太達は、次期将軍の住む西の丸へ行って、確かめた。

「跡取りは、敏次郎君。新たな生類あわれみの令の話を、承知しているみたいだ」

大奥担当の白花達は、早々に降参したと言ってきた。

「何しろご側室達と、お子達の数が多くて。誰が何を言っているかなんて、どうしても分からなかったの」

だが、お子を産んだご生母様には、身内や、その取り巻きもいるだろう。次の将軍を目指し、動いている者がいるとしたら、それは大奥ではなく、城の外だろうと思われた。

「お子様は沢山いるけど、赤子の内に亡くなった方も多いの。将軍はお子がいつ生まれて、いつ亡くなったのか、覚えているのかしら」

白花はそこを心配していた。そして冬吉が、話を終わらせる。

「後は、鞠姫達からの話待ちだ」

鞠姫は、みかんが直に、将軍と会ったことを伝えた。そして魂消ている皆へ、みかんが御殿の屋根で聞いた話を付け足した。長と和楽が話していた、新たな生類あわれみの令のことだ。長が己の死について語り、和楽をうんざりさせた、あの話であった。

「今回の件を占った長が、己が襲われる場面を、見たって？　死ぬかもって……誰があの長を、殺せるんだ？　見てみたい」

ぽん太が阿呆を言い、水姫がぽかりとその頭をはたいた。みかんは次に、将軍とした話を語っていく。事情が見えてきて、皆が頷いた。

「新しい令は、次期将軍の座を懸けた、お子方の争いだろうって将軍が言ったのか。ならば、それが正しかろう」

真久が頷く。それならば、占いが、新米猫又達を事に当たらせた訳も、少しは分かると続けた。

「今回の令は、子同士の喧嘩の果てに、出されようとしているものだ。子供の喧嘩の始末は、子供みたいな我らが、向いてるってことだろう」

「何だ、それ。訳の分からない理由だ」

怒る若野を、花実がなだめる。

「怒ってる場合じゃ、ないですよぉ。この件、話は見えてきたけど、思ったより厄介《やっかい》です。誰が、どうやって、将軍のお子達を止めるの？」

新米猫又である自分達が、次期将軍の座を懸けた争いを、仕切れるとは思えない。

親は贔屓になるから、子を止めないと将軍は言った。

老中は、将軍の跡取りを巡る騒ぎに、巻き込まれるのはご免らしい。

奉行所は、老中よりもっと腰が引けていた。

そして猫宿の長は、この件ゆえに、自分が死ぬかもしれないと、言っているのだ。

争いが見えてきたのに、誰も、止められる者がいない。

「あたし達、どうしたらいいの？」

生徒達は、無言で互いの顔を見合う。しばらくそのまま、声もなかった。

だが……その内、鞠姫が、ゆっくりと動いた。そして。

みかんの目を見つめてくると、きっぱりと言ったのだ。

「みかん、誰を動かすか、あなたが選んで！」

「えっ？　何でわれが？」

「みかんは将軍と、直に会って話すと決めた。そしてその無謀のおかげで、幸運にも、事情が見えてきたの。ここでもその運に、頼ってみるしかないと思う」

皆の目が、みかんに集まる。

「誰かが動かなきゃいけないわ。この場で決めて」

新米猫又達か。

将軍か。

老中か。

奉行所か。

長か。

責任を押っつける相手を、選ばねばならない。

「みゃーっ、とんでもない役目を、言いつかっちゃった」

だが、みかんがここで逃げることも、一つの選択になってしまう。みかんは、うめき声を上げた。どの人へ託すのも、怖い気がする。だが直ぐに一人、選ばなければいけないのだ。

歯を食いしばって、両肢を踏ん張り立った。腹をくくった。

「決めました。このお人に動いてもらう！」

みかんは猫と猫又達の明日を、この時、選んだ。

七

みかんは、着物の懐《ふところ》に突っ込まれた形で、総身を緊張させていた。今、江戸城の庭を、富士見櫓へ向かっているのだ。

以前よく、兄者である加久楽《かぐら》が、みかんを懐に入れて連れ歩いたが、あの時は気楽であった。

（だけど、今日は違うよぉ）

みかんはみゅーと鳴いて、懐から顔を出し連れの顔を見た。かつて信長と名のっていた長は、今日はぴしりとした侍の姿だ。猫宿の長も猫又だから、やはり綺麗な顔をしていると思った。

「長、新たな生類あわれみの令を、始末する役に、選んでしまって済みません」

みかんは謝れる内にと思い、急いで言った。

しかし、関われば死が待っていると言われても、長以外に、猫又の明日を託せる者は、思いつかなかったのだ。すると長は、怖いような笑みを浮かべ、声を掛けてくる。

「鍵の玉を、この懐から取った時にも思ったが、みかんは時々、私の考えを超える。面白い奴《やつ》だ」

日の本一偉い将軍へも、分からぬことを直に問うて、事を済ませたそうだなと言ってくる。

「そんなことをする者は、他にはいまい」

死ぬかもしれないのに、長は笑っていた。

「みかんが道を選んだのだ。だから今日は、私がどう動くか、最後までその目で見ていなさい」

長はみかんを見習い、これからあの家斉将軍と、直に話をつけることにしたという。長は家斉将軍へ文《ふみ》を出し、花火などを見ることもある富士見櫓で、会うことに決めたのだ。

櫓は江戸城の内だが、御殿の内とは違う。猫又のことを知る、わずかな供と来て、ゆっくり話すことが出来そうだという。

「みかん、まあそう硬くなるな。私はどのみち、動いておった。危うい占いの結果を見たからといって、大人しく隠れている気には、なれないからな」

あれから一人で、色々調べていたのだと言い、長はみかんの頭を撫でてくる。

「例えば、私は以前、新たな生類あわれみの令を占った時、この件に、頭痛が関わっているのを感じた」

あれは誰の頭痛で、どうして占いに出てきたのか、長は探っていたのだ。

「今、あの頭痛は、家斉将軍のものだという気がしておる」

みかんと話した時、将軍が、頭痛にこだわったからだ。それが分かって助かったと、長は言ってくれた。

「そして将軍は、その頭痛さえなくしてもらえるのなら、新たな生類あわれみの令に関わっている、お子らを止めると言った。つまり将軍の頭痛は、当人にとって大事なのだ」

「みゃん、お子達が沢山いて、争っているので、頭が痛いんでしょうか」

みかんは、懐から首を出して言ってみる。

「でも将軍の男子は、一人きりでも危ういって、将軍は話してました。なら、子沢山だと争いを呼ぶから悩んでいるという訳でもないと、思うんですが」

「一人きりの跡取りは危うい。あの将軍が、そんなことを言っていたのか」

ほうと、長が言う。そして生類あわれみの令を出した将軍は、確かたった一人の男子を、失っていたと口にする。そのことが、犬を可愛がる話に化けたとされているのだ。

「それにだ。確か先代の将軍も、ただ一人の跡取りを、亡くしていたな。それで家斉様が将軍家へ養子に入り、将軍になったと聞く」

亡くなった方は大層出来たお子だったと、長は昔を語る。猫又には、決まった寿命がない。人であれば、遥《はる》か昔に思える出来事を、長は、己が見聞きしたこととして語れた。

「そうだ、あの頃、江戸では色々な噂があったな。何しろ将軍の跡取りが、突然身罷《みまか》ったゆえ」

　実は、暗殺されたとの噂が流れていた。いや、あれは病だとも言われた。暴れ馬から落ち、命を落としたのだと、話す者もいた。

「どちらにせよ、あれはまだ家斉将軍が、江戸城に入る前の話だ。今の将軍と関わる話では、ないはずだが……」

　言いかけて、長が黙った。足も止まった。そして、目を半眼にすると、しばしの後、それは怖い調子で、独り言を語り出したのだ。

「先代の跡目君が死んだのは、どこだったかな。江戸城中だと思っていたが……」

　もしかすると、もしかして。

「何か聞いたのか。あの阿呆将軍は、昔を引きずっておるのか？」

　それが今のお子達の、無謀に繋がっているのだろうか。昔話ゆえに、江戸の猫達はまた、危うい立場に立たされているのか。長はつぶやきを続けたが、もうみかんへ語りかけはしなかった。

　そして二人はそのまま、富士見櫓まで歩んでいった。

今日は、長と将軍との話し合いがあるから、新米猫又達は、富士見櫓の外へ、出ていることになっている。しかし、みかんは長の懐で、首を横に振った。

（でも、いるよね。きっと学び舎の皆は、櫓へ潜り込んでる。興味津々だったもの）

天井裏か、縁の下が入りやすかろうと思う。そこが駄目なら屋根に登って、窓の方へ身を乗り出してでも、新たな生類あわれみの令と、猫宿の長の運命を、確かめるはずだ。

（多分、皆が一番知りたいのは、長が生きて櫓から出られるか、ということだと思う）

櫓へ着くと驚いたことに、既に家斉将軍が来ていた。近くに供を控え、将軍は久方ぶりだと言って、窓からの景色を楽しんでいた。そして長を目にすると、笑って言う。

「将軍になりたい者は、この世に多いはずだ。だがな、なればなったで、不自由なものだぞ」

この富士見櫓は、将軍の住まいである、江戸城の一角にあるのだ。しかし。

「事前に意向を臣下へ伝え、供を配してからでないと、ここへ来ることも出来ぬ。やれやれだ」

この時、長は笑っていた。思った通り天井裏からは、仲間の気配がした。周りはいつもと、何の違いもなかったのだ。

その時までは。

「あれ？」

みかんは思わず、小声を出してしまった。気が付くと櫓の中で、将軍の側近くに控えていた供の者の姿が、見えなくなっていた。みかんは長の懐内で、居心地の悪さを覚えた。適当に選んだはずの紙で、師匠達に組み分けを決められていた時と、同じような感じだ。

（にゃん、われを化かしたのかな。それとも、あのお供を、本当にどこかへ飛ばしでもしたのかな。これが、猫又の術なのか）

戸惑っている間に、長が、一人になった将軍の直ぐ側まで寄った。そして落ち着いた顔の将軍へ、これ以上ないほど単刀直入に、問うたのだ。

「家斉将軍、頭痛の訳は何だ？　どうして我が子を、止められないのだ？」

答えなさいと、長が言う。これではどちらが将軍か分かったものではないと、みかんは本気で思った。

その時、更に考えもしなかったことが、櫓の内を襲った。

八

刃物の煌《きら》めきが、目の前に見えた。

長の身へ誰ぞが、刃物を振り下ろしていた。占いを思い出した。

みかんは思い切り後ろ肢で蹴ると、長の懐から飛び出し、刃物を持つ手へ飛びつき噛みついた。長の頭を、剣呑なものがかすめた。

するとそこへ、風のように現れた者がいた。その者が襲って来た者の足を摑むと、相手が悲鳴を上げるのも構わず、思い切り投げ飛ばしたのだ。

若い男の足が、頭より上に来て、そのまま背中から落ちた。潰れたような声を漏らすと、刃物が転がり、男が富士見櫓の板間に伸びる。

みかんが宙から、板間へ降り立った途端、家斉将軍が目を見開いた。

「敏次郎！　お前、何で本丸側の櫓におるのだ？」

「えっと、敏次郎って、誰だったかな」

思わずつぶやくと、その敏次郎を投げ飛ばした者が、教えてくれた。

「みかん、次の将軍になるお人だ」

「あ、そうでした。ありがとうございましたって……にゃん、和楽師匠がいるよ」

突然現れたのには驚いたが、訳は直ぐに思いついた。今、長に何かあったら、学び舎は和楽の肩にのし掛かる。それを嫌がっていたから、和楽は長を守ることにしたのだ。

そして櫓に現れたわけだ。

「あ、そうだ。長っ。怪我は？」

急いで長へ目を向けると、かすめた刀で、わずかに頭を切ったらしく、額から血が流れ、目に入っている。

「くそっ、目の前が真っ赤だ」

わずかな血で、辺りが血に染まったかのように見えただけなら、占いの結果を心配する必要は、もうないだろう。家斉将軍が床に伸びた息子へ、大丈夫かと声を掛けた。

「長へ斬りかかるなど、無謀なことをする。敏次郎、どうして刀を振るったのだ」

将軍が重ねて問うと、意外な程素直に返答があった。敏次郎は板間に転がったまま、気に入らなかったからと言ってきた。

「いつも将軍に取り入って、好き勝手している輩《やから》がいる。老中も町方の者も、田舎に御犬囲一つを作っただけで、悪法をまた作る気かとうるさい。あれもこれも気に入らない」

将軍である親を睨《にら》み付けているから、余程溜まっている思いが、あるのかもしれない。みかんは、将軍と跡取りの敏次郎君が、上手くいっていないという話を思い出していた。

すると頭痛でもするのか、ここで家斉将軍が頭を押さえる。手ぬぐいで頭を押さえた長が、それを見て口元を歪《ゆが》めた。

「とんだ孝行息子だな。気に入らぬことがあると、初めて会った者に刃物を向けるのか」

敏次郎が無茶を止めないのは、最後は親が、自分を庇《かば》うと思っているからだろう。長はそう言うと、将軍の顔を覗《のぞ》き込んだ。

「将軍、なぜここで、雷を落とし敏次郎君を叱らないのだ？　馬鹿をしないよう子をしつけるのは、親の役目だぞ」

応えがないと知ると、長はここで、ぐっと顎を上げた。そして、遠慮しないことに決めたらしく、目に剣呑な光を宿し、また話し始める。

「将軍、御身はここにいるみかんに、己の頭痛を治してくれと言ったようだな。頭の痛みが消えれば、数の多さゆえに目が届かず、勝手をする子供らを、止めると約束したとか」

ならば、今直ぐこの場で子を叱れ。長は指一本分の近さまで顔を寄せると、将軍へそう言って迫る。

「何だ、この長とかいう男。大きな顔をしおって」

半身を起こした敏次郎が、放り出した刀へ手を伸ばそうとしたが、和楽がそんな代物を、転がしておくはずがない。刀を手に出来ず、更に怒りを増し、立ち上がろうとした敏次郎の着物を、みかんが踏んづけた。

「こら、猫、止めろっ」

「われは猫又であって、猫じゃないの」

ちゃんと教えたのに、敏次郎は猫が話すのを聞き、目を剝《む》いて黙り込んだ。その横で、長が将軍の頭痛を、治しにかかっている。

「頭痛が起きるのは、御身が、己の親を疑っているせいではないか？　親と、どうにも上手く向き合えなかったので、自分の子供らとも、隙間だらけの関わり方をしているわけだ」

「……何が言いたいのかな」

「家斉様の頭痛の元だが、徳川家基《いえもと》様のことだろうと、思いついたのだ。先代、徳川家《いえ》治《はる》様の跡取りであった、御長男のことだ」

「徳川家基様？」

突然出てきた名を聞き、敏次郎は床に座り込んだまま、目を見張っている。家斉が答えないので、長はさっさと先を続けた。

「徳川家基様は、次期将軍にふさわしいと評判の方であったが、突然亡くなった。それで家斉様が養子に入り将軍となった」

子を多く作ったのは、たった一人の男子を失った、先代将軍の嘆きを見たからだろうか。そして先代将軍徳川家治は、ある噂のせいで、一層悩んでいたと聞いた。

「将軍家には、男子が一人しかいなかった。それで、家基様は命を狙われたのだと」

家基さえいなければ、将軍になれそうな候補がいた。それで候補の周りの者が、家基に毒を盛ったのだと噂が立ったのだ。

暴れ馬をけしかけたとされた。

実は斬り殺されたとの話まであった。

「その噂には、家斉様の名が絡んでいたはずだ。御身、知っていたと思うが」

「えっ？……」

敏次郎の顔が蒼《あお》くなった。己が生まれた年、家斉の長男が亡くなり、次男敏次郎は徳川家の跡取りとして、ずっと大事にされてきたのだ。親も同じように、周りから大事にされていただろうと、ただ思っていたに違いない。

けれど。

「家斉将軍は、周りがずっと、疑いの目で己を見ている気がしていたのかな」

もちろん、誰もそんなことを将軍には言わない。言わないから誰かと話し、己はやっていないと、口にすることも出来ない。

昔のことと、思い出にしてしまうことも、無理だったのだろう。噂は消えない頭痛となった。家基の死は、痛みとなって残り続けたのだ。

その上、他にも悩みは生まれた。家斉は多くの子を得たが、今度はその多さゆえに、子らと上手く向き合えていない。

「とんだ毎日だな。将軍になるのも、親になるのも、大事だわ」

長は一旦言葉を切り、敏次郎を見てから、また家斉へ目を戻した。

「阿呆なことだ。私達猫又が、この千代田の城にいるではないか。将軍、なぜ聞かぬ」

「は？　何をだ？」

「徳川家基様が、なぜに亡くなったのか。知りたいなら、みかんがやったように、正面から問えば良かったのだ。先代将軍の頃から生きている猫又は、結構いるぞ」

たとえ長自身は知らなくとも、家基の死の、真実を知っている猫又を、探し出せるかもしれない。長はそう言ったのだ。

「あ……猫又は、恐ろしく長生きだと承知していたが。だが、そういうことが出来るとは、考えておらなんだ」

本当に出来るのかと、呆然とした顔で将軍が問うてくる。長はにやりと笑うと、既に猫又六陣へ、問うてみたと言った。そして。

「家基様は、病で亡くなったのだ。医者の所で飼われていた猫又が、そう言っていたよ」

鷹《たか》狩りの帰り、家基は急に具合を悪くし、それを診た医者がいた。話をした猫又の主は、その医者と知り合いだったという。

「兄弟も、早死にしておいでだ。家基様は頑強ではなく、思わぬ病を拾ったのだろう」

長が続けた。

「とうの昔のことで、証などないが。だが家斉様、今更そんな証は要らぬはずだ。家基様の死は、病ゆえのことであった！」

己の内で、納得出来るものがあれば良かろう。長からそう言われると、家斉は板間へしゃがみ込んでしまった。その顔が、呆然としている。

やがて両の目から涙がこぼれ落ち、天下の将軍が、声もなく泣き出した。そしてそれを、隠すこともしなかった。

みかんの横で、敏次郎が目を見張り、声を失っているのが分かった。だが、みかんが着物から手をどかすと、将軍の側へと寄っていった。そして。

「もう御犬囲は止める」

そう、小声で告げたのだ。他の兄弟と張り合って、本丸中奥の者を煩《わずら》わせることもしないと、ぼそぼそと声が続いた。

家斉はやがて涙を止め、不器用そうに敏次郎へ頷きかける。これで、親子の関係が急に、大きく変わるとも思えなかったが、しかし。

(もう、新しい生類あわれみの令が、出ることはないみたいだ。多分、そうだ)

みかんがほっと息を吐くと、天井裏から、猫又達の足音が遠のいていく。皆、聞き耳を立てていただろうから、事がどう転がったか、仲間への説明は要らない。和楽がこの場にいるゆえ、師匠方へ話す必要もなかった。

新しい猫又危機は、こうやって富士見櫓の中で、終わりを告げていったのだ。

長は生き残り、和楽がほっとしている。全てが収まっていったことが、まるで手妻《てづま》のようだと、みかんには思えた。

その後、猫宿の生徒達は、猫の姿で江戸城中を動き回ることが増えた。

そしてみかんが、将軍から饅頭を貰《もら》うという、悪癖を身につけた。すると、それを羨んだ仲間達が、自分も城の中奥へ、顔を出すようになったのだ。猫宿にやってきた頃は互いに反目することもあった新米猫又達は、新あわれみの令危機を食い止めたことで段々、皆で動くようになってきている。

しかし、いつも中奥に、饅頭があるわけはなかったし、知らない侍がいれば、部屋には降りられない。それで一部の生徒が、今度は敏次郎の暮らす、西の丸へ押しかけた。

すると敏次郎も、猫又達へ饅頭をくれるようになった。生徒達から、あれこれ話を聞き始めたというので、顔を出す者が増えていく。その内そっと、家斉将軍からの文まで届ける猫又が出てきて、受け取った敏次郎が慌てていたという。

また次の将軍へ、猫又との縁が繋がっていくのだなと、話を伝え聞いた長が、笑っていたらしい。西の丸の饅頭は美味《おい》しいと、みかん達は頷き合っていた。

合戦の一

一

二十年生きた猫は、時に、猫又《ねこまた》となる。つまり常から外れた者、妖《あやかし》と化す訳だ。日《ひ》の本《もと》には、様々な妖がおり、人と交じって暮らしていた。

そして先輩の猫又達は、長い年月苦労した後、新入りの猫又の為に、学び舎《や》「猫宿《ねこやど》」を作った。いきなり猫とは違うものになった猫又を助け、強く生きていけるようになって欲しいと、願ったのだ。

その宿には今、猫宿の長《おさ》と、十一人の師匠達がいる。そして師匠達は、一人前の猫又に育てる為、日々遠慮の無いやり方で、生徒達を鍛えているのだ。

猫又達は、生まれてからずっと猫又だったような様子になったら学びを終え、江戸に六つある、自分の陣へと戻って行くことになっていた。

「ただなぁ、立派な猫又になるのは、結構大変なんだよな」

江戸城にある御殿の屋根で、明るい茶虎の毛のみかんがつぶやくと、周りにいた新米猫又達から、小さな笑い声が聞こえてきた。皆はまだ、宿へ入って間もない新米揃《ぞろ》いだが、自分の世話係である兄者《あにじゃ》、姉者《あねじゃ》から繰り返し、猫宿で学ぶ時期の大変さを聞かされていた。

「猫宿は、どこの猫又陣にも加わっていない、独立した場所だ。だから生徒の成績が悪いと、師匠達は忖度《そんたく》無しで落第させる。気をつけろって、言われてますね」

真琴《まこと》が言う。どの陣の者でも、兄者、姉者が名の知れた猫又であっても、猫宿ではいっそ見事なほど、配慮してもらえないのだ。猫宿が、六陣から恐れられ、一目置かれている所以《ゆえん》であった。

「ここは相変わらずだよなぁ。変わらない」

「みかん？　何、その言葉」

仲の良い白花《しろか》とぽん太《た》が、御殿の屋根で、怪訝《けげん》な顔をしてみかんを見つめてくる。今日は忍者体術の学びがあるので、新米猫又達は、屋根に集っているのだ。

みかんが二人へ目を向け、口を開こうとした、その時だ。猫宿で、忍者体術の師をしている半吉《はんきち》師匠が、ひょいと屋根の端に上がってきた。そして集っている新米猫又達へ、緑色の目を向けてくる。

「皆、この場に来てるか。ちゃんと化けて、尻尾《しっぽ》を猫のように、一本にしてるな。うん、よろしい」

これなら学びの最中に万一、御殿の屋根から落ち、下にいる侍達に見つかっても、猫又とは露見しないだろう。黄金陣《こがねじん》出身の師匠は頷《うなず》くと、それでは忍者体術の会得《えとく》にかかると、明るく口にした。

「猫又は、仮にも妖なのだ。しかも、猫の妖だ。つまり、忍者のごとき素早さと軽さが、必要なんだな」

その上、飛ぶように駆け、屋根より高い石垣を軽々と登り、木から木へ飛び移れれば、もっと良い。

「とりあえず新米猫又として、その辺の修業から始めよう」

元、忍者をしていたとかで、半吉というより、半蔵《はんぞう》の名で呼ばれている師匠は、恐ろしいことを簡単そうに言った。みかん達新米猫又は、揃って眉間に皺《しわ》を寄せると、顔を見合わせる。新米猫又達の学びが、いよいよ本格的に進み始めると、分かってきたことがあった。

「気の抜ける学びが、見事にないなぁ。新米達は、本当に毎日大変だ」

みかんが苦笑を浮かべる。十一人の師匠達は、己の教える学びだけ軽んじられるのは、我慢出来ないらしい。つまりどの学びも、楽など出来ないようになっていた。

師は笑いつつ、生徒達へ、江戸城御殿の端を指さした。

「だから今日は、皆に屋根を走ってもらうね」

「みゃん、屋根なら、いつも駆けてますが。どうしてそれが、忍者体術なんですか？」

「真琴、大勢で屋根を走るのだ。並の猫がやれば、瓦で大きな音を立てかねん。だが、それでは御殿にいる侍達が、何の音かと見に来るぞ。弓矢で射られてしまうぞ」

だから、風が過ぎるがごとく静かに、飛ぶように屋根を駆けろと、師匠は勝手を言った。そして己に出来るのか、首を傾《かし》げている猫又達へ、さっさと走れと言い、鞭《むち》を見せてきたのだ。

「あの、半蔵師匠、その鞭、本当に使ったりしませんよね?」

「さあどうかな。若野《わかの》、試してみるかい?」

振り下ろされた半蔵の鞭が、ひゅんと鳴った。身に受けて試すのは嫌だったので、みかん達は、とにかく走ることにする。

「みかん、白花、鞠姫《まりひめ》、若野、行けっ」

呼ばれた四人が、瓦屋根の上を駆け出した。

しかし江戸城の御殿は、本当に広い。とりあえず、屋根が切れる所まで駆け抜けている間に、いつか瓦を蹴り、大きな音を立ててしまいそうだ。空の下を走るみかんは、顔を引きつらせ、こぼした。

「また、これをやる日が来るとはね」

鞠姫がさっと、厳しい眼差しを向けてきた、その時だ。

「みぎゃっ」

若野が足を瓦に引っかけ、大きな音を立てた。すると瓦を落としたり、転んだりはしなかったのに、若野は続けて悲鳴を上げた。何と、半蔵師匠がつぶてを投げ、間抜けをした若野を、屋根から弾いてしまったのだ。

「みんにゃーっ」

叫びつつ落ち、白黒の毛並みの若野が、みかんの目の端から消える。すると直《す》ぐ、御殿の庭から、侍達の笑い声が聞こえてきた。

「おい、猫が落ちてきたぞ。間抜けな猫がいたもんだ」

まさか忍者体術の学び中、師匠に落とされたとは言えない。若野はただの猫の振りをして、鳴いている。みかん達は、その間も駆け続け、離れていった。

すると。

「みにゃっ、痛いっ」

馬鹿をして音を立てたわけでもないのに、今度は白花が師匠のつぶてを食らい、屋根から落ちそうになる。みかんが飛びついて白花を支え、ついでに二人で、次のつぶてを躱《かわ》した。

その間に、横を走っていた鞠姫が、瓦に当たって落ちたつぶてを拾い、くるりと宙で身をひねると、師匠へ投げ返した。思わぬ反撃を食らった師匠は四投目を投げ損ね、その間にみかん達三人は屋根の端まで達し、御殿の庭へと飛び降りる。

躑躅《つつじ》の茂みへ隠れた後、鞠姫は大丈夫だったかと白花へ問い、酷《ひど》く不機嫌な声を出した。

「全く、わたし達の師匠ときたら、可愛くないわ。学び時間の内に、生徒へ、あんな飛び道具を投げてくるなんて。分かってたら、応戦用の小石くらい、山と拾っておいたのに」

次からは油断しないと、武闘派の鞠姫が物騒なことを言い、石を当てられて痛かったからか、今日は白花も頷いている。庭から、茂み伝いに師匠の所へ戻りつつ、みかんは口の端を引き上げた。

「学びはまだ、始まったばかりだ。なのにこの厳しさは、問題だよな」

これから卒業するまで、何年もかかるが、その間ずっと、師匠達からやられっぱなしでは、生徒達は納得出来ないに違いない。

「でもなあ。われらは一応、学び舎の生徒だから。仮にも師匠達へ、どういう形でやり返せばいいのか、少々迷うところだ」

「あら、三倍返しかと思ってた」

先を歩く白花が遠慮なく言い、横で鞠姫が笑っている。みかんは、目を見開いた。

「何と、女の子は怖いなぁ」

「は？　みかん、今更何ですって？」

ちょいと険のある声を出した後、鞠姫が不意に足を止めた。自分達がいる庭の先に、半蔵師匠以外の師が、姿を見せたからだ。鞠姫が、首を傾げた。

「あら、和楽《わらく》師匠と長だわ。珍しいこと。他の師匠が教える時間に、顔を見せるなんて」

すると、その時のことだ。

道の横手から、誰かがみかんの方へ、突進してきた。

もの凄《すご》い勢いのまま、突っ込んできたそれを、みかんはぎりぎりのところで躱した。しかし、その〝誰か〟は見事に飛びはね、道の向こうで止まると、こちらへ向き合ってくる。

近くにいた白花と鞠姫から、魂消《たまげ》たような声が聞こえ、みかんは江戸城の庭で、足を踏ん張ることになった。

「何で？　現れたのも、みかんだわ。何と、みかんが二人いる！」

目の前で総毛を逆立て、こちらを睨《にら》んできているのは、明るい茶虎の猫又であった。おまけに金目銀目《きんめぎんめ》の派手な姿は、どう見ても、みかん自身にしか見えない。

「ふーっ！」

ここで今現れた方が、目に怒りをたたえ、低い声を出した。そして今にもみかんへ、飛びかかってくるかに思えた。

二

「はい、そこまで」

　この時、長の声が江戸城内の庭に響き、二人のみかんを、とにかく止めた。後ろには和楽もいる。楽しげな顔をした魔王……ではなく、僧衣を着た猫宿の長が、止めに入ったのだ。みかん二人がむてっぽうだとしても、騒げる場合ではなかった。

「おやおや、みかんが二人いる。和楽、楽しいことになっておるよ」

　白花達と一緒にいたみかんは、みかんが獲得した、蛋白石《オパール》の美しい鍵の玉を付けている。ただ鍵の玉は奪えるものだから、それを持っているだけで、本物だとは言い切れなかった。

「さあ大変だ。どっちが本物かね」

　実は、猫宿の長と和楽が揃って現れたのには、訳があった。学び舎の内に、奇妙な気配を感じたので、二人は様子を見に来たのだという。

　すると鍵の玉を付けたみかんは、長へ、何でそっくりなみかんが現れたのか、全く分からないと口にした。

　後から現れたみかんは、先刻庭で突然、頭から袋を被《かぶ》せられ、誰かに捕まってしまったのだと話し出した。そして御殿の屋根裏の柱に、くくりつけられていたのだという。

「われは癇癪《かんしやく》を起こしたの。袋を嚙《か》みちぎって、逃げ出してきたんだ。そうして猫宿へ戻ってきたら、自分とそっくりな猫又がいたの。こいつが悪者に違いないと、今、思ってる」

「なるほど、どっちも本当のことを、言っているように聞こえますね」

和楽が、二人を交互に見た。片方のみかんは、別の猫又が化けた姿に違いない。つまり、まだ一人前でない生徒を困らせる悪い猫又が、猫宿へ入り込んできたのだ。

「おお、大事《おおごと》だ。宿で勝手をする者が出るとは。長、我らはどこかの陣から、喧嘩《けんか》を売られたようです。合戦が始まるかな。剣吞《けんのん》、剣吞」

「和楽、あんまり嬉《うれ》しそうに言うと、後で本物のみかんに、癇癪を起こされるぞ。お八つでも奪われたら、どうするんだ」

「うふふ、それは困りますね」

長と和楽が、楽しげに話している間に、御殿の屋根からぽん太が降りてきて、二人のみかんと向き合った。そして、いつもはお気楽な様子のぽん太が、友の顔をした二人へ、厳しい調子でこう問うたのだ。

「本物のみかんなら、分かることがある。答えて」

みかんは先日、蛋白石の鍵の玉を得る前に、別の鍵の玉を拾っていた。

「最初に拾ったのは、どんな鍵の玉だったか、言って」

「えっ？」

驚きの声は、どちらのみかんから、漏れたものだったのか。すると今度は白花が進み出て、みかん達への鋭い問いを重ねた。

「あたしは珊瑚《さんご》の鍵の玉を貰《もら》う前に、別の鍵の玉を拾ってたわ。それ、どんな色だった？」

本物のみかんなら、一緒にいたから覚えているはずだと、白花がみかん達を見つめる。すると、屋根から他の新米猫又達も降りてきて、ぽん太と白花の周りへ集った。皆、興味津々な様子で、二人のみかんを見つめている。

「凄い。どっちかは、猫又が化けてる姿だよね？　みかんが二人いるとしか思えない」

「我らはまだ、尻尾しか化けられないから」

ここで、その言葉を聞いた黒若《くろわか》が、向き合う二人のみかんへ声を掛ける。

「そうだ、みかんはもう、人に化けられるんじゃなかったっけ。いつも化けられるとは限らないけど、こういう時なら、出来るんじゃないか？」

みかんの、人としての姿を見た者は、多くはない。つまり、前に見せたみかんの姿に化けられれば、それは本物のみかんに違いないと、黒若は言ったのだ。

三つの問いが並び、さて、二人のみかん達はどうするかと、皆の目が注がれる。すると二人はそれぞれ、別の動きをした。

まず、後から来たみかんは、何と、長の所へ行き、思い切り飛び上がって、その僧衣の肩に乗った。そして耳へ何やら囁《ささや》いたから、ぽん太や白花の問いに答えたのだろうと、生徒達が囁く。

一方、鍵の玉を付けたみかんは、後ろ足で立ち上がると、一気に化けた。そして黒若達の前に、以前化けたのと同じ、若い姿を見せてきたのだ。

「あら、人に化けたときの、みかんだわ」

白花の声が上がる。男の子になったみかんは、皆の前で大きく笑った。

すると猫宿の長は、自分の肩に乗っていた方のみかんを、つまみ上げた。それから和楽の方へひょいと投げると、流れるような動きで、人になったみかんへ近づく。そして近すぎる程、顔を寄せて言った。

「和楽が抱えているみかんは、ぽん太達の問いに答えたぞ。最初に拾った鍵の玉は、ビードロだったそうだ。白花が持っていた鍵の玉は、白だったとか」

目玉だけが動き、長がぽん太と白花へ、合っているかと問う。二人が頷くと、長は嬉しげな顔で、人の姿をしたみかんの目を覗《のぞ》き込んだ。

「ならば、問いに答えられず、苦し紛れに化けたこちらのみかんが、偽者だな。おや、違うというのか？　ちゃんと化けたのだから、自分の方がみかんだと、まだ言い張るのか」

するとその時、ぽん太と白花が、日頃いかに厳しく鍛えられているか、その身で示した。つまり人の姿をしたみかんに、一斉に噛みついたのだ。

「うぎゃっ、何をするっ」

大声を上げ、手を大きく払うと、ぽん太が飛ばされる。だがそこへ、猫又姿のみかんが参戦した。

自分を名のった男の子へ取り付くと、みかんは相手の頭の天辺《てっぺん》を、思い切りがぶりと噛んだのだ。

「ぎゃーっ」

遠慮なく、思い切り歯を立てたからか、とんでもない悲鳴が上がると、みかんを名のっていた男の子の姿が霞《かす》んだ。それは直ぐ、背の高い大人の男に変わり、次に縮んでいった。

終《しま》いに猫の格好になると、ぽてんと道に転がる。それは、落ち着いた灰色の目と、白黒の毛並みをした猫又であった。

「あ、金目銀目じゃない」

「蜜柑《みかん》色の毛並みでもないわ」

「あれ、どこかで見た顔だわね」

鞠姫が首を傾げると、猫又を見た長が、盛大に笑い出した。一方、その時まで、怒りに満ちていたみかんは、その八割れの毛並みへ目を向け、呆然《ぼうぜん》とした。それは、よく知った顔だったからだ。

「加久楽《かぐら》だ。われの兄者だ！　……何で兄者がわれに化けて、猫宿へ入り込んでいたの？」

しかも、こんなことをする為に、みかんを襲って袋へ放り込んだわけだ。仲間の新米猫又達は、その話を聞き、首を傾げて加久楽を見た。

「加久楽殿も猫又だから、猫宿の出だよな。宿に用があるなら、何で正面から宿へ来なかったんだろ」

よりにもよって、弟分に化けねばならなかった訳は、何なのか。新米達は真剣に問うたのだが、何故だか加久楽は答えない。

すると、ここで和楽が、とんでもなく怖い笑い方をした。ぽん太など、それを聞いて飛び上がった後、白花の後ろへ隠れた程だ。

うんざりした顔の水姫《みずひめ》が、ぽん太に蹴りを入れた。その横を、和楽はゆったり歩んでゆく。

「ああ、加久楽が宿へ入り込んだ訳は、分かる気がします。長、この馬鹿加久楽を、まずはこの和楽が、懲《こ》らしめてもよろしいですか？」

和楽は長の返事も待たずに、更に加久楽との間を詰めた。

「あ、あのっ」

加久楽が悲鳴にも似た声を上げ、その周りから、生徒達が逃げ出す。和楽が、小刀を取り出すと、忍者体術の師半蔵が、その流れるような動きに、うっとりとした目を向けた。

「皆、よく見ておくように。小刀の手本だな」

和楽が舞うように腕を振ると、小刀が輝き、加久楽の頭を薙《な》ぐ！

黒い毛がぱっと、江戸城内の道へ飛び散った。腹を上にして、道に倒れ込んだ加久楽の頭には、河童《かっぱ》の皿のような禿《は》げが出来ていた。

三

加久楽はその後、富士《ふじ》見櫓《みやぐら》の一室に連れてこられた。長と師匠達、それに新米猫又達に、周りを取り囲まれ、逃げられない。加久楽は深い溜息を漏らしてから、馬鹿をした事情を白状した。

ただ禿げ頭は、晒《さら》したくなかったらしい。加久楽は語る時、人の姿になって、頭に手ぬぐいを巻き付けていた。

「実は、おれやみかんの里、祭陣《まつりじん》は今、大騒ぎになっているんだ。占い師の猫又、我《が》治楽《じら》殿が、とんでもない占いを得たと、陣の者達に伝えてきたからだ」

「おや、我治楽殿がまた、要らんことを占ったのか」

長がうんざりした口調で言い、和楽が笑いつつ、新米猫又達へ、我治楽のことを話してくれる。

「祭陣だけでなく、猫又の中では高名な占い師だ。長と違い、占いが本業でね。本当に、よく当たるんだよ」

それでいつもは人に化け、江戸の町で八卦見《はっけみ》をして、がっぽり稼いでいるらしい。その金で羊羹《ようかん》を買ったり、時に芝居を見たり、我治楽は仲間と一緒に楽しんでいるのだ。

「それはいいんだけど、ねえ。我治楽殿は、頼まれてもいない占いを、時々やるんだ。そしてその占いの結果を聞くと、猫又達は大概、困り事を抱えることになる」

もちろん、我治楽に悪意はない。突然災難に行き当たり、仲間が困ったりしないよう、予《あらかじ》め、皆へ知らせているだけだと言うのだ。

ここで加久楽が、うめくように言った。

「先日、揉《も》め事作りの我治楽殿がまた、物騒なことを言い出した」

我治楽の占いによると、猫又の六陣は、近々揃って、陣地を減らすことになるらしい。長と和楽は、珍しくも顔を見合わせた。

「おや、取ったり取られたりではなく、全ての陣の陣地が、欠けるというのか」

「驚いた祭陣の面々は、最初、地震でも起きるのかと恐れたんです。江戸の地が津波に呑《の》まれ、陣地が失せるのかもしれないと」

だが、かなり北にある花陣《はなじん》や、高い地にある武陣《たけじん》までが、津波に遭うというのは、やはり考えにくい。それで。

加久楽が言葉を切り、言いにくそうにしていると、半蔵師匠が溜息を漏らした。

「それで、六陣から独立している猫宿が、陣から陣地を、かすめ取ると思ったんだな。で、お前さんが、それが真実かどうか、調べに来たわけか」

もし猫宿が、学び舎の陣地を得たいと思っているなら、問うても本当のことを言う訳がない。それで加久楽は、弟分のみかんに化け、猫宿へ潜り込んできたわけだ。中で暮らしている生徒であれば、長達の本音を探れると考えたのだろう。

「そんなところで、当たっているよな？」

半蔵からぴしりと言われて、加久楽がうなだれる。みかんが、尻尾で畳を打った。

「何なの、それっ。加久楽は兄者なのに、われを雑に扱った。聞いてくれれば、猫宿が怪しいことをしてるかどうか、ちゃんと答えたのに。でも、われを信用してなかった。酷いっ」

祭陣は、みかんの里なのに。みかんへ、正面から問う代わりに、上手く成り代わるには邪魔だと、みかんを袋へ放り込んだのだ。

しかも加久楽が、みかんの姿で勝手に動けば、みかんは後々、猫宿で困ることになる。そんなことも、お構いなしであった。

「みゃあああんっ、われ、里から見放されたんだ」

みかんは両の目を手で覆い、富士見櫓の部屋で泣き出してしまった。みかんは、祭陣の里の一員となれたことが、それは嬉しかったのに。でもみかんは猫又になった後、程なく猫宿へ来た。里に長くいなかったから、よそ者のように扱われたのに違いないという。

新米達が、仲間の一人が深く傷つけられたことに怒り、一斉に厳しい眼を加久楽へ向けた。加久楽が慌てて、それは違うと言い、謝った。

「その、おれが甘かったんだ。みかんなら、許してくれると思っちまって。済まん。里が、みかんを見捨てたとか、そういう話じゃないんだよ」

ここで和楽が口元を歪《ゆが》め、加久楽を見つめる。

「祭陣の猫又達は、まともに考えられない阿呆《あほう》揃いだなぁ。生徒以外の、猫宿の者である猫又は、師十一人と長のみだぞ」

昔、既に形の整っている猫宿を、独立した形にするだけなら、少ない数でも何とかなった。しかし師匠達だけで、六陣全てに戦いを挑み、陣地をかすめ取るなど、考えられないことではないか。

「なのに祭陣の者達は、占いを本気にして心配したんだねえ。いや、祭陣だけじゃない」

　我治楽は占いの結果を、いつものように、全ての陣に伝えたはずだ。なのに、同じく占いが出来る猫宿の長へ、その話の真偽を問い合わせてきた陣は、一つもない。

「今までであったら、この長にも同じことを占わせ、その結果を知らせろと、猫宿へ言ってきたはずだ」

　いや、我治楽は猫宿へも、知らせを入れてくるものであった。なのに今回は、その知らせがない。多分、加久楽をよこした祭陣あたりが話を止めたのだ。つまり。

「六陣全てが、猫宿を疑ってる。陣地をかすめ取られると、心配しているんだな」

　並なら考えられないことを、なぜ六陣は信じたのか。その訳だが。

「一人で六陣を相手に出来る、神のごとき強さの、別格の猫又。つまり猫君《ねこぎみ》が、この猫宿に現れたんじゃないかって、懲りずにまた、考えちまったからだろ」

　そのあげく、まだ猫又になったばかりの大切な仲間、みかんを傷つけ、泣かせてしまったわけだ。ここで長が、加久楽に迫ると、みかんの兄者は尻餅をついた。長は構わず、きっぱりと言った。

「馬鹿をしたのだ。やったことの責任は、その内、嫌でも六陣が取ることになる。覚悟してきなさい」

「……何が起きるっていうんですか」

「その時になれば、分かる」

長の、まるで千里眼のような言葉を食らい、加久楽は顔を引きつらせる。長は続けて、加久楽へ釘《くぎ》を刺した。

「全ての陣は、猫宿にいる生徒達へ、二度と勝手なことをしてはいけない。加久楽、お前さんから伝えておきなさい」

もしこの約束を破ったら、その時は長や師匠達が、お灸《きゅう》を据えることになる。言い渡されて、加久楽は何度も頷くことになった。

すると。驚いたことに、富士見櫓での話は、早々に終わった。加久楽はそれ以上、師匠達から文句を言われることも、罰を食らうこともなかったのだ。

「直ぐ、猫宿から出なさい」

余りにあっさりしたその対応に、加久楽は却《かえ》って、戸惑うような顔になった。そして。

「あの……申し訳ありませんでした」

そう言い置くと、大急ぎで、飛んで帰ろうとしたのだ。だが櫓を離れる時、まだ泣いているみかんへ、言葉を向けた。

「その、みかん、本当に済まなかった。お休みで里へ帰ってきたら、今回の埋め合わせをするからな」

加久楽の後ろ姿が、そそくさと櫓を離れていく。怒りがおさまらない新米猫又達は、それを怖い目で見ていたが、何しろ長と和楽が加久楽へ、帰っても良いと言ったのだ。それに異を唱える剛の者は、生徒の内にはいなかった。

すると僧衣の長は次に、富士見櫓でまだ畳へ突っ伏している、みかんの横に立った。

「それでみかん、これからどうする気だ？」

「み、みにゃ？」

「もちろん、酷い目に遭ったのだから、気の済むまで、猫宿で泣き続けるという手はある」

それを選べばきっと、新米猫又達の誰かが、饅頭《まんじゅう》の一つも差し入れ、慰めてくれるだろう。

「祭陣へ文《ふみ》でも書き、加久楽と早々に、仲直りをする道もあるな」

そのやり方を為せば、しばらくの間は、里で優しくしてもらえるだろう。

もっとも祭陣の者達は、みかんは扱いやすいと、なめてくるかもしれない。また都合良く、みかんを使うこともあるだろう。

「そして別の道もある。加久楽や祭陣と、もっと揉めるかもしれないがな。ここで、やり返すという手も考えられるだろう」

「みゃん、やり返すって……長？」

みかんの目が、大きく見開かれた。長の言葉を聞いている内に、目が皿のように大きくなったように思えてきた。

「六陣に、みかんが一泡吹かせるんだな。新米猫又だと見くびって手を出してきたら、ただでは済まない。そう分からせることが出来れば、六陣はもう、みかんに馬鹿をしない」

その途端、和楽が機嫌良く、あははと笑い出した。

「長、本気ですか。この和楽は今の今、加久楽へ、言ったところですよ。師匠だけで、六陣と戦うのは無理だと」

その戦いに勝った上、陣地をかすめ取るなど、考えられないではないか。

「なのに、みかん一人で、それを行えと言うのですか？　無理でしょう」

長は、それは楽しげな顔で、和楽を見てきた。

「和楽の意見は、真っ当だなぁ。うん、ちゃんと出来ることかどうか、考えているし」

だがしかし。ここで長が、にたりと笑った。

「お前は、そんなお堅い考えにとっ捕まってるから、駄目なのだ。だから光秀《みつひで》を名のっていた戦国時代、お前さんはこの私、信長《のぶなが》を襲った後、天下を取れなかったのだよ。秀吉《ひでよし》が、瀬戸内《せとうち》に近い備中《びっちゅう》から、十日程で大返しをしてくるとは、思ってもいなかったのだろう？」

山崎《やまざき》の戦いで、秀吉に敗れた原因だと言われ、不機嫌になった和楽の口は、への字になった。そして、低い声で言い放つ。

「ならば、みかんには見事に、六陣と戦ってもらいましょう。いや、いくら何でも一人きりでは、無理というものだ。新米猫又達にも、六陣相手の戦《いくさ》に加わってもらわねば」

「へっ？　そりゃ、このぽん太は、みかんに手は貸したいけど……」

「えっ、皆、戦うのか？　大丈夫か？　本当に？」

「おや、新米達の腰が引けてるぞ。皆、戦は嫌だと言うのか？」

今回は、占い師の我冶楽殿が、祭陣の出であったから、一番に話を耳にした祭陣の者が、猫宿を探りにきた。だが。

「他の陣の者が、猫宿を探りにきていても、おかしくはなかったのだぞ」

そして他陣の新米猫又も、我冶楽の占いを陣から伝えられていない。

「つまりどの陣も、新米を信用などしておらんのだ。皆もみかん同様、軽く扱われておるな」

それでも動かないのかと和楽に問われ、新米猫又達が、目を見合わせる。

富士見櫓の中はしばし、静まっていた。師匠達でも無理と言われた、六陣相手の戦いを、新米達が行うのは、怖いに違いない。でも、新米だからこそ、強くなりたい。負けたくない。己にも、みかんにも。

みかんは畳から起き上がると、皆の気持ちを思い、小さく頷いた。

ただ。自分がどうするかは、起き上がったとき、既に決まっていた。

「長、われはやり返してみます。このままじゃ、祭陣へ帰りづらくなるもの」

みかんには、他に帰る場所はないのだ。このお江戸で、六陣から独立している場は、猫宿しかない。だが、ただの生徒であるみかんにとって、猫宿は、いずれ出て行かねばならない所であった。

「だから、先々陣で暮らしていこうと思ったら、今、頑張るしかないと思うの。長、われはやってみる！」

「えーっ、本気？」

「みかん、やるの？　本当にする気なの？」

「鞠姫はその心意気を買います。私一人でも、力を貸しますよ」

「鞠姫だけに、格好付けさせはしない。もちろんこの黒若の助力が、必要だろう」

「ぽん太は、怖い。けど、けど、おれもやるぞ」

新米猫又達の声が、段々揃っていった。長が笑う。

「おお、みかんは相変わらずの、むてっぽうだな。他も加わるか。良きかな、良きかな」

では、何をするのかと長に聞かれ、みかんは、まだ考えていないと告げた。ただ。

「六陣相手に何かするなら、しばらく学びの時間に遅れたり、出られないことも、あると思うんです」

もちろん、成績に手心を加えてくれとは、みかんには言えない。つまり留年も覚悟だ。ただだ。

「学びの時間が足りないと言われて、猫宿から放り出されること、ありますか？」

長が首を横に振った。

「そんなことは、しない。この長が、請け合おう」

「ありがとうございます」

みかんが頭を下げ、和楽師匠でも無理と言った戦いが、静かに幕を開けることになった。それ以上話すべきこともなく、みかんが富士見櫓から出て行くと、新米猫又仲間も皆、意を決した顔でその後を付いて行く。

その後ろ姿を、長と師匠二人が、無言で見送っていた。

四

みかんが帰り着いたのは、新米猫又達が暮らす宿だ。

石室《いしむろ》から、鍵の玉を使って出入り出来る宿では、猫又達が化けても使えるよう、人でも寝られる広さの長屋が、割り当てられている。

ただ、町にある長屋とは違い、大きな台所が別にあるから、竈《かまど》や流しは付いていない。そして猫の頃からの習慣、猫集会が出来るよう、長屋の先には大きな平屋があった。そこに、飯びつを入れ温かく保つ、つぐらという籠《かご》が置いてあり、猫又達はその中に入り、冬でも暖かく集うのだ。

猫又は猫同様、狭い入れ物が好きだ。だから寒くなくとも、平屋でつぐらを使う者は多い。みかんは、とにかくお気に入りのつぐらへ入ると、明日からのことを考えた。

「さあ、どう戦うのか、見当を付けなきゃ。皆は……本当に力を貸してくれるかな。実はやっぱり、駄目だったりして」

直ぐに気が散り、耳を寝かせてしまう。

すると他の新米猫又達も、平屋へ入ってくる。そして全員が揃った後、板間にあったつぐらを、皆がぐるりと板戸へ立てかけた。

「みゃん、皆、何をしているの？」

「こうしておけば、板戸を少しでも開けたら、つぐらが倒れるから、分かるでしょ。これからみかんを助ける為に、皆で密談を始めるの。だから話を、聞かれないようにしてるのよ」

驚いている間に、みかんのつぐらも取り上げられ、板戸に立てかけられてしまった。それから板間の真ん中へ、猫又の皆で集うと、毛色の交じった、大きな毛の塊が生まれた。みかんが、嬉しくて胸を一杯にしている間に、ひそひそ話が始まる。

「ああ、術が使えないのは不便ね。夜声《よるごえ》っていうんだっけ？　近くの仲間内にしか聞こえない声を出す術が、あるはずだわ」

鞠姫が言うと、黒若が、習うのは先だと溜息を漏らし、その後、みかんを見た。

「ここへ来るまでに確かめたけど、新米猫又で、我治楽殿の占いを知らされていた者は、一人もいなかった。つまり和楽師匠が言った通り、陣は新米猫又を軽く扱ってるし、信用もしていないってことだ」

うっかり話を新米へ伝えたら、師匠達へ話すのではないかと、思われているのだ。そしてその訳は、みかんにも分かった。猫宿の長や師匠達は、とんでもない者達だが……猫又として、引きつけられる御仁《ごじん》達であった。

「嫌いで好きで、好きで嫌い。そんな感じだよね。つまり秘密を打ち明けたい相手なんだ」

真金《まがね》が言うと、白花達も頷いている。各陣の猫又達はそのことを承知しているのだ。

するとと鞠姫が、くいと片眉を引き上げた。

「陣の事情は分かるの。でもその扱いに黙ってたら、本当にこれから、軽く扱われてしまうわ」

陣中での位置づけは、一旦決まると、なかなか変わらない。つまり今年の新米達はこの先ずっと、軽い身分の者として、陣で暮らしていくことになるのだ。まだ猫又の一年目だというのに、学び舎を出た後、待っているのは、暗い明日ばかり……。

「わたしはそんなの嫌ーっ」

鞠姫が突然叫び、集っていた猫又達が、総毛を逆立てる。鞠姫は、真剣な顔で言った。

「自分のことは、自分の手で守らなきゃ」

元々猫又は、二十年もの間、猫としてたくましく生き抜いてきた者達であった。

「わたし、戦う。わたしは姫陣《ひめじん》で出世するつもりなのよ！」

鞠姫がそう言い切ると、他の皆も頷いた。

「おれは陣を試すつもりだ」

己の陣としてふさわしいか、真金は知りたいと言う。

「おれも戦う。みかんに負ける訳にはいかないからな」

黒若が言い、白花も頷いた。

「ここに集った者は、踏み出す勇気をかき集めた面々だわ。理由はそれぞれだけど、みかん、一緒に動こう」

「嬉しいっ、心強い。あっという間に、一人じゃなくなった」

笑い合い、寸の間、平屋の内にいる毛の塊は、明るい声で満ちる。だが、いつまでも笑ってなどいられず、黒若が最初に問うた。

「それで。どうすれば、六陣の鼻を明かせるか。みかん、何か案があるか？」

何をやるにしても、六陣が一本取られたと、思うことでなければ駄目なのだ。するとみかんは、これには即答出来た。先ほどは、あの場で話して良いか分からなかったので、黙っていたのだ。

「今回は占いが、騒ぎの元だ。我冶楽という占い師が、猫又の六陣は近々揃って陣地を減らすと言ったんで、陣が騒いだんだよね？」

ならばだ。

「六陣から、本当に陣地を頂こう。そうすれば、どの陣からも一目置かれる」

「はあ？　我らだけで、六つの陣を奪い取る気か？　いくら何でも無理だろう」

武陣出身の静若《しずわか》が言う。しかしみかんは、何も江戸を、新米猫又のものにするとは、言っていないと口にした。

「広い土地でなくてもいい。小さな土地を得られないかなって、思ってるんだ」

例えば、家一軒でもいい。肝心なのは周りから、それは新米猫又達のものだと、認められることであった。

「それに家を持てば、家賃を手に出来るよ。学び舎の為に使える。今猫宿は、六陣が出す生徒の学び代や、将軍が出してくれる金で、回してるはずだ。猫宿自身の財があれば、心強いだろうと思う」

するとと金に強い、黄金陣出身の三人が頷き、学び舎の為に使える家賃という考えは、凄く良いと言い出した。最近は、他の妖らも、色々稼いでいるという。新米猫又でも、金は得られるはずであった。

「それに、各陣と争うのが、家一軒のみというのもいいね。その小ささだと各陣も、合戦という形にはしないだろ」

「そうね、お仕置きをする気で、兄者、姉者を寄越すだけの話になるはずです」

花丸《はなまる》が言い、それならば打つ手も考えられると、皆から声が上がる。

「なら目標は、決まりだな」

新米猫又、皆の顔が輝く。だが……ここで白花が、心配が出てきたと口にしたのだ。

「みゃあ、あのね。猫又がどうやったら、家を手に入れられると思う？」

「えっ？　そりゃ、何とかなるだろう？　だって各陣は、家作を持ってる。町で仕事をしてる猫又だって、いるぞ」

白花が溜息を漏らし、首を横に振った。

「先輩方は江戸の町にいるとき、人の姿で動いてるわ」

だから、働けば銭を得られる。きちんと金を支払えば、家主にもなれるわけだ。

皆が顔を見合わせ……鞠姫が断言する。

「尻尾を猫のように見せるだけじゃ、足りないわ。早々に、人に化けられるようにならなきゃ駄目よ。でないと六陣との勝負、負けが見えてるわ」

そもそも猫では、家主になれないではないか。

「特訓よ！　早々に、人の姿に化けられるようにならなきゃ。嫌だって言うなら、今、この場で勝負から降りて」

「うわぁ、大変だ」

悲鳴が上がったので、みかんはとにかく、これからやるべきことを挙げてみる。

一、目標、六陣から、家を一軒ずつ頂く。
二、皆は早々に、人に化けられるようになること。特訓必須。
三、六陣からの妨害予測と、それへの対処の仕方を考える。
四、金を手に入れる方法を、皆で考える。
五、味方を増やせないか、動いてみる。

四番目は、黄金陣の京吉《きょうきち》が必要だと言い、全員、大急ぎで考えを出すことにする。

五番目を考えたのは、みかんであった。

「人に化けられたとしても、やはり世間に慣れない新米猫又達だけでは、少々心許ないと思うんだ」

下手をしたら、ちゃんと新米猫又達が家を手に入れたのに、それが認められず、陣に奪われることもあり得る。

「だからさ、一つの考えとして、われは例の将軍に、話をしてみようかと思ってるんだけど」

「人を、新米猫又達の味方にするってこと？」

ぽん太が驚いた顔で問うてくる。みかんは、一方的に加勢してもらうのは、無理な気がすると、正直に言った。

「将軍は、公平じゃないといけないお立場だろうから、われらばかり贔屓《ひいき》にはしないだろうと思うんだ。けどね」

公平だから頼めることもあろうと、みかんは口にした。

「きちんと家を得た後、将軍に、それはわれら新米猫又のものだって、認めてもらえないかなって思ってるんだ」

つまり今回の戦いの判定を、利害に関わらない者に、下してもらおうというのだ。

「そうすれば、一軒だけ家を持っていても、先々安心だし」

「それはいい。勝負が終わった後も、手に入れた家作を、守れるようにすべきだ」

黄金陣の言葉に、学陣《まなびじん》の猫又達も頷く。そして、ならば全てのことを、先に先に、読んでから動こうと言い出した。

「もし将軍が、判定役を承知して下さったら、その時、我らはどう動くか。駄目と言われた時は、どうするか。色々な場合を、全部考えておこう」

そうすれば将棋や碁の勝負のように、相手がどんな手を打ってきたとしても、次の一手を直ぐに返せる。みかんが、凄い考えだと感心して、みゃんと鳴いた。

「われら新米猫又は、仲間の数も、術の力も、軍資金も劣っているもの。だから、ひたすら考え、予め手を打っておくんだね」

六陣の者が、新米猫又だと、こちらを軽く見てくれたら、勝機が出てくると思う。みかんがそう話すと、黒若がちろりと舌を出す。

「おれは、罠《わな》を一杯仕掛けたいな」

「あの、そういう仕掛けは、花陣の者も得意です。領の内に吉原《よしわら》がありますから、あたし達、人の機微を知ることに長《た》けてます」

学陣と花陣の面々が顔を見合わせ、にこりと笑う。皆の考えと力が、どんどん集まっていく。みかんは頼もしいと言ってから、自分に何が出来るか考え、じき、真金の方を向いた。

五

「長、貰い物の菓子ですが、一緒にいかがですか」

猫の姿が、揃って富士見櫓から消えた後のこと。猫又史の師匠吉也《きちや》が、加須底羅《かすてら》を手に、長達のところへ現れた。

「実は先ほど、城中で加久楽を見つけましてね。何であいつが猫宿にいるのか不思議だったんで、ちょいと捕まえて、訳を問うてみたんです。すると一騒動起こしたことを、我が部屋で白状しました」

我冶楽殿が、また厄介《やっかい》な占いをしたようですねと、吉也が富士見櫓の畳の間で、菓子の包みを開けながら言う。長、和楽、半蔵の三人は、早く事を摑《つか》んだものだと、吉也へ笑いを向けた。

「それで？　我冶楽殿の占いは、いつも悩み事を運んできます。今回の騒ぎも、加久楽がやった馬鹿が露見したくらいでは、収まらないと思いますが」

長が、揉め事の場にいたのだ。

「どう、決着を付けられたのですか？」

すると、加須底羅を貰ったのと引き替えに、返事をしたのは和楽であった。

「事は収まっていませんよ。長ときたら、我冶楽殿の占いを、災厄に変えてしまったんです。新米猫又達に、無謀をしろとけしかけました」

「えっ？」

みかんが六陣に、やり返すと言い切ったことを和楽が告げると、吉也の目が、茶碗《ちゃわん》のように丸くなった。それから目玉をくるりと回すと、他の新米猫又達も、みかんと共に動きそうですねと言った。

「やれ、本当に、大事になったようだ。長、みかん達は、少しは六陣に、やり返すことが出来るでしょうか」

「分からん」

長はあっさりと言う。それから口元を歪め、加須底羅を見つめた。

「私はそれを知りたくて、みかんをけしかけたのだ」

去年は珍しくも、学び舎へ入る新米猫又達がいなかった。その為か、今年は二十人も入ってきたと思ったら、六陣は新米達のことを、やたらと気にしてくる。

今年の新米猫又達の中に、猫君がいるという噂《うわさ》が、何故だか絶えないからだ。

「その上だ、今度は我冶楽殿までが、妙な占いをしてきおって。一体、今年の新米猫又達の何が、気になるというのか」

「私には、いつもと変わらぬ子達に、見えますが」

和楽が言う。だが和楽はその後、ぱくりと加須底羅を食べつつ、とんでもない言葉を続けた。

「ですが、もし万一、みかん達が六陣に対し善戦した時は。そうですね、この和楽も、六陣の側として、戦いに加わらねばならないと思うんですよ」

「おや、ま」

半蔵が片眉を引き上げ、何故《なにゆえ》にと問う。和楽は堂々と、後の学びが、厄介なことになるからと口にした。

「六陣を黙らせた新米猫又達が、師へ遠慮しますか？　学びがやりづらくなること、甚《はなは》だしい」

だからもしもの時は、師の力を分からせておくと、和楽は言ったのだ。すると長が、明るい笑い声を立てた。

「おお、そうか。では和楽が、みかんへ灸を据える日が来たら、私も戦いに加わろう」

もちろん、師匠の敵方として、戦うのだ。訳は簡単だと、長は言う。

「この学び舎の長が誰なのか、師匠達に、分からせておかねばならないからな」

久方ぶりに和楽と戦うことになったら、楽しかろう。長からそう言われて、和楽は、思い切り口を尖《とが》らせる。

「ああ、話がますます、物騒になってきた」

だが、剣呑な流れになってきたというのに、長と師匠達は笑いながら、加須底羅を平らげていく。

そして四人は、みかん達が一体どんな手を使うか、しばしの間それは楽しそうに、話し続けた。


それから、十日ほど後のこと。

将軍から猫宿の長へ、六陣の頭《かしら》達と共に、一度富士見櫓へ来てくれと知らせが入った。

「おや、将軍が六陣の頭達と会いたがるとは。初めてのことだな」

さてさて。新米猫又達が動き出したかなと、猫宿の長が、それは怖い笑いを浮かべる。するとと、その話を耳にした師匠達が、自分達も富士見櫓へ顔を出すと、揃って言い出した。何か面白いことになりそうだと、皆、興味津々なのだ。

将軍に呼ばれても、猫又の頭達には、集う義理などない。しかし、かつて魔王と呼ばれた信長、つまり今の長は、各陣の若い猫又達を預かっており、その猫宿のある場所は、江戸城の中なのだ。無視は出来なかったのか、頭全員が櫓へ集まると、将軍もわずかな供を連れ、現れた。

そして初めて顔を合わせる者達へ、きちんと挨拶《あいさつ》をした後、上座から、頭達を魂消させるようなことを言ってきたのだ。

「わしが今日、皆と会ったのは、実は、新米猫又達から、勝負の判定を頼まれたからだ。この富士見櫓で学んでいる、若い生徒達だ」

もちろん将軍は人で、猫又ではない。だから頼みを聞いたり、こうして頭達と会う義理も、ありはしないのだ。だが。

「新米猫又達は、自分達の里である六陣のことを、怒っておった」

どうやら、我冶楽とかいう猫又の占い師を信じた里の者が、新米猫又を粗略に扱ったらしい。

「そんな扱いを我慢したら、この先ずっと同じように、軽く扱われ続ける。それは我慢ならないと、生徒達は言ったのだ」

よって。

「まだ、猫又になったばかりの身であるが、お主達六陣へ、喧嘩を売ることにしたらしい。いや、生徒達は、勝負を挑むと言っておったかな。まあ、同じ意味だ」

将軍が、楽しげに笑った。

「弱く、どんな扱いをされても、我慢をするだろうと思われていた者が、大きな力に刃向かうと、声を上げたのだ。どうなるか、わしは勝負の結末を、見てみたいと思ったのだよ」

新米猫又達は、どんな結果が出ても、受け入れる旨、誓いの言葉を書いてきたと言い、将軍が書面を見せてくる。

青々とした綺麗《きれい》な字で書かれた文面は、真面目《まじめ》で、怒りに満ち、同じ陣の者達を責めていた。そして何と、頭達が考えもしなかった勝負の方法を、伝えてきていたのだ。

つまり新米猫又達が勝った場合、将軍が判定をして、後から結果をひっくり返させないで欲しいと、生徒達は願っていたのだ。

「新米猫又達は、たった二十人しかいないとか。お主達は数多《あまた》おる。ならばわしが、この願いを叶えねば、公平を欠くというものだろう」

そして将軍は、六陣の頭達を見つめた。

「御身らも、わしに仕切りを任せると考えておるのだろう。おや、何故かと聞くのか？それは、直ぐに分かることだろうが」

何故なら武家は以前、姫陣が、今の陣を手にする戦いに、手を貸しているからだ。

「もちろん、麗《うるわ》しき姫陣の姫達に加勢するのは、誉れであったことだろう。しかし、わしが生まれる前の話でも、貸しは貸しだな」

手を貸した武家の頭、将軍へ、今度は礼をするのが、真っ当な者のやることであった。

「つまりだ。姫陣は当然、この将軍の意向に賛同してくれるだろう」

ならばだ。あとの五陣も、同じく将軍を支持してくれるに違いないと、言葉があった。

「同じ猫又の陣だからな」

それともだ。

「たかが二十人の新米猫又達を怖がって、この将軍と揉めることを、選ぶ気か？」

姫陣の由利姫《ゆりひめ》が、口を引き結んでから、将軍の指し示した書面に目を通す。

新米猫又達と、各陣との勝負方法は、単純なものであった。今日から一月《ひとつき》の間に、新米猫又達は、各陣から家を一軒、自分達のものにする。それが出来れば新米猫又達の勝ち。成せなかったら負けを認め、二十人の新米は各陣の頭以下に、頭《こうべ》を垂れ謝るというものであった。

「こちらの書面を、この将軍が認める。それだけだ。よいな」

由利姫がここで将軍と、猫宿の長を交互に見て、一つ問うた。

「勝負の相手、新米猫又達は、どこにいるのです？　我らを江戸城に呼びつけておいて、挨拶もなしなのですか」

すると、長が笑った。

「みかん達に、櫓へ来ないのか聞いたのだが。怖いから、来るのは嫌なんだと」

「は？　我らが、こ、わ、い？」

自分達の、兄者、姉者ではないかと、六陣の者が渋い顔になっている。すると、横に控えていた長と和楽が、顔を見合わせ、じき、和楽が言いたいことを口にした。

「だってねえ、六陣の頭達とここで会ったら、生徒達はいきなり、叱りつけられるかもしれないでしょう？　勝負の相手なのに、お構いなしに、です」

そんな目には遭いたくないのだろうと、和楽は言うのだ。すると横から長が、もっと剣呑なことを話し出した。

「ふふふ、私はみかん達が、しおらしいことを言って、この場から逃げ、他で動いていると思うがな」

今日は六陣の頭達が、富士見櫓に集っている。つまり猫又達の目は、城に注がれている。敵方に見つからず、各陣で事を起こそうとしたら、最も動きやすい日なのだ。

「私だったらそんな日に、のこのこ、この櫓へ来たりしない。ううむ、生徒達は生き延び術の学びを、しっかりこなしているようだ」

「あ……」

頭達が将軍を睨んだが、知らぬことだとそっぽを向かれる。

するとここで由利姫が将軍へ、一つ問いを向けた。生徒達が一軒得ると言うが、それは猫又の持っている家作を、奪うということか。それとも各陣の内にある家なら、人から買い取ることも考えられるのか。

「どちらなのですか？」

「わしは買い取った家でも、陣から奪ったと考えて、良いとするつもりだ。家は、小銭で買えるものではない。そして新米猫又達は、猫から猫又になって間がなく、金は持っていないそうだ」

その立場で、戦うと声を上げたあと一月の内に、家を買ったのなら、偉いと将軍は言う。しかも、陣の猫又達の妨害をくぐり抜け、事を成さねばならないのだ。

「並の売買でも、大きな武功を立てたと言って、良いだろうよ」

だがそうなると、売買を防がねばならない六陣の方は、大変かなと将軍が笑った。

「江戸中の家に、気を配らねばならんからなぁ。それも面倒か。なんなら新米猫又達と、早めに手打ちをするか？」

六陣が、新米達と喧嘩をする気はなかったと頭を下げ、饅頭でも用意するなら、間を取り持つぞと将軍が言う。由利姫が、その顔を睨んで、首を横に振った。

「合戦開始で、姫陣は構いません。ええ、姫陣は将軍の仕切り、お受けします」

由利姫はただ、今になって姫陣の陣取りの件が思い起こされるとは、考えていなかったと言う。将軍は上機嫌で、新米猫又達が勝つことはあり得るかと、由利姫へ問うた。

「勝たせたりしませんよ。妹分の鞠姫に、つけあがられては困りますから」

「ほっほ、鞠姫はみかん達と一緒に、わしの部屋へ来て、時々饅頭を食べていくぞ」

可愛い灰色猫だなと、将軍は目を細める。

「まあっ、あの子ったらっ」

「新米達は西の丸へも、通っておる。廊下に、今日は羊羹と書いた紙を貼っておくと、沢山猫又が集まるそうだ」

「将軍、新米達を甘やかさないで下さい」

黄金陣の頭が厳しい顔をすると、上座から笑い声が返った。

「何、可愛いものだ。菓子の数が足りぬ時、猫又達は小さく割って、皆で仲良く食べておるよ」

あの猫又達が、どうやって数多いる先達《せんだつ》に、一矢《いっし》報いるというのか。

「ああ、楽しみだ」

ここで将軍は、長と和楽へ、己に代わって公平な立場から、勝負の判定を見届けて欲しいと頼んだ。将軍は忙しいからだ。

「おや、我らは中立な立場に立たねばなりませんか」

長にも和楽にも、別な考えがあったが、仕方がない。二人が引き受けると、将軍は一月後、またここで会おうと言葉を残し、座を去る。富士見櫓では、残った頭達が、話し合いをすることになった。

六

猫宿の台所脇には、生徒達が集い、食事を取る板間、食事処があった。

朝、昼、晩、温かい飯が出る時刻は決まっていたが、学びの都合で、生徒が来る時間がずれることも多かったから、食事処へは夜中でも、忍び込むことが出来るようになっていた。冷めた猫まんまや、なまり節の煮付けなど、大概何かは、台所で見つけることが出来たのだ。

雇われた猫又の料理人が多めに作ってくれるので、生徒達は、自分の膳に食事を好きなだけ載せ、板間で食べていた。

そして。学び舎の、師匠達の暮らす家近くには、師の為の食事処もあった。師達は、仕事をそこで片付けたりするので、生徒の食事処とは、別になっているのだ。

昼、和楽達がそこへ顔を見せた時、六陣の頭が城に集ってから、既に半月ほども経っていた。

「合戦に入ってから、生徒達は皆、それはそれは、食べるようになりましたね」

和楽が、温かい猫まんまを食べつつ、笑うように言うと、居合わせた師匠らも頷いている。今日は和楽の他、算術の市姫《いちひめ》、猫又史の吉也、薬学の白若《しろわか》が顔を見せていた。

「鰹節《かつおぶし》入りの猫まんまを握り飯にして、竹皮で包み、持ち出す生徒も多いとかで。料理人達は飯の量を、増やしているそうです」

新米猫又達は、余程、歩き回っているに違いない。六陣と本気で戦い、勝とうとしているのだ。

「おかげで学びの時間に来ない生徒が、多くて困ります」

算術を教えている市姫が、目刺し片手に嘆く。すると和楽がここで、目を煌《きら》めかせた。

「皆さん、新米猫又達は、どうやって家を手にする気だと思いますか」

一軒、何とかしようという話ではなかった。六陣から一軒ずつ、計六軒を得ねば、勝ちにならないのだ。吉也が唸《うな》った。

「六陣から、力で家を奪うのは無理だよねえ」

猫又の持つ家作は今、どこも生徒達を警戒している。しかし、だからといって人の持つ家を狙えば、奉行所の同心達が出てくる。

「やはり狙うのは、店の買い取りでしょう」

ここで白若が、小耳に挟んだことを語った。

「実は、六陣は生徒達が、柳原《やなぎわら》土手の床店《とこみせ》に目を付けたことを、摑んだみたいですよ」

床店とは、商売物を売る場所のみの店で、人は住んでいない建物のことだ。暮らすための場所がないから、小さい店が多く、もちろん、店の中でも値が安い。市姫が頷く。

「良い所に、目を付けましたね。でも新米達には床店ですら、買うお金はないでしょう」

となると、つまりどこからか、金を引き出さねばならない。生徒にも、この学び舎にも金はなく、まだ、人には化けられないから、町で稼ぐことも出来ない。となると、残る手立ては何か。

和楽がここで、今回の騒動では、己と長の出番はなさそうだと言い出した。

「六陣は生徒達が、各陣の金蔵に、目を付けていると、見ているようです。実はみかんが、加久楽と仲直りをしに、祭陣へ行ったとか」

だがみかんの本当の目的は、祭陣にある金櫃《かねびつ》の場所を、探ることに違いない。各陣はそう踏んで、今、全ての陣が、金蔵の守りを固めているというのだ。

「つまり生徒達には、店を買う金が手に入らない。どんなに安く、買いやすい店を見つけても無駄なんです」

みかん達には、後、半月ほどしか、時は残されていないのだ。短い間に、守りを固めている六陣の金蔵を破るのは、無理というものであった。時間が限られた勝負であれば、金蔵を守りきるのはたやすいと、和楽は口にする。

「それは、確かに。さすがに今回の騒ぎは、無理がありましたかねえ」

吉也が笑った。合戦は始まったと思ったら、あっさり優劣が決まってしまったわけだ。今後それが、覆《くつがえ》るとは思えない。やれ、新米猫又達は泣くかなと、白若が溜息を吐《つ》く。

するとその時、廊下の向こうから、料理人達の騒ぐ声が伝わってきた。

「おや、富士見櫓で、何か起きたというのか」

師匠達は急ぎ食事を止め、学び舎の方へ向かう。すると櫓《や》の一階の板間で、三人の新米猫又が紐《ひも》で縛られ、ふみゃーっと鳴き声を上げていた。若竹《わかたけ》、ぽん太、花実《はなみ》の三人で、紐の端を黄金陣で店を営む春吉《はるきち》が、しっかり持っている。

花実が大きな声を上げた。

「師匠、師匠、助けて下さい。町を歩いてたら、黄金陣の猫又達が、我らを突然捕まえたんです！」

そして酷いことに、新米達が持っていた金子《きんす》を、取り上げたのだという。

「我らのお金を奪われました。黄金陣の春吉は、泥棒です！」

「おや、盗みを働いたのか。黄金陣の者が？」

吉也が眉を上げると、春吉が眉根を寄せた。

「この三人が、陣の持つ店の側を、歩いておったのです」

今、生徒と六陣は、勝負をしている。そして新米猫又達が、各陣の金蔵を、狙っていると言われていた。

「よって我らは、金を盗られていないか、新米猫又達を調べただけです」

すると、何と、何と。ぽん太の財布からは、二両もの金子が出てきたのだ。

「新米が、そんなに持っている訳がない。我らの店から、盗った金だろう」

いつもであれば、黄金陣の猫又が持つ店へ連れて行き、そこで説教を食らわせた後、新米猫又達の陣へ引き渡したはずだ。

ただ今は、新米猫又達と六陣が、勝負をしている時であった。それで春吉は、この件が黄金陣の無法でないと証《あかし》を立てるため、わざわざ猫宿にまで、ぽん太達を連れてきたのだという。もちろん証人は、居合わせた師匠達だ。

それを聞いた三人が、鳴き声を張り上げた。二両は、新米猫又達の金なのだ。

「春吉殿の嘘つき！」

「な、何をうっ。今、店の金櫃を、確かめてる。金が減っておらず、盗まれたものでないと分かれば、二両は返してやるさ」

「みぎゃーっ、黄金陣は我らを縛った。お金を盗んだと嘘を言った。勝負を妨げた。猫宿の長と将軍へ、このことを知らせて下さい」

六陣の者達が、何もしていない生徒達を捕まえたのでは、勝負にならないではないか。

そう言われた春吉は、顔を赤くした。

「お二人は、関係ない！　金を盗んだのでなければ、直ぐに紐も解《ほど》いてやるわ」

みゃーみゃー、ふぎゃーっ、新米猫又達が余りに騒ぐものだから、春吉が大人しくしろと言って、紐を引っ張った。

すると。ここでぽん太が、引っ張られるままに跳ね、春吉の腕へ乗ると、がぶりと指を噛んだのだ。

「痛ーっ、何をするっ」

春吉が思わず紐を放すと、三人は腕や胴を縛られたまま、窓の枠へ飛び乗った。和楽が溜息と共に、三人へ声を掛ける。

「こら、戻りなさい。店からお金を盗っていないなら、大騒ぎすることもない。直ぐに金櫃の勘定は、終わるだろうから」

すると、そう語りかけた時、和楽達の目が大きく見開かれた。開いていた窓の外から、沢山の人の手が現れると、素早く、ぽん太達を縛っていた紐を、解いてしまったのだ。

「だ、誰の手なんだ？」

慌てて和楽が窓へ寄った時、新米猫又達は窓から表へ飛び降り、近くの茂みに隠れてしまった。師匠達が窓の周囲を見ても、既に現れた手の主はおらず、誰だったかは分からない。

師匠達と春吉は、顔を見合わせることになった。

「何だ？　今の手は、誰だ？　新米猫又達は、どうして調べを待たずに、逃げたんだ？」

「どうせ金を盗んでいたから、怖くなって逃げたんですよ。あの手は……はて、誰なんでしょう？」

春吉が顔を顰《しか》めた、その時だ。表の方から足音が近づいてくると、いきなり部屋の板戸を引き開けた。

そして、現れてきた黄金陣の三吉《さんきち》が、驚くような知らせを口にする。

「あの、ぽん太の持っていた二両ですが、うちの店の金では、ありませんでした」

店の金は、ちゃんと帳場の、金櫃の中にあったのだ。つまりあれは、新米猫又達の金ということになる。

「は？　何で新米達が、二両も持っていたのだ？」

市姫、吉也、白若が顔を見合わせた。師匠達は新米達が、饅頭一個を買う金すらないことを、よく承知していた。それで、将軍達から貰う饅頭を、皆で、それはそれは楽しみにしているのだ。

「二両って、結構な金額ですよね」

どうして、ぽん太がそんな金を、持っていたのだろうか。市姫が少し困ったような顔になって、ぽん太はまだ、算盤《そろばん》を入れるのが、得意ではないと言った。算術自体、得手ではないのだ。

「うっかり落とすとか、買う物の値を間違えるとか、ぽん太はやってしまいそうなのに」

なぜ大事な二両を、ぽん太に持たせたのだろうか。市姫はそこに、戸惑っていたのだ。

すると、ここで和楽が小さく、「あっ」と声を上げた。そして板間から、また窓の外へ目を向ける。

「ぽん太と二両。そうか」

どうして新米猫又の三人は、富士見櫓から逃げたのか。和楽は師匠達を見て、訳を摑んだかもしれないと言い出した。

「多分みかん達は、もっとずっと多くの金を、扱っているに違いありません。だからその内の二両、つまり、ほんの一部をぽん太が持っていても、気にしていなかったんですよ」

まだ、どこの陣の金櫃も襲撃されていないのに、新米達は金を手にしている。つまりみかん達は、別の方法で金を得ているようであった。

「新米猫又達が、陣の金櫃を狙っているという考えは、多分、誤りです」

しかし。

「新米達は六陣に、それを覚《さと》られたくはなかった。だから、のんびり者のぽん太達が、うっかり本当のことを喋《しゃべ》ったりしないよう、大急ぎで助けに来たんですよ」

後の半月、六陣が、襲われはしない金櫃に、張り付いていてくれれば、助かるのだろう。みかん達は、どこからか手に入れた金で、家を買うことが出来るのだ。

「六陣との勝負に、勝てるわけだ！」

「おやおや」

ここで、猫又史の吉也が、にやりと笑った。

「ということは、新米達が床店を狙っているというあの噂も、嘘かもしれませんね」

床店に目が行っていれば、本当の狙いがどこなのか、陣は探そうとは思わない。賢いやり方であった。

「はっはあ。新米達、上手くやってるな」

今日、黄金陣が持つ店の前を、新米達が通ったのは、本当に、たまたまのことに違いない。襲撃などする気はないから、新米達は、店を気にしてはいなかったのだ。

その時春吉が、金が狙われていると勘違いをし、三人を捕まえなかったら、この先、勝負が終わる日まで、六陣は誤解を続けていたかもしれなかった。

薬学の師、白若が、口が裂けたかのように笑う。

「新米猫又達は、六陣や師匠が考えていたより、はるかにたくましい奴《やつ》らだったわけだ。さて、どうやって、金を手に入れたんだろうねえ」

是非に知りたいと言う。すると和楽が、他にも知るべきことがあると、師匠仲間へ言った。

「ぽん太達三人を助けた、あの人の手。沢山の手を見た。あれは多分、新米猫又の誰かの手だ」

確か今までに、人に化けたことがあるのは、みかんと真金だけだと聞いていた。他の新米猫又達は、二叉《ふたまた》の尾を、猫のように一本にする技しか、持っていないとされていたのだ。

だが。

「人に化けられる新米猫又が、現れているようだ。しかも、何人も。どうやって化け方を、早くに会得したんだろう」

新米猫又達はいつの間にか、金も、人の姿も手に入れていた。

「何か、思わぬ手を使ってきたようだ。新米達、どんな手を思いついたんだ?」

勝負に残された期間は、あと半月。六陣は急ぎ、猫又達への対処を、変えなくてはならない。

「ちょいと、新米達を、軽く考えすぎていたかな」

和楽は、我冶楽の占いを思い出すとそう言い出した。占い師我冶楽は、猫又の六陣が近々揃って、陣地を減らすことになると、告げていたのだ。

「恐ろしい占いですねえ。当たる気がしてきた」

春吉が顔を顰める。富士見櫓では、しばらくの間、口を開く者がいなかった。

合戦の二

一

両国《りょうごく》の盛り場は、江戸でも随一と言われる賑《にぎ》やかな地で、猫又《ねこまた》達の陣の一つ、祭陣《まつりじん》の内にある。そこは今、夜が明ける明け六つ前の、一番静かな時を迎えていた。

夏、盛り場では夜も提灯《ちょうちん》が灯《とも》り、花火が打ち上げられる。よって遅くまで、大勢の人で賑わっていた。江戸の道を閉ざす、町々の木戸が閉まる前に、多くの客達が消えても、まだ人は引きも切らない。朝が近くなり、夜鳴き蕎麦《そば》の担ぎ売りや、夜鷹《よたか》の色っぽい姐《ねえ》さん達が道からいなくなると、両国の一帯は、ようよう深い静けさに包まれるのだ。

だからいつもであれば、盛り場は、あと半時は静かなはずであった。だが今日、未明の両国は、張り詰めたような気配に満ちていた。

猫宿《ねこやど》の師匠和楽《わらく》が、突然闇の内から盛り場へ現れると、みかんの兄者《あにじゃ》、加久楽《かぐら》を追いかけた。その上師匠は、人に化けた加久楽を道へ蹴り倒し、そのまま地へ踏んづけてしまった。

（なんで師匠が今、この盛り場にいるんだ？）

余りに恐ろしき出来事ゆえか、周りに仲間は多くいるはずなのに、誰も加久楽を助けてくれない。するとそこへ、更に剣呑《けんのん》な笑い声が聞こえてきて、加久楽の総身が強《こわ》ばった。まだ暗い道に響いたのは、猫宿の元生徒達が、よく知っている声であった。

「加久楽の阿呆《あほう》。あっさり捕まったものだな」

闇から、黒い僧衣の男が姿を現すと、加久楽は踏んづけられたまま、唇を噛《か》んだ。

「猫宿の長《おさ》。何でこんな未明に、祭陣へ来られたんですか。しかも和楽師匠を連れて」

「そりゃあ、加久楽に聞きたいことが、あるからだな。するとお前さんが逃げたんで、和楽が面白がって、追うことになったわけだ」

直《す》ぐに捕まることは分かっていたはずと、長は言ってくる。和楽は、少ない人数で猫宿を守る為、長が選び抜いた師匠の一人、つまり猫又の内でも、名の知れた実力者なのだ。

「に、逃げたんじゃありません。おれは、仕事へ向かおうとしてただけです」

ただ、今は六陣と新米猫又達が、勝負をしている時だ。そして加久楽は、新米猫又達の大将、みかんの兄者であった。

なのに加久楽が戦いに専念せず、新たな仕事を始めたというのは、外聞が悪い。

「師匠方に知られたら、怒られるかなと思っちまいまして。つい、逃げちゃいました」

「加久楽、いい加減、大人の振る舞いをするようになれ。仕事とは、何をしているのだ？」

「実は今、舟を利用した荷運びの仕事を、始めていまして。猫又も多くの陣の者が、やっているんですよ」

各陣で受け取った荷を、届け先の陣へ渡し、運んでもらう仕組みだという。荷を運ぶ先は、江戸の朱引《しゆび》きの内のみ。一荷《ひとに》幾らと決まっていて、届けただけ金になるので、空きのあるときに働く猫又が増えているのだ。

「去年くらいからでしょうか、金に強い妖《あやかし》が始めた、新しい商いです」

妖が人に化けて始めたからか、初めはなかなか広まらなかった。だが最近、船宿が荷を扱いだし、一気に広まったと加久楽は言った。

本当のことを言えば、先ほど逃げたのは、闇の中、いきなり現れた和楽が、余りにも怖かったからだ。だが白状しても叱られるだけなので、加久楽は仕事中だと言い張った。

「なるほど。邪魔をしたようだ」

和楽は頷《うなず》くと、加久楽の体を道から引き起こし、ぽんと軽く蹴り上げる。すると何故だか化け術が解け、加久楽は白黒で、八割れの猫姿になってしまった。

「みゃん？　何で猫の姿に戻したんです？」

「長へ渡すためだ。小さい方が、扱いやすいだろう？」

話が終わらない内に投げられ、魂消《たまげ》て手足をばたつかせていると、長が宙で、猫の加久楽をひょいと摑《つか》んだ。そして、さっさと用を済ませようと言い、顔を近づけてくる。

（みぎゃーっ）

猫又は誰もが、見目《みめ》好《よ》く化ける。だが綺麗《きれい》なはずの長の笑みは、とんでもなく物騒だと加久楽は思った。長に正面から見据えられると、総身が震えるのだ。

「加久楽、少し前にみかんが、この祭陣へ顔を出しただろう？　学び舎《や》で、みかんを泣かせたお前さんと、仲直りをしたいと言って」

「あ、みゃん。来ました」

加久楽は素直に答えた。みかん達新米猫又は今、一月《ひとつき》の内に、六陣全てから家を奪うと言い、挑戦を始めている。だから目立っており、里へ来たことは皆が承知していた。

ただ祭陣の皆は、みかんが己の陣へも勝負を挑んだことに、小言を言ったりしなかったと、加久楽は続ける。

「たった二十人の新米が、先達《せんだつ》の陣に勝とうとしてるんです。出来るはずもないけど、心意気だけは認めようって話になってます」

ただ新米達が、勝負に勝つため、猫又陣の金蔵を狙っているとの噂《うわさ》があった。よって陣の皆は一応、用心の為、金蔵に目を光らせていたのだ。だが。

「みかんは里の金蔵へ、近寄りもしませんでした。里の皆が見てたから確かです」

「だろうな」

長は笑いつつ頷いて、猫姿の加久楽を、ぽんぽんと鞠《まり》のように、宙へ放り遊んでいる。

「ふみゃっ、長、目が回るっ。喧嘩《けんか》した弟分の方から里へ来てくれて、良かったです」

加久楽は本心から口にした。

「里へ来てから猫宿へ向かうまでに、間がなかった猫又は、今までにも結構いました。だからみかんがそのことを、あんなに気にしているとは、思ってなかったんですよ」

加久楽は、喧嘩になったことをみかんへ謝り、昼餉《ひるげ》に鯵《あじ》の干物をおごった。苦戦している、猫宿の学びも教えた。そうしてまた仲良くなり、兄者として、ほっとしたのだ。

すると、話を聞いていた猫宿の長が、ここで加久楽を受け止めた。

「祭陣は暢気《のんき》で良い。だが加久楽、私が知りたいのは、みかんとの仲直りのことではない」

長は、みかんが加久楽から何を学んだのか、それを知りたいと言ったのだ。

「もしかして、化け学ではなかったか？」

「あ、はい。そうでした。よくご存じで」

弟分が覚えたがっていたのは、人への化け方だった。みかんは、既に人へ化けているが、上手くいかない時も多いようで、頭を抱えていたのだ。

だが実は、より簡単に化ける方法はあった。

「来年になりゃ、みかん達も学びます。鍵の玉を使うやり方ですね」

何をするにも、鍵の玉を頼るのを避けるため、一年の間は、玉の使い方は教えてもらえないものであった。

「でもみかんは、化けたことがあります。なら、もう玉を使っても良かろうと思ったんです」

化け方は単純だが、しかし難しくもあった。鍵の玉を握り、玉へ気を集めた上で、人の姿を思い描いて化けるのだ。

するとだ。祭里の広場で、みかんは早々に、人の姿になれた。余りに早く化け方を覚えたので、里の者達が驚いていたという。

ここで、和楽が口を挟んだ。

「長、多分将軍が、今年の新米達へ贈った、特別な鍵の玉のおかげではないかと。玉自体の力が、強そうでしたから」

鍵の玉は、立派な品ならいいというものではない。下手をすれば使いこなせないし、持ち主との相性もある。だが、大きな力を持つ鍵の玉は確かにあると、昔から言われていた。

「例えば長の鍵の玉は、雷が固まったものだと、噂に聞きました。物騒で、もの凄《すご》く強い玉だと」

玉めがけ、雷が落ちたという伝説があるほど、剣呑すぎる玉なのだ。長が笑った。

「なるほど。みかんが早く化けられた訳は、将軍がばらまいた鍵の玉か！　それで、同じように、立派な鍵の玉を持つ新米達も、早々に人に化けられたのだろう」

つまり宿の窓に現れた手の主は、間違いなく新米猫又達だと、長がつぶやく。

「えっ？　みかんは人への化け方を、学び舎の仲間へ伝えてたんですか？」

もしや、師匠達が許すのよりも先に、加久楽が勝手に化け方を伝えたので、長と和楽は、叱りに来たのだろうか。おずおずと問うと、二人は一寸《ちょっと》、顔を見合わせた。

「加久楽……何か、話が嚙み合わんと思った。もしや祭陣の者は、新米猫又達の動きを、黄金陣《こがねじん》の者から聞いていないのか？　黄金陣は自分達が、各陣へ知らせると言っておったぞ」

長と和楽は、勝負の判定を引き受けた将軍から頼まれ、事を見届けているだけなのだ。よって、新米や六陣の為には動いてはいない。

加久楽は呆然《ぼうぜん》とした。

「いえ。師匠、黄金陣は祭陣へ、何も知らせてきていませんが」

「ほう、驚いたわ。だがこうなったら、黙っている訳にもいかぬな」

長が口元を歪《ゆが》め、先日の新米達の動きを、語り出した。

「最近黄金陣の春吉《はるきち》が、陣の店の金を盗まれたからと、新米達三人を捕まえたのだ」

新米三人は、猫宿から逃げてしまったが、その時、思わぬ事実が分かった。

「新米猫又達の何人かは、既に人に化ける術を、修得しておった」

つまりこの先六陣は、新米達が人になれることを頭に置き、勝負をせねばならないのだ。長達は、新米達がどうやって、化け術を会得《えとく》したか確かめる為、今日、加久楽に会いに来たわけだ。

「なんと……」

「更に、新米猫又達は今、自分達の金を持っておるのも分かった」

ぽん太《た》は二両も金を持っていた。そしてそれは、黄金陣の店から盗まれた金ではなかったのだ。

「えっ？　和楽師匠、新米達はどこからその金を、手に入れたんですか？」

「分からん。早々に逃げたのは、その話を問い詰められるのが、嫌だったからだろうな」

一つだけ、確かなことがあった。みかん達に金があるなら、各陣が金蔵を守っても、それは無駄になる。新米猫又達と六陣の戦いは、勝負の期限まで、あと半月。六陣は、作戦の立て直しをすべきであった。

「なのに黄金陣は大事な話を、他陣へ何も伝えておらぬようだ」

ここで加久楽は、和楽へ念を押した。

「師匠、黄金陣は、その件を自分達が、他の陣へ知らせておくと言ったんですね？」

「ああ、言ってたぞ。不思議だなぁー、どうして伝わっておらんのかなぁー」

「和楽師匠、面白がっているような言い方、しないで下さい。ええ、分かってます。黄金陣は、わざと黙ってたに決まってます！」

理由は簡単に思いつくと、加久楽は語った。六つの内、どこか一つの陣が陣地を守り切れば、新米猫又達の負けと決まる。だから黄金陣は己の陣だけで、新米猫又達の暴走を、止めてみせるつもりなのだ。

「どの陣が、一番の猫又陣なのかを、示す気なんですよ！」

もちろんそれは、黄金陣というわけだ。

「黄金陣の猫又は、商人《あきんど》に化け、店を幾つもやってます。金があるんで、以前から他の陣を見下してるんだ。ええ、あの陣が隠し事をしても驚きませんね」

加久楽が目を吊《つ》り上げる。

「おいおい、今は新米対六陣で対決しているんだぞ。まさかとは思うが、六陣の猫又同士で、喧嘩はするなよ。万が一、新米猫又に勝負を持っていかれたら、どうするんだ？」

長がやんわり言い、また加久楽の身をぽんと上へ飛ばすと、そこで人の姿に化けることができた。しかし加久楽は、しかめ面《つら》のまま、地へ降り立つ。

「祭陣は黄金陣に、一矢《いっし》報いなくっちゃなりません。もちろん新米達との勝負に、負ける気はないけど」

長が和楽と目を見合わせ、苦笑している。するとそこへ、祭陣の仲間達が、ようやく姿を見せた。

二

とうに昼餉が、終わった後のこと。料理人達すらいなくなった師匠達の食事処に、長と師匠達四人が、お八つの干物を齧《かじ》りつつ集っていた。

和楽達は、新米猫又達の挑戦の経過を、分かりやすく書き記していたのだ。猫宿の家主である将軍へ、口頭での報告と共に、差し出すものが必要であった。

少々手間だが、今回師匠達は騒動へ直《じか》に関わっていない。よって新米達と六陣の動きを知り、離れた所から優劣をつけるのは楽しかった。

「長、ぽん太達が捕まった件《くだん》の話ですが。確かめたのですが、黄金陣は、やはり残りの四つの陣へも、知らせてなかったようです」

和楽が楽しげに言うと、長と、芸事の師花玉《はなたま》、つづり方の真砂《まさご》、生き延び術の真五《しんご》が、目を見合わせた。花玉が溜息を漏らす。

「おなごの陣二つが、特に怒ったでしょうね」

「絶対に黄金陣には負けないと、由利姫《ゆりひめ》が言い切ってました。やっぱり、陣同士の争いになっちゃいましたねー」

新米猫又達が、六陣から家を頂くという無謀な試みは、気が付けば、久方ぶりに起きた、六陣の諍《いさか》いへと化けたのだ。ここで長が、手にした書き付けをひらひらと振る。

「お気に入りの由利姫が怒ったと聞けば、将軍は、その知らせを楽しむだろう。つまり今回の勝負について、もっと色々聞きたいと、言ってくるはずだ」

よって、将軍を楽しませることにしたと、長は物騒なことを言い出した。

「実は、新米猫又の一人に頼み、新米猫又達が話す内々《ないない》の話を、こっそり聞かせてもらうことにした。交換に、時々六陣の動きを、漏らすと約束した」

新米の内輪のことは、是非に知りたい。だから、六陣の話をするのも仕方がなかろうと、長は堂々と口にした。

「ほおお、由利姫には言えない話ですね。それで、誰が長へ内輪の話をするんですか？」

真五と花玉は、興味津々だ。

「新米の白花《しろか》だ。あいつの話によると、みかん達新米は、目標と、やるべきことを、仲間内で書き記していたらしい」

長は恐るべきことに、その書き付けも手に入れていた。そこには、新米達の新たな打ち合わせが記してあった。

一、目標は、六陣から、家を一軒ずつ頂くこと。変わらず。

二、そのため新米猫又は早々に、人に化けられるように、ならねばならない。みかんに、案有り（祭陣へ帰り、加久楽から学ぶ）。

・人に化けること、達成者、多数。みかん、白花、静若《しずわか》、鞠姫《まりひめ》、黒若《くろわか》も達成。他は、急ぎ頑張ること。

三、六陣からの、予測される妨害は何か。そしてそれへの、対処の仕方を考えておく。担当、学陣《まなびじん》の真久《まひさ》と、花陣《はなじん》の花実《はなみ》。

四、金を手に入れる方法は大事。皆で、真剣に考えるべし。まとめ役、黄金陣の京吉《きょうきち》、吉助《きちすけ》。河童《かっぱ》？

五、味方がもっと欲しい。増やせないか。お武家？　他の妖？　……河童？　担当は姫陣《ひめじん》の水姫《みずひめ》、武陣《たけじん》の黒若、祭陣のぽん太。

他の者達は、適宜、助力のこと。

「新米猫又達はよく考え、動いているようだ。特に四番目の金については、一番必要なことゆえ、頑張らねばな。さて、何で河童が出てくるのだ？」

だがさすがに、答えが出ていないと、長は白花から聞いていた。

「そりゃ、そうだわ。新米猫又達は、猫又になったばかりの者達よ。それが、何軒も家を買うだけの金を直ぐに手に出来たら、苦労はないもの」

花玉が言い、皆も深く頷く。ところが。

「実際のところ、その後程なくして、新米猫又達は、金を手にしておる」

少なくともぽん太は、二両も持っていたのだ。

「短い間に、新米猫又達は、どうやって金を手に入れたのだろうな？」

すると花玉が笑って、恐ろしいことを言う。

「白花は長に、何か黙っていることが、あるのではないですか？」

「あの白花が、私を騙《だま》せるというのか？」

「騙すのではなく、言わないでいる、ということです。それなら白花でも、出来るかと」

皆が考え込む中、ここで部屋の外から声が掛かった。人間史の師、姫奈《ひめな》が、文《ふみ》を持って現れたのだ。

「盛り場で知られる祭陣の猫又達は、意外と生真面目な輩《やから》が多いですよね。黄金陣の話を教えてもらったからと、加久楽が、礼の文を送ってきました」

そしてその文で、みかんの兄者は、弟分が、いつもと違った行いをしたようだと、猫宿へ知らせてきたのだ。

「たまたまのことなのか、祭陣では、答えが出せなかったとか。もし理由が分かった時は、ご一報を願うと書いてありました」

祭陣が何か知ったら、また知らせるからという言葉が、添えられているという。

「ほう、取引を持ちかけてきたのか。加久楽も、そういうことをやるようになったのだな」

真五がにやりと笑って、文を開く。礼の文に続き、肝心な言葉が書かれていた。

〝先に、みかんが祭陣へ帰ってきたと、お知らせしました。その時は知りませんでしたが、みかんは里からの帰りに、両国橋近くの船着き場から、舟に乗ったようなのです〟

なぜ分かったかというと、最近加久楽が始めた、荷運びの仕事のおかげであった。舟によく乗るようになると、知り合いの船頭も増えてくる。するとある船頭が、とりとめのない話をしている時、加久楽の鍵の玉を見て、似た品を下げていた者を、知っていると口にしたらしい。蛋白石《オパール》を下げた若者が、舟に乗っていたというのだ。

〝両国から、猫宿のある千代田の城まで歩くと、確かに結構な時がかかります。でも江戸の猫又ならば、歩くのには慣れてます。それに新米猫又達は、金が無いものです。みかんは、舟に乗るような贅沢《ぜいたく》を、なぜしたんでしょう〟

加久楽は、そこを知りたいと、思ったようだ。そして。

〝黄金陣の隠し事が露見した後、今後また同じ事をした陣とは、付き合いを切ると、姫陣から文が来ております。よってみかんが舟に乗った件は、六陣全てに伝えてます〟

そして加久楽は、もう一つ付け加えていた。

〝意味があるかは分かりませんが、みかんを乗せた舟の船頭は、人ではなかった。多分、河童が化けた者だったと。珍しかったです〟

ここで長が文を手にして、にやりと笑って、師匠達を見た。食事処に、ぴしりとした緊張が走る。

「それで？　加久楽の間抜けは、みかんが舟に乗った訳ばかり、知りたがっておるが。本当に知るべきは、何だと思う？」

師匠達が手を挙げ、真砂が話し始めた。

「私は船頭が、よく蛋白石のことを知っていたなと、驚きました」

「正解だ。あんな玉、見たことがある者など、日の本《ひもと》に、ほとんどおるまい」

なのに船頭は、一目であの石が蛋白石だと分かったのだ。

「船頭が河童だとしても、蛋白石を知るとは驚きだ。あれは外《と》つ国から来た石なのだ」

長が、人間史の姫奈へ顔を向ける。

「河童が気になるな。今年の新米猫又達と親しいとか、聞いておるか？」

「今までそんな話は、聞いたことがありませんが。新米達は、宿の外へ余り、出ておりません。他の妖のことは、知らぬと思いますけど」

　武蔵《むさし》一帯を統《す》べる河童の大親分は、禰々子《ねねこ》だ。そして根城は、坂東《ばんどう》第一の暴れ川、利根《とね》川であった。陸の妖である猫又と、川に住まう河童は、縁の薄い間柄のはずなのだ。

「そういえばみかん達は、わざわざ河童の名を記してましたね。しかもその河童が、船頭をしているとは」

　確かに河童であれば、舟は上手く操りそうであった。川に落ちても泳ぎは達者だし、船頭なら、立派に務まりそうだ。

「でも、それと新米達が、どう関わるのでしょう」

　ここで和楽が、にこりと笑みを浮かべる。

「河童が、どうして蛋白石のことを知っていたのか、興味はあります。ですが私は、河童の件を承知した六陣が、それを何と考え、どう動いてくるか。そちらに興味がありますね」

　真五が、頷く。

「勝負が決まるまで、後、半月もありません。この河童の件が、後々勝敗を左右することに、なるかもしれません」

　長が江戸城の中奥の方へ、目を向けた。

「将軍が、大いに楽しみそうな話だ。ここまでの経緯《いきさつ》は、早めに渡しておかねば」

そして、笑うように続けた。

「猫宿が始まる時、将軍は今年に限って、贅沢な鍵の玉を新米達に渡した。そしてそのことが今、新たな動きに繋《つな》がっておる」

強い鍵の玉ゆえに、新米猫又達は、早々に人へ化けられたのだ。そのような中、黄金陣が、他陣へ事を伝えなかった為、六陣の間が今、軋《きし》み出している。

「思いも掛けないことが、勝負の行方を、動かしていくのだな。いや、目が離せんわ」

師匠達も頷いた。

三

二日後のこと。六陣の頭《かしら》達が、猫宿に揃《そろ》った。

なぜ宿に集ったかというと、先だって黄金陣が勝手をしたため、各陣の頭達が怒ったからだ。それで由利姫が、一度、顔を合わせておこうと音頭を取った。ただどの陣も、陣同士集うのはいいが、今、揉《も》めている相手の所へ、行きたくはなかったらしい。

よって、猫宿が場所を用意した。十分な広さがあり、窓を開ければ気持ちの良い風が入り、邪魔者が来ない場所として、富士《ふじ》見櫓《みやぐら》の二階、広い板間が開けられることになったのだ。

魔王……ではなく猫宿の長が、二階の上座で、恐ろしき笑みを浮かべていた。

「皆、久方ぶりだな。こういうとき、中立な場があるのは、ありがたかろう。ここはかつて皆が学んだ、懐かしい場所でもあるしな」

黄金陣と揉めた直後だから、文句が山と出そうな場であった。だが、信長《のぶなが》公である長を前にして、要らぬ喧嘩を始める剛の者はいない。長は満足げに頷いた。

「それにしても、集まると決まってから、実際集うまで、早かったな」

文使いをやるのはいいが、時が掛かるはずなのだ。すると猫宿の師匠真砂が、自分が術を使い、皆を呼んだと言い出した。

「知り合いから、頼まれたのです。大急ぎで集まりたいので、昔、真砂が兄者から習った技を使って欲しいと」

使ったのは、〝つぶて〟の技だと言う。盥《たらい》などに水を張り、まずは相手を、その水に映し出す。あとは、そこへ映った姿に、つぶてを投げるだけらしい。

「よく知っている相手であれば、かなり遠くにいても大丈夫。居場所がはっきりしなくても、好きなものをつぶてとして、相手へ投げることが出来ます。飛脚便として、結構便利に使っているものです」

その技を使い文を届けたので、各陣の面々が早々に集ったのだ。聞いた途端、和楽が目を煌《きら》めかせた。

「おお、〝つぶて〟と軽く言いますが、それ、秘伝の技ですね。使っているところを、拝見したかったな」

するると、使われた方は迷惑であったろうと、真砂が笑った。

「本来は武器として使われてたものなので、少々物騒な技なんですよ。つぶてが当たったら、たとえ文を丸めた紙つぶてでも、少し痛いと思います」

皆さん、申し訳なかったと、つぶてを届けた面々へ、真砂はやんわりと謝る。すると座から、きっぱりとした声が聞こえた。

「真砂師匠へつぶてを頼んだのは、この由利姫です。文句があるのなら、姫陣へどうぞ」

紙つぶてよりも物騒な言葉に、他陣の者達は黙っている。由利姫はそれ以上、煽《あお》るようなことは言わず、集いの目的を口にした。

「今六陣は、新米猫又達と競ってます。今日はその経過を、報告し合いたいのです」

まずは己の姫陣だが、最初は新米達が、陣の金蔵から幾らか失敬し、小さな床店《とこみせ》を買うのではないかと、考えていたという。

それで金蔵を守っていたが、他の陣も今までは、同じような考えを持っていたのではないか。由利姫はそう口にした。

「おや、今は違う考えなのか？」

　ここで由利姫に問うたのは、武陣の頭だ。すると花陣の頭、紅花《べにか》が、それは優しげに笑いつつ言った。

「あの、武陣の頭。加久楽から、知らせが届いたでしょう？　お読みになりましたよね？」

「ああ、みかんが、両国橋近くの船着き場から、舟に乗ったという話か？　うむ、新米達は、金にゆとりがあるようだな」

　だがそれと床店の話が、どう関わるのか。武陣の頭が問うと、学陣の頭は、溜息を漏らした。

「武陣、舟に乗った話など、大事《おおごと》ではない。祭陣が上げた功は、船頭と、蛋白石について知らせてきたことだ」

「おや、うちの祭陣は、功を上げておりましたか？」

「祭陣の頭、お主のところの加久楽は、船頭が蛋白石の名を、承知しておったと知らせてきたぞ」

　みかんは確かに、蛋白石を身につけている。そして肝心な点は、あの石を、蛋白石だと承知していることだと、学陣の頭が口にした。

「少なくとも江戸の船頭で、珍しき蛋白石を知ってる御仁《ごじん》に、おれは今まで会ったことがない」

いやそもそも日の本では、宝玉というものが、馴染《なじ》み深いものではないと、学陣は言い切った。

「我らが知るのは、せいぜい真珠や珊瑚《さんご》、水晶くらいかの。外つ国では、様々な色の石が、高値で売り買いされていると聞くが」

ならば話に出た船頭は、誰から蛋白石の呼び名を聞いたのか。多分、みかん本人が教えたのではないか。学陣はそう続けたが、異論が直ぐに出た。

「だがみかんの蛋白石は、鍵の玉だ。大事な品だろう？　軽々に玉のことを、余所《よそ》へ話すとも思えんが」

頷いた由利姫が、話を引き取る。

「ええ、猫又が鍵の玉の詳しいことを、簡単に話すわけがないんです。けれど、それでも船頭は蛋白石を知っていた。つまり船頭はみかんにとって、とても大切な相手だったんだと思います」

だが、猫又になったばかりのみかんが、陣と猫宿以外で、親しい相手を得ているとも思えない。ならば船頭は何者なのか。

「そこで、加久楽が付け足した文が、思い出されるわけです」

みかんを乗せた舟の船頭は、人ではなかった。多分、河童が化けた者だと、加久楽は書いていたのだ。

「ああ、河童の船頭！　ならば、今回の勝負と関わっているのでしょうか」

学陣、姫陣、花陣、黄金陣の頭は、素早く目を見交わした。対して、祭陣と武陣の二人は、きょとんとしている。その様子を、長や師匠達が、静かに見つめていた。

由利姫が、一つの話が思い浮かんできたと、語り出した。

「河童が、みかん達が足を運べる場所で、船頭をしているようです。つまり江戸の内でしょう」

となると、人に化けているのだろう。

「ですが河童が、猫又並みに化けるのが得意だとは、この由利姫、聞いたことがありません」

もちろん大きな力を持つ、大親分の禰々子であれば別だろう。河童の子分でも、船頭をしているときだけなら、笠で顔を隠すだろうし、どうにかなりそうだ。

だが船頭は客を乗せるとき、人と話さねばならない。川で金を稼ぐなら、他の船頭との、付き合いも出てくるだろう。

「江戸で河童が、ずっと船頭を続けていくとなると、やはり化けるのが得意でなくては、難しいと思います」

このままでは、舟は操れるのに、河童には、金が稼げないことになってしまうのだ。

学陣が頷く。

「ところがそこに、思いがけない味方が、現れたってことだな。ああ、例えば、六陣との勝負の為、自分達にも買える家を探し、舟に乗り込んでいた、新米猫又達などだ！」

妖同士だから、相手が何者か分かって、話が進んだのだろうか。人に上手く化けられる新米猫又達と組めば、河童達は江戸で、船頭をやっていけるかもしれなかった。

黄金陣が続ける。

「小さな船宿を買ったり、そこでお客と話をして、お金を貰うことは、猫又達に任せればいいんだから」

新米猫又達は、猫宿で学ばねばならないから、ずっと店を続けることは、出来ないかもしれない。だが、六陣との勝負が終わった後は、里で暮らす他の猫又に頼めばいい。

店の形を整えるところまでを、新米猫又が片付けるわけだ。

「その代わり新米達は、河童から、手間賃を貰うのですね。六陣にある川沿いに、小さな船宿があるかもしれない。新米猫又達は、その店の権利を、ほんの少し分けてくれと言いそうだ」

花陣の紅花は、多分、船宿の権利を全部合わせても、一軒分にもならないのではないかと言った。由利姫も頷く。

「しかし、少しずつでも六陣全てに権利を持てば、新米猫又達の勝ちですよね」

徳川の将軍は、そう判じるに違いない。由利姫が断言すると、紅花は一旦頷き、それから首を傾《かし》げた。

「ぽん太が持っていたお金は、河童が仕事を始める為に、出してくれたお金の、一部ってことでしょうか」

「禰々子に出してもらったのかも。禰々子は利根川、つまり坂東太郎《ばんどうたろう》と親しいと聞くから。川ならば、長年の間に、川に流された財布などを、手に出来るでしょう」

四つの陣は、金の無い新米猫又達が、他の妖と組み、金と権利を得ていく話を、あっという間に組み立てていく。

その様子を、残りの祭陣と武陣は、富士見櫓の板間で見つめ、いささか呆然としていた。

「そのう、由利姫。確かに、筋が通った話だとは思うぞ。面白いし。そういう話であれば、新米猫又達も金と権利を、得られるだろう」

武陣は大いに、頷きたいと思うのだ。

「だがな」

武陣は祭陣と、顔を見合わせてから、言葉を続けた。

「その話の元となるのは、加久楽が書いて寄越した、河童の船頭と会った、という言葉だけだろうが」

江戸のどこかに、河童の船頭はいたのかもしれない。だが。

「船頭をしている河童が、大勢いたという証《あかし》は、どこにもないぞ」

ましてや加久楽だけでなく、みかんが河童と話し、商いの約束までしたという話は、推測でしかない。河童達が、江戸で船頭の店をやり、広げているというのは、由利姫達が頭の内で考えたことであった。

「その上、禰々子河童が、金を出すとしたところは、かなり無理があると思う。確かに坂東太郎は、大河だが。本当に、金を持っておるかのう?」

ぽん太が持っていた金だが、加久楽が春若《はるわか》と始めたという、舟で荷運びをする仕事から、得られた金ではないかと、武陣は言った。

「武陣でも、荷運びを始めた者が、出てきておる。頑張れば、結構稼げるとのことだぞ」

「加久楽と春若が組んだ?」

和楽が長を見てから、眉をひそめた。

「あの新しい仕事、加久楽が一人で始めたものだと思っていました」

だが師匠へ目を向けた武陣の頭は、確かに加久楽と春若の噂を聞いたと告げてくる。腕を組んだ長が気にしたのもその点であった。

「春若が、あの加久楽と一緒に、仕事を興したというのか? 二人は同じ頃、猫宿にいたが、あの頃から、小指の先ほども合わぬと思っていた。はて、珍事だな」

一方由利姫の眉間には、くっきりと皺《しわ》が刻まれた。

「武陣の頭、人の考えを否定するのは、勝手ですが。でも他に考えをお持ちの上で、こちらの話を、否《いな》と言ってるのですよね？」

武陣の腰が、少しばかり引ける。

「それは……柳原《やなぎわら》土手の床店だ。わしは、新米猫又達が、安く買えるあそこを狙うだろうと、考えておる」

「柳原土手の床店は、黄金陣にしかありません。あと五つ、各陣の店を買わねば、新米猫又達は負けと決まります！」

そこを考えていないと、痛いところを突かれ、武陣の頭は真っ赤になった。そして武陣は、これだから姫陣の姫達は、綺麗でも可愛くないと、要らぬことを口にしたのだ。

「なんですって？　今は、六陣と新米猫又達の、戦いの話をしてるんです。何で役に立たない惚《ぼ》け猫又の、好みの話になるの？」

「や、役に立たない惚け猫又だとっ」

人に化けているのに尻尾《しっぽ》を現し、武陣の頭は激しく振る。祭陣の頭が慌てて止めに入ったが、こちらは由利姫から、考え無しのお気楽者と言われ、頭を抱えた。

「あらぁ、言い合いになっちゃったわ。でも、長は止めないのねえ」

花陣の紅花が助けを求めても、猫宿の長はそっぽを向いている。横で和楽が、口を歪めた。

「ああ、我治楽《がじら》殿の占いから始まった騒ぎは、新米と六陣を競わせたあげく、六陣同士の争いに化けましたか」

ささてさて収まりどころが、見えなくなってきていた。

「でも長、最初に、みかんをけしかけたのは、長ですよね。いいんですか、こんななりゆきで」

「構わん。他陣と言い合っても、由利姫達は、やるべきことはする。その上、揉めても、あと半月のことだ。誰が勝つか、答えは出るゆえ」

師匠達が目を見合わせ、和楽が、困ったように言った。

「長は、乱戦が好きですねえ。信長を名のっていた頃と、ちっとも変わらないというか」

師匠達に放っておかれた座の声は、ますますいきり立っていく。だがじき、二手に分かれると、それぞれことをまとめ始めた。

両方を、将軍へ知らせるのは面倒だと、和楽がぼやく。すると、その点だけは、長も同じ考えであった。

四

「みにゃーっ、驚いた」

みかん、白花、鞠姫、黒若、それにぽん太、ようやく人に化けられるようになった五人は今日、人の姿で荷運びをしていた。その途中、柳原土手に寄っていた。ところが以前から目を付け、値段を聞いていた古着屋の床店が、三軒とも売れてしまったのを知り、魂消たのだ。

川沿いには、沢山の古着の店が並んでおり、お客も大勢いて活気がある。そんな中、よく売れる店は、じきに主も住める、並の店を借り移ってゆくと聞いていた。

だから柳原土手の床店は、結構売り物があった。なのに、突然売り切れてしまったのだ。

「しかも、他にも店が売りに出たら、声を掛けて欲しいってお人が、いるんだって。端にある古着屋さん、そう言ってたよ」

みかんが呆然として言うと、鞠姫が渋い顔になる。

「いよいよ、六陣がわたし達を、調べてきたって感じがしない？　つまり、わたし達には、もうここの床店を買うことは、出来ないんだわ」

六陣と新米猫又達では、支払える金の額が違うからだ。ぽん太が首を横に振りつつ、大きく息を吐《つ》いた。

「みかん、端《はな》からここを買うつもりじゃなくて、良かったね」

床店は、店としては安い方だから、新米達は大いに引かれたのだ。けれど、どこの陣にでもある店ではない。

「六つの陣で、条件の良いところを一軒ずつ探してたら、時が足りなくなりそうだもの」

みかん達新米猫又には、あと十日ほどしか残されていないのだ。だから、目標は別に向けていた。

ただ新米猫又達は時々、柳原土手へ顔を見せてもいた。六陣がそのことを知って、柳原土手の床店にこだわってくれたら、本当に買いたい所を、見つけられずに済むからだ。

「床店へは、手を打たれてしまった。われ達はもう、ここへ来る必要はないかな」

みかんが、荷を届けようと言うと、皆は荷を持って猪牙舟《ちよきぶね》に乗り込み、祭陣の地、両国の船宿へ向かった。荷運びは最近始めた仕事で、お金になった。他にも、荷を運ぶ猫又達は増えている。

「江戸じゃ荷を運ぶのは、結構大変だものね」

白花が口にした。商いに使う量の多い荷なら、舟か牛馬、大八車で運ぶだろう。

「でも自分の荷は、自分で運ぶしかないもの」

舟で行けるところならば良いが、堀川が近くにない場所は多い。

「お武家様なら、従者に荷を、持たせることが出来る。けど、並の町人にはそんな贅沢、無理だし」

だから妖が人に化け、荷を届け始めると、あっという間に仕事が集まったのだ。

「こうして、ついでの時に働けるし。お金も入ってくるもの。良い仕事だわ」

正直に言えば荷運びは、ようよう人に知られてきたところであった。始めてしばらくは、荷を集められず、金にならなかったと聞いている。

だが隅田《すみだ》川沿いの船宿で、知り合いの河童が、たまたま船頭をやっていた。その信用を元に、おかみに荷の預かりを頼んだところ、仕事は増えていったのだ。

「われらは、お金が必要だものね」

船着き場へ行き着くと、今日他陣から預かった荷を、一旦小さな蔵へ運び込む。そこへ、祭陣の猫又が受け取りに来て、家まで運んで行くのだ。

「長生きしてる猫又だから、道は間違えないし、住んでいる町のことにも詳しい。われらに合っている金稼ぎだ」

一仕事終え、船着き場へ出ると、小さな船宿へ目を向けた。すると入り口の手前に、知り合いの河童の船頭、杉戸《すぎと》が姿を見せていたので、声を掛けた。

杉戸は河童の憧れ、大親分の禰々子と共に、川辺で胡瓜《きゅうり》を存分に囓りたいと願っていた。その為に船頭をして、金を貯めているというのだ。

みかん達は、世の中は広いと感じていた。

「金を貯めるのに、そういう事情があるとは、思わなかった」

ぽん太の言葉に、皆が笑いつつ頷いた。

ところがこの時、新米猫又達の安穏とした心持ちが、一瞬にして吹っ飛んだ。杉戸の背後にある船宿の窓から、どこかで聞いた声が、聞こえてきたからだ。

「お客さん、この店は、売りもんじゃございません」

声の一方の主は船宿のおかみで、知らぬこととはいえ、化けた河童や猫又と仕事が出来る、立派なお人であった。

今日はどうやら船宿へ、店の売値を聞いてきた者が、いたようなのだ。だがおかみは、店を売る気などない様子で、いつになく冷たい声を出している。

そして、船宿の値を問うた声は……。

「魂消た、船宿へ由利姫が来てる」

妹分の鞠姫が、顔を引きつらせた。

「みかん、我らがどこを購《あがな》おうとしてるか、六陣は摑んだのかしら」

「おおい、杉戸さん」

「まさか」

そう言ったものの、直ぐに不安が新米猫又達を包んだ。皆、それはそれは、用心を重ねているつもりではある。だが。

「われらは、二十人しかいないんだもの。六陣から家を買う為の、お代を用意するのに、必死なんだ」

みかんがつぶやく。だからさすがに、六陣が、新米の話をどこまで承知しているか、探るゆとりはなかった。

「われらより長の方が、きっとずっと、今各陣が何をしてるのか、知ってるよね。将軍へ、今回のことを報告しているから」

「みかん、あたしもそう思うわ。あたし今度の件、皆に承知してもらってる分は、長へ話してるでしょ。その時、長が向けてくる質問、鋭いものが多いのよ」

白花が言い切り、鞠姫が溜息を漏らす。だが鞠姫は、気丈に顔を船宿へ向けた。

「ねえ、せっかく由利姫達が、近くにいるんだもの。店へそっと入って、何を話しているか聞いてみない？」

由利姫は六陣の内でも、高名な猫又だ。

「六陣全体がどう動いているか、きっと承知してるんじゃないかな」

「さすが鞠姫、良い考えだ」

黒若が答え、五人は杉戸へ頼むと、裏手から船宿へ入れてもらった。人に突然見つかっても、店で騒がれたりしないよう、皆、猫の姿になって、音も立てずに店の奥へ向かったのだ。

そして、奥の障子にちょいと穴を開けると、そこから表でのやり取りへ目を向けた。

五

船宿の板間には、人に化けた、猫又達が並んでいた。顔ぶれを見て、新米のぽん太、黒若、鞠姫が顔を顰《しか》める。

「ぽん太の兄者、楽之助《らくのすけ》がいる。あれぇ、どうしてかな」

「驚いた。うちの春若兄者も来てる」

先だって、六陣が江戸城内に集った集まりには、陣の頭が出た。春若は直に関わっていないと、黒若は思っていたのだ。

「ううっ、兄者ときたら、何で船宿へ来たのかな。兄者がいると、やりにくいな」

猫姿の黒若が、黒白の毛を逆立てると、隣で灰色猫の鞠姫は、耳を寝かせている。

「わたし、由利姫が、時に怖いのよ」

いつもは気の強い鞠姫が、今日は尻尾を身の下へ隠していた。

「鞠姫が、そんなこと言うなんて。むむ、由利姫さんとは、喧嘩したくないな」

ぽん太の言葉を聞き、新米猫又達は、揃って深く頷く。つまり船宿には、姫陣の由利姫、武陣の春若、祭陣の楽之助、黄金陣の日之吉《ひのきち》が来ていたのだ。そして起きたことを記す為なのか、四人に添って、薬学の師匠白若《しろわか》もいた。つまり。

「この集いは、真剣なものなんだな」

みかんが頷く。

ここで由利姫がおかみへ、言葉を重ねた。人の姿になった由利姫は、一見派手な格好はしていないが、それは綺麗だ。その上、どこぞの偉いお女中のように、迫力がある。

「あたし達は、知り合いの話を耳にしましてね。河童……じゃなくて船頭達と、船宿を始めたがっている人が、いるっていうんです」

自分達も船宿を買う為、結構な金を用意出来るから、その話について知りたい。本当に知らないかと、由利姫は言葉を重ねた。

だがおかみは、金で事を動かそうとする者が、お気に召さなかったらしい。由利姫に、厳しい眼差しを向けた。

「ここは確かに、小さな店ですけどね。船宿は団子と違って、簡単に売り買いするもんじゃないんですよ。毎日、馴染みの客や船頭さん達に、支えてもらってるんですから」

ぴしりと言われて、由利姫が店表で片眉を引き上げた。だが直ぐに、にこりと笑うと、余裕を持って頷いたのだ。

「つまりこの店は、あたしだけでなく、誰にも買えないってことですね。それなら、いいんです」

つまり新米猫又達にも、店は買えないという話であった。

「みにゃー、船宿が無事だった。みかん、良かったよぉ。杉戸さんがほっとするよ」

「しっ、ぽん太、もっと小さな声で話して」

障子の前で白花から言われて、ぽん太は慌てて、口を両の手で塞いだ。すると店表では、由利姫に代わって、今度は春若が、おかみと話し始めた。

「うちの仲間は、ここの船宿にはこだわってないんですよ。私は柳原土手の床店も、気になっていたんですけど」

だが、売れてしまっていた。それで、買った者の名を知っているかと、問うたのだ。

「床店? お前さんは柳原で、小さな船宿でも、しようって言うんですか?」

おかみが首を傾げ、知らないと返すと、猫又の皆は、縁がなかったと言い頭を下げ、店から出て行く。

だが春若だけが足を止め、奥へ目を向けた気がしたので、皆、身をすくめる。春若は、手に持っていたものをおかみへ見せた。

「こういう品について聞いてきた人を、知りませんか? 船宿には、色々な人が訪れる。

もしかしたらと思いまして」

「あら……なんか、奇妙な玉ですね、それ。目玉の模様が付いた玉って、珍しいわ」

しかし今まで、見たことはないと、おかみは返している。

「目玉の玉？」

由利姫、楽之助、日之吉、そして白若も、そんな玉は見たことがなかったようで、春若の手元を覗《のぞ》き込んでいる。白花とみかんは、顔を見合わせた。

「あの玉、覚えてるわ。まだ猫宿へ入る前に、花陣で春若が手にしてた、あれだわ」

みかんが頷く。

「春若は花陣で、〝猫君《ねこぎみ》〟を捜してた。その時、あの目玉の玉を使って、猫君かどうか、調べてたように見えたけど」

みかんの言葉に、白花も首を縦に振る。

「でも、あたし達にあの玉が付いた紐《ひも》を、くくりつけようとしたら、落ちちゃったのよね」

どうやらそれで、猫君ではないと得心し、春若は、みかんや白花への興味を失ったのだ。鞠姫が首を傾げた。

「何それ。春若は、新米猫又との勝負のついでに、今も猫君を捜してるってこと？　この世に猫君判定が出来る玉があるなんて、猫宿の長だって言ってなかったわ」

新米達が障子の前で、春若の弟分である黒若へ目を向ける。すると黒若は、大きく息を吐き出し、障子の向こうにある目玉の方へ、うんざりしたような顔を向けた。

「実は以前、春若兄者は周りから、猫君じゃないかと、言われたことがあるらしい」

それだけ優秀であったと、いうことだろう。だが。

「由利姫には一発で否定され、猫宿の長と和楽師匠は、ただ笑ったとか。あの三人が洟《はな》も引っかけなかったんで、その話は消えたんだ」

その後春若は、猫君捜しに、やたらと熱心になったという。春若によると、今まで多くの猫又が、猫君候補に挙がっていたらしい。由利姫や和楽師匠、いや誰より猫宿の長だ。

「長に至っては、何度も繰り返し、猫君じゃないかと言われてるみたいだけど」

当人が嫌みな笑いを浮かべ、否定するのだから、どうしようもない。今も猫又の王、猫君は見つかっていないのだ。黒若は障子を背にして額を集めた。

「そういえば、前に聞いたことがあった。あの、目玉が浮き上がってる玉だけど。春若兄者は、占い師の我冶楽殿から頂いたらしいよ」

「今回の、新米と六陣の陣取り騒ぎを、引き起こした占い師か」

推測や、当人の言葉などではなく、ちゃんと猫君を、見分けられるものが欲しい。そう言われた我冶楽が、あの玉を、春若へ売ったというのだ。

「売った？　幾らで？」

新米猫又達が揃って、黒若へ問うと、答えは思わぬ方から返ってきた。

「両手で覆いきれない大きさの、紫の水晶玉を、私は持っていたんだ。我冶楽殿がそれを欲しがったので、目の玉と交換した」

「あ、あれ？　兄者、いつの間に後ろに」

黒白猫姿の黒若が、引きつった声を出す。船宿の表にいたはずの春若が、障子を開けて新米達の後ろに立っていたのだ。春若は弟分を、ひょいとつまみ上げると、己の懐《ふところ》へ突っ込んだ。

「障子に、猫の影が映っていたぞ。あれで身を隠しているつもりだったのか？」

春若は白若師匠へ、生き延び術の学びが足りていないのか、それとも忍者体術が不足なのかと、嫌みな口調で問うている。

「目玉の玉を見せれば、それに夢中になって、背後がおろそかになると思った。その通りだったな」

「み、みにーっ」

由利姫も現れ、黙って鞠姫を懐へ入れたとき、おかみが障子の裏へやってきて、猫が何匹もいることに驚いた。

「あら五匹もいるわ。ああ、皆さんの飼い猫が、付いてきちゃったの。可愛いわねえ」

おかみは猫好きと見えて、船宿を売れと言われた件など忘れたかのように、灰色の鞠姫の耳を撫《な》でている。ごろごろと喉《のど》を鳴らす鞠姫を見つつ、みかん達が逃げることも出来ずにいると、楽之助が、ぽん太とみかんを拾い、白若が白花を抱え上げた。

「ぽん太ぁ、お前さんの声が一番大きかった。あれじゃ、障子に影が映ってなくとも、ぽん太が側《そば》にいると、分かってしまうぞ」

あんなことで、ちゃんと忍者体術の学びに、合格点が取れるのか。己の兄者から問われ、ぽん太は首を傾げている。

猫又の面々は、もう一度おかみに挨拶《あいさつ》をし、船着き場から舟に乗った。

みかんは舟が岸を離れる前に、一寸楽之助の袖内から逃げたくなったが、逃げたら、術を掛けて止めると由利姫に言われ、諦めた。猪牙舟の棹《さお》を握っている杉戸が、妖だと直ぐに分かったからか、猫又達は、遠慮もなく猫又の騒動について話し始める。

「みゃん、これから皆さんは、どうするの？」

「そうね、みかん、一旦猫宿へ行きましょう」

由利姫の返事は明快だ。

「さっきの船宿は、売り物ではなかった。けれど他にも、きっと小さな船宿はあるわ」

そういう場所がどこか、今、六陣が大急ぎで調べている。そしてみかん達、新米猫又が買えないよう、他の者達が手を打っているわけだ。猫又になって間もない者達に、六陣は、負ける気などないようであった。

つまり。由利姫は断言した。

「新米猫又は、もう勝負に勝てないの。六陣に挑んで、陣地を手にするという話は、夢になってしまったのよ。だから月末までは、まだ十日ほどあるけど、そろそろ新米猫又達の挑戦は終わりにしましょう。猫宿へ着いたら、長へそう言うつもりよ」

事を見極めると約束した、江戸城の将軍も呼び、全てを終わらせると言う。

「みにゃっ、まだ月末じゃないよっ」

「最初は将軍に、勝負の勝ち負けを判じてもらうと聞いて、納得出来なかったわ。あの将軍、判官贔屓《ほうがんびいき》なところがあるもの」

きっと力の弱い新米猫又達を、応援するに違いない。由利姫は、うんざりしていた。

「でも馬鹿じゃないし、公平だわ。信用も出来る。ま、この由利姫の友だもの、いい男よ」

もし新米猫又達と六陣の、勝負は既についていると分かってくれたら。将軍は今日で、全てを終わりにするだろう。

「みにゃーっ。あと、十日間は勝負出来るって、決まってたんだ。由利姫さん、勝手に短くしちゃ、駄目だよっ」

みかんは、楽之助の袖の内から頭だけ出すと、綺麗で怖い大物猫又に、必死に文句を言った。これから猫又として強く生きていくために、自分が始めた勝負なのだ。猫宿の友達を、巻き込んでの大勝負であった。

「われらは、諦めたりしないんだ。だからあと十日、戦って下さい」

「これ以上文句を言うと、袋に詰め込んで十日間、富士見櫓の屋根から吊るすわよ」

もちろん人に化けたり、袋を破ったり出来ないよう、術を掛けておくのだ。

「ずっと烏《からす》につつかれて、泣くことになるわ」

「み、みぎゃーっ」

みかんだけでなく、白花、鞠姫、黒若にぽん太までが、不満の大声を上げた。

しかし、春若がまず黒若の頭に拳固《げんこ》を食らわせ、黙らせてしまう。みかん一人が、みゃーみゃーと声を上げ続ける中、白花は船頭にまで、あれこれ泣き言を告げたが、皆は目も向けなかった。

北町奉行所近くの船着き場で、舟から降りると、猫又達はみかん達を連れ、城へと向かった。

それを見送った杉戸が、舟からぽちゃんと、堀へ飛び込む。そして魚のように素早く、船着き場から泳ぎ去った。

六

師匠の白若が知らせを送り、江戸城内にある富士見櫓の中に、猫宿の長や師匠達、それに将軍が姿を現した。

将軍は、豪華な畳を敷いた上座に座り、その傍らに長達を呼んで、今まで何があったか、もう一度聞き直している。

もちろん、新米の挑戦が終わったことを言い立てた、由利姫、春若、楽之助、日之吉の四人は、話をする為に、将軍と向き合う形で、広間に座っていた。

そして何故だか六陣から、加久楽や紅花など、新米猫又達の兄者、姉者《あねじや》までが、櫓へ現れてきたのだ。

「おんやぁ、各陣から、この宿へ、飛ぶ術でも使った御仁がいるな。さて、何をやったか、知りたいものだ」

和楽がつぶやく。まだ十日も日が残っているのに、新米達と六陣の勝負がついたという話は、各陣へ、早く広く伝わったらしい。

一方、挑戦者側のみかん、鞠姫、黒若、白花、ぽん太も、由利姫らの隣に、当然並んでいた。だが新米猫又達は櫓に来ても、揃って猫又の姿であった。

「みゅーっ、もう人の姿に、化けられるのに。今日は上手くいかないの」

白花が泣き言を言って、姉者の紅花へ、膨れた頬を向ける。紅花は部屋の脇に座り、妹分の白花へ目を向けた。

「白花、あたしが何か、やったわけじゃないわ。でも、新米猫又達の方が負けたって示す為に、誰かが術で、化けられないよう押さえているのかもねぇ」

悔しかったら、その術をはね除け、化けるしかない。しかし新米五人が全員、猫又姿だということは……術を掛けている相手は、大物に違いなかった。

するとと紅花の方へ、由利姫がひらりと手を振る。

「あ、あたしが新米達を、化けられないようにしてるの。今日で終わりとする為に、これから話し合いがあるわ。新米猫又達に、大きななりで話されちゃ、うるさいもの」

そして由利姫は、自分の妹分の鞠姫と、今日、格闘の練習をするつもりもないのだ。

「みぎゃあ、由利姫、酷《ひど》いわ」

尻尾で板間を打つ鞠姫を見ても、由利姫は意に介さない様子だ。ここで将軍が、由利姫の方をちらりと見た。

「それにしても、急な呼び出しで驚いたぞ。勝負の決まる月末まで、まだ十日もあるのだ。それなのに、新米猫又達と六陣、どちらが勝ったか、早くも判じろというのか」

双方、納得しているのかと将軍が問うので、由利姫は頷いたものの、新米猫又達は、首を横にぶんぶん振っている。

「おやおや。新米らは納得していないのか。なんだ、由利姫？　とにかく話を聞いてから、判断をどうするか、決めて欲しいとな」

将軍は、お気に入りの由利姫がそう言うなら、話を聞こうと言い出した。

「こうして集まったのだ。集いを無駄にするのも、もったいないからな」

するると将軍を見て、みかんが急ぎ口を開く。

「なら、なら、新米猫又の仲間も全員、ここへ呼んで下さい。今日、勝負の判定をするとは聞いてなかったんで、集っていないんです」

皆で、全力で戦ったことなのだ。新米だから勝ち負けは、後で知れば良いというのは、六陣の勝手で酷い。みかんはそう言い張った。

「六陣の方からは、結構猫又が来てるのに」

「おお、そういえばそうだな」

「仲間はあちこちにいるんです。少し……時が掛かるかもしれないけど、みゃんっ、よろしくお願いします」

色々な毛色の猫五匹が、揃って頭を下げる姿が、可愛かったらしい。将軍は直ぐに頷いたが……少し困った顔にもなった。

「だが、わしも将軍ゆえ、何度もこの富士見櫓に、来ることは出来ぬ。ああ困った」

将軍はここで長へ、言葉を向けた。得意の猫又の術で、早々に新米達を集めることが出来ないか、問うたのだ。

「あの、そんなに急がなくても」

みかん達は、自分達は明日までも、ここにいられると言ったのだが、長は大きく頷いてしまった。

「真砂師匠、あの〝つぶて〟の技を使ってくれぬか。あれなら、直ぐに相手へ文を渡せるだろう？」

すると真砂師匠は、直ぐ盥に水を張り、鍵の玉を握ると、何やら唱え始めた。すると将軍や、多くの猫又達が水を覗き込んだので、みかんらも盥へ近づいた。

見れば水に、仲間の新米達が映っている。みかんはそれを見て、顔を引きつらせた。

「みかん、顔が分かっている生徒であれば、文をつぶてにしたものを、簡単に相手へ届けられるんだよ」

真砂師匠はそう言うと、簡単な呼び出しの文を丸め、最初に水へ映った新米、黄金陣の京吉へ投げた。

するとつぶてが当たったのか、蔵のような場所で、京吉が頭へ手を当てているのが分かる。そして直ぐ、つぶてを拾っていた。

「京吉の側に、学陣の真琴《まこと》もいるな。手間が省けることだ」

真砂師匠は次々、新米猫又達へつぶてを投げていく。だが六回目、花陣出身の花丸《はなまる》へ投げた時、みかんが案じていたことが起きた。

和楽師匠が、中立な立場なのに、要らぬことを言ったのだ。

「あれ？　また蔵が出てきた。今、花丸がいたのは蔵だったよね？　盥に映った蔵は、これで三つ目だ」

なぜ蔵ばかりと言いかけた時、長が和楽の肩を、思い切り引っぱたいたが、遅かった。由利姫と春若が、あっと声を上げ、新米猫又達を見つめてきたのだ。

「蔵って、どういうこと？　新米猫又が通っていたのは、船宿ではなかったの？　船頭を仕切って、礼に船宿の一部を、貰う気じゃなかったの？」

事情を話しなさいと、由利姫が鞠姫へ手を伸ばしたが、猫姿の新米達は、ここで一斉に逃れた。身が小さかったのを幸い、窓の枠や梁《はり》など、高い所へと逃げたのだ。

和楽は直ぐ、長からもう一発、拳固を食らうことになった。

「最後の最後になって師匠が間抜けをし、事を荒立ててどうするのだ。和楽、そんなだからお前は、秀吉《ひでよし》方に討ち取られたんだっ！」

「また、秀吉の話ですか。いい加減にして下さいっ」

新米達と六陣だけでなく、いよいよ信長と、光秀《みつひで》が組み合うことになる。将軍の前で、座は大きく揉め始めた。

「黒若っ、仲間が蔵にいる事情を話しなさい」

春若が問うと、弟分は素直に答えた。

「えっとその、荷物の受け渡しの為ですよ。おれ達新米猫又は、舟を使った荷運びで、稼ぎ始めてるんです」

だからぽん太が金を持ってたんですと、黒若が丁寧に言う。すると春若は笑って頷いた。

「そうか、でも嘘だな。黒若は嘘を言うとき、必ず、〝えっとその〟から、話を始めるゆえ」

「げげっ、しまった。だから兄者と話すのは、苦手なんだ」

春若は、黒若へ手を伸ばしたが、黒白猫が梁から降りてこないのを見ると、一寸、歯を食いしばった。それから、にたりと笑い、懐から手ぬぐいを一本取り出す。

それをくるりと丸めると、手ぬぐいはまるで、手まりのように固まった。春若は、軽く光り始めたそれを、思い切り、新米猫又達へ投げつけたのだ。

「おおっ、初めて見る新技だ。凄いっ」

将軍が上座から、興奮した声を出す。布玉は黒若から外れたが、何故だか宙で曲がり、横からみかんに当たった。梁から放り出されたみかんは、春若と由利姫の間に、落ちてしまったのだ。

すると。

「みかん、ごめんなさいね」

紅花が手を振ったと思ったら、ここで窓枠が、がきりと音を立て閉じる。もちろん紅花のいる花陣も、六陣の一つだ。だから新米猫又達と紅花は今、敵対する間柄であった。つまり……みかんは逃げられなくなった。絶体絶命となってしまったのだ。前から、横から、春若と由利姫が迫ってくる。

「み、みぎゃーっ」

みかんはこの時ほど、無謀にも六陣に対し、挑戦をした己を、後悔したことはなかった。手足を踏ん張ると耳を寝かせ、尻尾の毛を束子《たわし》のように逆立てて、みかんは吠《ほ》えた。

七

新米猫又と六陣の間で、和楽は、中立を保たねばならない立場であった。なのに、将軍や六陣の者達の前で、新米猫又達の不利になることを、和楽はうっかり喋《しやべ》ってしまったのだ。

よって猫宿の長から嫌みを食らい、怒った和楽と長は喧嘩を始めていた。そして、物騒な実力を持つ二人の喧嘩は、なかなか終わらなかった。

殴る。蹴る。術を繰り出す。途中、長がわずかに有利に立つと、和楽を放り投げた。

だが和楽は、くるりと天井近くで身を回すと、みかんの兄者、加久楽の側に降り立った。

そして直ぐに、魔王と言われる長に対し、身構えたのだ。

だが、ここで和楽は首を傾げ、腕を組む。和楽と加久楽が並んだのを見て、一瞬、眉をひそめた長は、何と和楽ではなく、加久楽の胸ぐらを一気に摑むと、腕一本で吊るし上げたからだ。

「ひっ」

「長、突然、どうしたんですか。加久楽が目を、白黒させてますが」

和楽が問うと、無茶な行いのわりには落ち着いた声で、長が答える。

「和楽、今この櫓は、蔵の件で揉めているのだよな？」

「ええ、私がしくじりました」

今回の勝負で、長と師匠達は、双方に公平な立場でいるべき将軍の、補佐ともいえる立場であった。だからうっかり、六陣が気が付いていなかった蔵のことを、指摘してはいけなかったのだ。よって和楽は長と、組み合うはめになった。

するとここで長は、話に出た蔵と、この加久楽は、繋がりがあるはずと言い出した。

「確か以前、加久楽が春若と組んで、荷運びの仕事を始めたと聞いた」

「ああ、そういう話が、陣同士が顔を合わせた席で、出ましたね」

「荷を扱うなら、蔵を使ったりもするだろう。もしや加久楽と春若は、新米猫又達と、繋がっておったのか？」

その答えを不意に聞きたくなったので、長は加久楽の方を、摑んだのだという。

すると、その言葉を聞いた途端、話に名が出た春若が、目を丸くする。由利姫共々、己から目が離れたので、みかんはそっとその場から離れ、身を低くし安全な所へ逃げ込んだ。

一人、ゆったりと座っていた、将軍の袖内へ入ったのだ。前にも潜り込んだことがあった為か、将軍は騒がず頭を撫でてくれた。そこに、春若の声が聞こえてくる。

「私が加久楽と、荷運びの仕事を始めた？　長、そんな話は、初めて聞きましたが」

加久楽も、長から吊るし上げられつつ、呆然としている。

「おれは頼まれて、荷を運んでいただけです。賃仕事をしたんですよ。あの仕事を、仕切っているわけじゃありません」

「は？　では誰が荷運びの仕事を、仕切っているのだ？　多くの猫又が、その荷運びをやっていると聞いたぞ」

仕事があるのだから、誰かが金を払っているはずであった。

「舟と蔵と荷、全てに近しい者は、誰なのか」

すると、長は自分で口にした言葉を耳にして、一瞬、黙って立ちすくんだ。

「舟と蔵と荷？」

そして寸の間の後、加久楽を放すと、大きな声で笑い出したのだ。

「それは……猫又と河童か。新米猫又達か！　ははっ、新米猫又達と六陣の勝負に、答えが出たのかもしれぬ」

長はここで更に、身を折り周りに構わず、明るい声を響かせた。滅多にないその様子を見て、六陣の者達も新米猫又も、将軍でさえ目を丸くする。富士見櫓の広間は猫又で溢《あふ》れていたのに、長以外、静まりかえったのだ。

するとその時。

「済みません、お届け物です」

櫓の表から、静かになった板間へ、のんびりとした声が聞こえてきた。

さすがに江戸城内の富士見櫓へ、荷が届くというのは不可思議で、猫又達は誰も、返事をすることが出来ない。

だが、この時、動いた者がいた。将軍には、身の回りのことをこなす、小姓《こしょう》が付いているのだ。将軍の周りで用があれば、小姓が片付けると決まっている。よってこの時も、さっと立ち上がると、小姓は板間から出て行き、声の方へと向かった。

そして寸の間の後、何事もなかったような落ち着いた様子で、小さな風呂敷包みの荷を一つ、板間へ持ち帰ってきた。

「おや。本当に荷が届いたぞ」

一番に口を開いたのは、長であった。

「誰に宛てたものだ？」

「それが、上様宛でございまして」

何故だか、船頭のように見える男が、江戸城内の櫓に現れ、荷を置いていったという。

小姓は、誰からの荷かと問うたのだが、妙に外れた答えが返ってきたらしい。

「自分は、杉戸という者だと、言っておりました」

まさか杉戸が河童だとは、思いもよらないのだろう。小姓はただ首を傾げている。一方将軍は、知らぬ者から荷が届いたことなど、初めてなのだろう。目を丸くしていた。

「上様への荷か」

すると長が、勝手に風呂敷包みを開けてしまった。中には簡素な作りの文箱《ふばこ》が一つ、入っている。更にそれを開けると、何枚かの書が、重なって入れてあった。

「おや、何の書かな」

将軍がそれを手に取り、目を通し始める。一枚ずつ確かめると、長へ渡し、それが和楽へと回って行った。そして。

じきに三人は、また声を出して、笑い出したのだ。存分に笑った後、将軍は部屋内にいる者達へ、目を向けた。そして。

袖内にいるみかんを、優しく撫でた後、新米猫又と六陣の勝負は、はっきりと結果が出たと皆へ告げた。

「勝負は、新米猫又達の勝ちとする」

その一言が言われた途端、板間の中に、火花でも散ったかのようだった。

新米猫又達は、板間から浮かび上がったようだった。一方六陣の皆は癇癪《かんしやく》を起こしたのか、大声を発した。

「将軍、何故《なにゆえ》です？」

由利姫が立ち上がり、真っ直ぐに上座の将軍の前へ行くと、将軍を見下ろしつつ問う。恐ろしく迫力があったが、今は傍らに長と和楽がいるからか、無茶をする様子はない。

将軍は、由利姫の美貌にも癇癪にも慣れている様子で、ふわりと、手にしていた書を振った。

「新米猫又達の持つ、権利書が届いた。六つの陣にある、六つの蔵に、新米達は権利を持つと、きちんと書かれておる」

つまり新米猫又達は、六つの陣から陣地を得たのだ。証が出されたと言うと、長が横で頷く。

「やはり……船宿ではなく、蔵、ですか？」

「褒め称えねばならんな。いや、見事だ」

新米達の目が煌めき出す。もっともこの短い間に、六つもの蔵を、新米達がそっくり買えた訳ではなかった。

「新米達が手に入れたのは、元々河童達が持っていた蔵の、ほんの一部の権利のみだ。河童達は去年から、蔵などへ金をつぎ込み、商いを始めたようだ。だが、上手くいっていなかったと、文が添えてある」

河童は、商いを始めたはいいが、胡瓜もろくに買えない事態となり、頭を抱えていたという。ところが今回、六陣との勝負を決めた新米猫又達は、そのぱっとしない商いを変えたのだ。

「六つの蔵の、わずかな権利をくれるなら、商売が上手くいくよう手を貸す。新米達はどうやら河童へ、そう話を持ちかけたようだ」

由利姫の考えは、かなり当たってはいたのだ。ただ新米達が関わったのは、船宿ではなかった。

「猫又は、河童よりも上手く人に化けられる。それで新米達は、荷を集めてもらえるよう、船宿のおかみ達に働きかけ、おかみが募るという形にして仲間から荷運びを集めた。そこが要《かなめ》だったらしい」

ただ、荷運びのために蔵へ出入りしていると、きっと由利姫や春若など、鋭い者に気付かれる。どうやって権利を得ようとしているか、分かってしまうと、潰される。みかん達はそう考え、先の手を読んで動いた。

「例えば、柳原土手の床店へ皆で行き、買う素振りをしておくとか。例えば船宿を買いたいという話を、あちこちで流しておくとか」

更に、新米達の内で狙われるなら、ぽん太に違いないとの声も出たと、文には書かれている。それで新米らは、捕まった時の為、ぽん太には二両、持たせておいたのだ。将軍が笑った。

「ぽん太が二両持っているのなら、新米達はもっと大枚を、手にしているに違いない。船宿も買えると、思うだろうからな。ぽん太は大金を持つことを、楽しんでおったようだ」

「ま、まあっ。そんな、ずる賢い手を使ったなんて」

由利姫が、実に恐ろしき目つきになった。

「勝負事は、戦《いくさ》そのものだ。怒るな、由利姫」

和楽がそう言うと、先を語り出した。

「みかん達は河童から、月末まで役に立った分を、蔵の権利として貰う。そういう話をまとめていたんですね。けれど急に由利姫が、勝負の期限を早めてしまった」

まだ、権利書が作られていなかったのだ。

ただ、何かあった時は、その時点までの権利書を作ってくれるよう、みかん達は頼んでもいたらしい。本当に危機が来たのを知ると、杉戸河童は気を利かせて、変事を親分に伝えたようだ。それで権利書を大急ぎで作って、渡してくれたのだろう。みかん達はそのために、時を稼ごうとしていたのだ。

「あの、何で新米猫又達は正面から、由利姫の考えを、突っぱねなかったのでしょうか。期限は月末までだったんですから」

ここで紅花が問うと、横から長が、あっさり訳を言った。どう考えても勝てないはずなのに、月末にこだわると、何か訳があるのかと疑われかねない。河童との約束が、六陣に分かってしまうかもしれなかった。

「紅花、もし期限まで間がある内に、六陣が、荷運びの件を知ったとする。河童がいるから、新米猫又達が勝ちそうだと知ったら。色々、手を打つだろうが」

「ええ、そうですね。新米達が、蔵の権利を貰えないように出来たでしょう」

例えば六陣は河童達に、こういう話をするだろうと、紅花が続けた。

「新米猫又達は二十人。六陣の猫又達は、もっと多くいます。だから商いをするなら、六陣を味方にと、誘いたかったですね」

新米猫又達は、そういう妨害を恐れたわけだ。みかんが袖内で頷いた。

「みゃん、由利姫さんが突然、勝負を早く終えると言ったんで、われらは本当に困りました」

新米達が避難していた梁から、窓枠から降りてくる。みかんも袖の内から出て、六陣と師匠達、それに将軍へと向き合った。そして、勝負が終わったこの時、新米猫又達を、真面目に相手にしてくれたことへの、感謝を告げたのだ。

正直に言うと、いささか小粒な勝利ではあった。だが勝てたのだ。それは新米猫又達にとって、奇跡のようであった。

「勝ったーっ」

新米達は全員で口にすると、ぷるぷると毛を震わせた。笑った。ちょっと、泣いたりもした！

「あの、もの凄く、凄ーく、疲れました。他の新米猫又達が、この場に間に合わなかったのが、残念です。皆の力で、勝ち取った勝利だもの」

ここで黄金陣出身の吉助が、みゃんと鳴きつつ口を開く。

「その、荷運びの仕事、せっかく上手くいってるんです。学びの修業も兼ね、これからも続けられたら、小遣いになるんですが」

そう出来たら、今回力を貸してくれた杉戸達へ、感謝の気持ちを伝えられるのだ。

「それは、師匠達が考えるだろう」

長が言うと、和楽達が頷いている。

「金が入るのは結構なことですから、きっと荷運びは続きますよ」

みかんもほっとして、深く頭を下げた。すると、総身から力が抜けてくる。横を見れば、ぽん太など早くも、板間へひっくり返り、腹を見せたまま、ぐうぐうと寝始めていた。

「ぽん太、そういう寝相は止《よ》しなさいと、言っただろう」

楽之助の、止める声が聞こえたが、ぽん太は起きない。気が付くと、みかんも目が塞がってきたので、ぽん太の長い毛に、顔を突っ込んで横になった。

すると、新米仲間も疲れていたのか、どんどん集まってきて、そのまま眠りに落ちていく。大きな毛の塊が、櫓の板間に出来たのを見て、師匠達が笑い出している。

笑われても眠くて、みかんは起き上がれない。眠りにおちてゆく途中、耳に、長の声が、柔らかく聞こえてきた。

「まったく。この毛玉の塊達ときたら、緊張の欠片《かけら》もない。これで、六陣と勝負をしたのだからな」

勝ったことが、信じられないと言う。

「おまけに、この新米達の中から猫君が出るかもしれぬと、本気で考えた者がいたのだから、恐れ入るわ。なぁ、春若」

猫君は猫又が、今のように栄える元を作った、英雄であった。猫又の王であり、百万の術を使い、全ての猫又に尊敬されていた者なのだ。

すると、色々な毛色の塊を、面白がって見ていた将軍が、では、新米猫又達の中には、猫君はいないのかと、正面から問うてくる。長は、きっぱりと言葉を返した。

「将軍、猫君は、捜すものではありません。己で成り上がるものなのですよ」

生まれつき、猫君である誰かがいて、その御仁が突然、この世に生まれる訳ではないのだ。

「かつていた猫君も、いつの生まれかも、分かっておりません。猫として生まれ、猫又となり、歳も分からなくなる程、齢《よわい》を重ねていく内に、猫君と呼ばれる程の何者かに、なっていったのでしょう」

つまり。

「猫君を求めるなら、捜すな。自分でなれというべきでしょうか」

「それはまた、厳しく難しい話だな、長。初代の将軍になれと、言われているかのようだ」

(ああ、猫君になるのって、大変なことなんだな)

それでも、なりたい者も猫君を求める者も、尽きないらしい。色々な勝負が、これからも六陣で、繰り広げられていくのだろう。

笑い声が聞こえ、それに多くの言葉が重なって、子守の歌のように思えてくる。誰かが寄ってきて、寝ている新米猫又達を、懐へ突っ込んだ。みかん達はそれでも起きず、夢も見ないような深い眠りに、抱き留められていた。

猫又史年表

猫又史

弥生時代（3世紀中頃まで）　猫、日の本で暮らしていた。
猫又に伝わる〝猫又伝〟には、既に猫又も日の本にありと、記してある。
猫君の噂あり。

600年頃〜　猫、「禰古萬《ねこま》」と呼ばれていた。後、「寝駒」とも呼ばれる。
猫又の為の小さな学び舎、各地に出来る。

661年　第一次猫又危機（危機の別名　唐猫）
法相宗の高僧道昭、唐より帰国。
そのとき唐猫を日の本へ連れてくる。

1233年　藤原定家、奈良に猫又現ると書き記す。

1300年代　『四季物語』中にて、猫又の尾、二叉だと記される。

15世紀初頭　第二次猫又危機（危機の別名　猫又戦国）
猫又の国盗り合戦。五陣が出来、陣地が決まる。
猫又戦国期、猫君現るとの話、あり。
名、毛色、伝わらず。

人間史

239年　邪馬台国の女王、
卑弥呼の使者が魏に到着する。

538年　仏教公伝。

645年　大化の改新始まる。

710年　平城京に遷都する。

794年　平安京に遷都する。

1167年　平清盛が太政大臣となる。

1192年　源頼朝が征夷大将軍となる。

1333年　鎌倉幕府滅亡。

1338年　足利尊氏が征夷大将軍となる。

1560年　桶狭間の戦いで織田信長が勝利。

1582年　本能寺の変。
織田信長が京都の本能寺で
家臣の明智光秀に襲われる。
本能寺焼失。

15世紀末～16世紀末　第三次猫又危機（危機の別名　人の戦国）
猫又、人の姿に化け、戦国の国盗りに参加。
高名な武将になった猫又として、
織田信長、明智光秀などの名があがる。
この時期、猫又界は人数が大きく減り、衰退。

17世紀初頭　徳川家康が築いていった江戸の地に、
猫又達、暮らし始める。
この頃、徳川家康は、
猫を繋ぐべからずとの、お触れを出す。

1602年　第四次猫又危機（危機の別名　姫陣誕生）
おなご猫又による、新たな陣地の奪取。
おなごの陣は、姫陣、花陣の二つとなる。
陣の数、六つとなり、陣地の大きさが変わる。
この時、姫陣の頭・由利姫は、
徳川家康の力を借り陣地を奪った。
以後、猫又と人との、交流始まる。

1603年　信長、江戸城内に、新米猫又達の為の学び舎、
「猫宿」を作る。
以後、信長は、猫宿の長の名で呼ばれる。

1585年　羽柴秀吉が関白の座に就く。
後に豊臣姓を賜る。

1598年　豊臣秀吉逝去。

1600年　関ヶ原の戦い勃発。

1603年　徳川家康が征夷大将軍となる。

1682年〜　第五次猫又危機（危機の別名　生類あわれみの令）
五代将軍徳川綱吉、生類、特に犬を大事にする令を出す。
江戸の町では、我が物顔になった犬の為、猫が危機に陥る。
猫又達、「生類あわれみの令」廃止を約束した者を、次の将軍に推し、悪法を止める。
猫又の各里、新米猫又達に、姉者、兄者を付ける制度、始める。

18世紀〜　第六次猫又危機（危機の別名　学び舎独立）
六陣が対立。戦う寸前となる。猫君、現るの噂あり。
猫宿には元々、六陣が関わっていた。
だが争いが続く中、猫宿の長率いる師匠達が、六陣を制し、その影響下から独立。
猫宿は中立地帯となる。

19世紀中頃　猫又、歌川国芳（浮世絵師）と親しくなる。
己の絵を描いてもらった猫又、多し。

1702年　赤穂浪士の討ち入りが行われる。
1716年　享保の改革始まる。
1773年　のちの徳川家斉、誕生。
1787年　家斉、15歳で第11代将軍に就任。
寛政の改革始まる。

おもな参考文献

『猫の古典文学誌』田中貴子／講談社学術文庫
『不思議猫の日本史』北嶋廣敏／グラフ社
『猫づくし日本史』武光 誠／河出書房新社
『ネコもよう図鑑』浅羽 宏／化学同人
『新装版 猫の歴史と奇話』平岩米吉／築地書館
『NHKテキスト 趣味どきっ！ 不思議な猫世界』NHK出版
『図解・江戸城をよむ』深井雅海／原書房
『図説 江戸城の見取り図』中江克己／青春新書インテリジェンス
『増補版 江戸東京年表』大濱徹也・吉原健一郎編／小学館
『見る・読む・調べる 江戸時代年表』山本博文監修／小学館

解説

北村浩子

わたしはいつも自分の猫のことを考えている。誇張ではない。いつもだ。

仕事場にいるとき、メモの端に似顔絵を描いている。道を歩いているとき、マスクの中で名前を呼んでいる。今なにしてるかなと思う。天気のいい日はカーテンの内側に入り、ガラス越しの日光に体を当てているだろう。暑い日は北側の玄関の前にいるだろう。寒い日は床にお腹《なか》を付けて、床暖房の暖かさを享受しているだろう。そしてわたしの帰りを待っているだろう。早くごはんが食べたいと思いながら。

わたしの猫は多分、わたしが好きだ。ごはんをくれるという、その一点で。いや、もうひとつあるかな。自分の手の届かない脇の下や首の後ろを、カリカリ掻《か》いてくれるから。そのくらいかな。でもそれでいい。猫にとってのわたしの存在意義は、ふたつでじゅうぶんだ。

――と思っていたのだが、この『猫君』の冒頭を読んで思わず「いいなあ……」と声が出てしまった。吉原《よしわら》に住む髪結いのお香《こう》さんは、まもなく二十歳になる愛猫のみかんと話ができるのだ。みかんは一年くらい前からお香さんの言っていることが分かるようになり、四か月ほど前からは言葉を交わしているのだという。

ああ、わたしも猫と話したい。できたらどんなにいいだろう。なんて羨ましい。

しかし、しかし。病の床にあるお香さんは、みかんにさよならを言っているのだった。長寿のお前は猫又になりつつあるのだと思う、お前をもらったとき、和楽《わらく》という占い師から猫又の話を聞かされていたのだ、と衝撃の事実を告げながら。

猫又。人間の姿に化けられる妖《あやかし》。祟《たた》りがあるとも言われ、病を得たのはみかんのせいではないかと周囲から見られることがつらく、お香さんはみかんに「この家を出なさい」「早く逃げてくれないと、みかんのことが心配で、成仏出来なくなりそうだよ」と思い切って言う。

ああ、お香さん。どれだけせつなかっただろう。最初の十数ページでもう胸がいっぱいになる。彼女は亡くなり、泣きながら町へ出たみかんは加久楽《かぐら》という男に匿《かくま》われる。彼はみかんを迎えに来たのだった。猫又の先輩、「兄者《あにじゃ》」として。

かくしてみかんは猫又世界の様相を知る。江戸には六つ、猫又の陣があること、吉原も含め二つが女猫又の陣、四つが男猫又の陣となっており、自分の里は加久楽のいる「祭陣」になること、「猫君」なる伝説の猫又がいて、その出現がささやかれていること、そして新米の猫又が集って学ぶ「猫宿」という寺子屋があること。そう、みかんは一人前の猫又になるために、学校へ入ることになったのだ。

仲間ができてよかった。みかんの居場所が見つかってよかった。安堵《あんど》しながら第二章の「猫宿の長《おさ》」を読み始める。ここからみかんの新しい暮らしが描かれるが、それは彼にとっても読者にとっても、驚きの連続だ。


猫宿が江戸城の中にある！

つまり徳川家《とくがわけ》の将軍は猫又の存在を知っている！

猫又は時を超えて生きられるから、将軍家と彼らは言ってみれば「長年」の付き合いだ。猫又を恐れたり忌避したりするのではなく、手の内に入れておくというのはさすが権力を持つ者の感覚だと、驚きながらも納得させられる。

将軍というのはとかく無茶ぶりをしたがるものだが、新米猫又たちはいきなりミッションを与えられる。首玉の紐《ひも》に通す玉、猫宿の中の扉を開ける鍵でもある「鍵の玉」を、江戸城と隣の二の丸の中に隠したから探し出すようにと言われるのだ。ちょっと間が抜けているけれど人のいいぽん太、綺麗《きれい》な人間に化けたいと願う白花《しろか》、策略家で野心のある鞠姫《まりひめ》、ニヒルな黒若《くろわか》といった「同窓生」たちはそれぞれに、より素晴らしい鍵を手にしようと御殿の廊下を駆ける。みかんとぽん太は早々と鍵を手にし、安心するが、この

「贈り物企画」にはなんらかの意図があるのではないかと考えて――。

思慮深さと、時に思い切ったことをする大胆さ。そのふたつを併せ持ったみかんの魅力がのっけからダイレクトに伝わってくる。将軍家斉《いえなり》の懐の中にぽんっと入り、鍵の玉を見つける場面の愛らしさと言ったら！　みかんのこの行動がきっかけとなり、猫宿の長の正体が明らかになるシーンでは、読者の多くが心の中で唸《うな》ったことだろう。家斉は「妖ゆえ、あれからずっと生きておる。代々の将軍は、この男から、知恵を借りてもおるのだ」と言うが「あれ」とはそう、一五八二年に起きた事件のことだ。この物語の時代設定はおそらく一八〇〇年前後だと察せられるので、二百年以上生きていることになる。「彼」が猫又だったとは、なんと強烈でユニークな設定かと思わずにはいられない。

第三章の「猫宿始まる」ではみかんをお香さんに手渡した和楽の正体も明かされ、作品世界がさらに押し広げられる。和楽は猫宿で猫術を教える講師でもある。みかん、すごいねえ、圧倒されちゃうよね、と思うが、みかん自身も自分をとりまく、人間関係ならぬ猫又関係を少し怖いと感じていることが分かる。猫宿の長は楽しそうにこう口にするのだ。「主を殺せるほどの力があるなら、使い出があろう」と。

因縁の二人が自分たちの先達だったなんて、そりゃあ震えも来るというものだ。新米猫又が仲間たちと一緒に寺子屋で学ぶ物語というと、友情や成績がメインのストーリーを想像するが、この小説はどの章にも不穏さが仕込まれていて、読み始める前の予想をちいさく裏切る。そこがいい。

第四章の「あわれみの令」では、かつて猫又たちを悩ませた「生類あわれみの令」が再び発令されるのではないかという噂《うわさ》が立つところから始まる。猫宿の長による占いで、危機を止めるのは新米たちだと出たため、彼らは重責を果たさなくてはならなくなる。

みかんは黒若、鞠姫と話し合い、将軍家斉に直接会って、事の真意を聞きだそうとする。

家斉の話を誠実に聞くみかんの姿勢が愛らしい。次期将軍の座をめぐる、息子たちの水面下での争い、跡取りである敏次郎《としじろう》との摩擦、悩まされている頭痛……猫又ならではの情報収集で問題が解決されるくだりは爽快だ。また、この章で個人的にぐっと来たのは、将軍がくれた饅頭をみかんが両手で受け取って食べるシーン。両手というところがもうかわいくてかわいくて、はぐはぐと嬉しそうに食べるんだろうなと想像すると、思わず笑みがこぼれてしまう。

ところで、百万の術を使うと言われている「猫君」は、一体どこにいるのだろう？

みかんは第一章の「猫君」でいきなり先輩猫又に襲われ、猫君かどうかを試されて酷《ひど》い目に遭ったが、彼もしくは彼女はいつ姿をあらわすのか。正体は明らかになるのか。

そもそも「鍵の玉」探しをさせられたのも、新米猫又の能力を見てみたい、つまり彼らの中に猫君がいるかどうか知りたいという将軍の目算が根底にあったのだ。新米たちは学びの合間にいつも試されている。それこそ饅頭をもらって食べることくらいしか楽しみがないのではないかなどと思ってしまうが、彼らが試されるのは「猫君」の存在への疑心と、もし本当にいるならば自分の陣へ引き入れたいという先輩たちの思惑があるからだ。第五章の「合戦の一」では、猫君情報をひそかに求めるある人物がみかんに裏切りをはたらく。白花がみかんに教えた「六つの里は、互いのことを認めつつも、実は、陣取り合戦をしているんだって」という言葉が蘇《よみがえ》る。

いるかいないか分からない者をめぐる心理戦に、みかんたちは反旗を翻す。こんな展開になろうとは、とドキドキせずにはいられない。状況を注意深く見ているのが猫宿の長であるという構図が、クライマックスの雰囲気をさらに高める。著者の代表作のひとつ『しゃばけ』シリーズに登場する河童《かっぱ》の大親分、禰々子《ねねこ》もさらりと姿を見せ、新米たちの作戦の一翼を担うのが憎い。さて、みかんたちはどうやって戦ったのか——。

最後のページまでたどり着く。頭と体を存分に使ったみかんの日々に並走し、充実感で胸の中が温かくなる。でも、一抹の寂しい気持ちも、ぽっちりとあるのはどうしてだろう。

猫又になったばかりのみかんが、様々な難題をクリアする。それは成長と言っていいだろうし、猫又としての猫生を送るために必要な世渡り術の獲得であるとも言える。助け合える仲間だって、ちゃんといる。なのに……。

わたしはどうしてもお香さんの視点で見てしまうのだ。今まで長屋でのんびり暮らしていたみかんが、お城で学び世間にもまれて、一人前の猫又になってゆく。永遠とも言える長い時を生きてゆく。お香さんはもちろん、応援しているだろう。でも心配の分量のほうが少し多いのではないだろうか。そんなことをつい、考えてしまうのだ。

「みかんがいてくれたから、あたしはずっと、寂しくなかった」

「あたし達、気があったわよね？　一緒に暮らせて、楽しかったわ」

万感の言葉を残し、最後の最後までみかんのこれからを案じていた彼女に、大丈夫ですよと言ってあげたい。あなたのみかんはたくましく生きていますよ、賢く心優しい猫又として、この先もきっと元気に江戸中を走り回るはずです、と。

（きたむら・ひろこ　書評家）

初出　「小説すばる」
「猫君」　　　　　　二〇一九年五月号
「猫宿の長」　　　　二〇一九年六月号
「猫宿始まる」　　　二〇一九年七月号
「あわれみの令」　　二〇一九年八月号
「合戦の一」　　　　二〇一九年九月号（「決戦の一」を改題）
「合戦の二」　　　　二〇一九年十月号（「決戦の二」を改題）

本書は、二〇二〇年一月、集英社より刊行されました。

本文デザイン／アルビレオ
本文イラスト／荒戸里也子

畠中　恵の本

うずら大名

正体不明の〝自称〟大名・有月と、泣き虫の村名主・吉之助。そして有月が飼っている勇猛果敢な鶉の佐久夜。二人と一羽が、江戸を揺るがす事件に挑む！　新たな畠中ワールドの開幕。

集英社文庫

集英社文庫　目録（日本文学）

橋本長道　サラは銀の涙を探しに
蓮見恭子　バンチョ高校クイズ研
馳星周　ダーク・ムーン(上)(下)
馳星周　約束の地で
馳星周　美《ちゅ》ら海、血の海
馳星周　淡雪記
馳星周　ソウルメイト
馳星周　雪炎
馳星周　パーフェクトワールド(上)(下)
馳星周　陽だまりの天使たち　ソウルメイトⅡ
馳星周　神奈備
馳星周　雨降る森の犬
羽田圭介　御不浄バトル
畠山理仁　黙殺　報じられない"無頼系独立候補"たちの戦い
畠中恵　うずら大名
畠中恵　猫君

畑野智美　国道沿いのファミレス
畑野智美　夏のバスプール
畑野智美　ふたつの星とタイムマシン
はた万次郎　北海道青空日記
はた万次郎　ウッシーとの日々1
はた万次郎　ウッシーとの日々2
はた万次郎　ウッシーとの日々3
はた万次郎　ウッシーとの日々4
花井良智　美しい隣人
花井良智　はやぶさ　遥かなる帰還
花村萬月　ゴッド・ブレイス物語
花村萬月　渋谷ルシファー
花村萬月　風転(上)(中)(下)
花村萬月　虹列車・雛列車
花村萬月　錏《あ》娥《が》哢《る》奼《た》(上)(下)
花村萬月　日蝕えつきる

花村萬月　花折
花村萬月　GA・SHIN!　我・神
花家圭太郎　八丁堀春秋
花家圭太郎　日暮れひぐらし　八丁堀春秋
帚木蓬生　エンブリオ(上)(下)
帚木蓬生　インターセックス
帚木蓬生　賞の柩
帚木蓬生　薔薇窓の闇(上)(下)
帚木蓬生　十二年目の映像
帚木蓬生　天に星　地に花(上)(下)
帚木蓬生　安楽病棟
帚木蓬生　やめられない　ギャンブル地獄からの生還
帚木蓬生　ソルハ
浜田敬子　働く女子と罪悪感　「こうあるべき」から離れたら、もっと仕事は楽しくなる
濱野ちひろ　聖なるズー
浜辺祐一　こちら救命センター　病棟こぼれ話

集英社文庫　目録（日本文学）

集英社文庫　目録（日本文学）

原田宗典　十七歳だった！
原田宗典　本家スバラ式世界
原田宗典　平成トム・ソーヤー
原田宗典　大サービス
原田宗典　すんごくスバラ式世界
原田宗典　幸福らしきもの
原田宗典　笑ってる場合
原田宗典　はらだしき村
原田宗典　大変結構、結構大変。ハラダ九州温泉三昧の旅
原田宗典　吾輩ハ作者デアル
原田宗典　私を変えた一言
春江一也　プラハの春㊤㊦
春江一也　ベルリンの秋㊤㊦
春江一也　カリナン
春江一也　ウィーンの冬㊤㊦
春江一也　上海クライシス㊤㊦

ロジャー・パルバース　早川敦子・訳　驚くべき日本語
半田畔　ひまりの一打
坂東眞砂子　桜雨
坂東眞砂子　曼《まん》荼《だ》羅《ら》道《どう》
坂東眞砂子　快楽の封筒
坂東眞砂子　花の埋葬　24の夢想曲
坂東眞砂子　鬼に喰われた女　今昔千年物語
坂東眞砂子　逢はなくもあやし
坂東眞砂子　傀《く》儡《ぐつ》
坂東眞砂子　くちぬい
坂東眞砂子　朱鳥《あかみどり》の陵《みささぎ》
坂東眞砂子　眠る魚
坂東眞砂子　真昼の心中
坂東眞理子　上野千鶴子　女は後半からがおもしろい
半村良　雨やどり
半村良　かかし長屋

半村良　すべて辛抱㊤㊦
半村良　産霊山《むすびのやま》秘《ひ》録《ろく》
半村良　石の血脈
半村良　江戸群盗伝
東憲司　めんたいぴりり
東直子　水銀灯が消えるまで
東野圭吾　分身
東野圭吾　あの頃ぼくらはアホでした
東野圭吾　怪笑小説
東野圭吾　毒笑小説
東野圭吾　白夜行
東野圭吾　おれは非情勤
東野圭吾　幻夜
東野圭吾　黒笑小説
東野圭吾　歪笑小説
東野圭吾　マスカレード・ホテル

集英社文庫　目録（日本文学）

集英社文庫

猫《ねこ》 君《ぎみ》

2023年２月25日　第１刷　　定価はカバーに表示してあります。

著　者　畠中《はたけなか》　恵《めぐみ》

発行者　樋口尚也

発行所　株式会社 集英社
東京都千代田区一ツ橋2-5-10　〒101-8050
電話　【編集部】03-3230-6095
【読者係】03-3230-6080
【販売部】03-3230-6393（書店専用）

印　刷　凸版印刷株式会社

製　本　凸版印刷株式会社

フォーマットデザイン　アリヤマデザインストア　　マークデザイン　居山浩二

ISBN978-4-08-744484-1 C0193